Antonella Clerici • Anna Moroni

Le ricette d'oro della "Prova del Cuoco"

© 2007 Rai Radiotelevione Italiana, Roma
© 2007 Arnoldo Mondadori Editore S.p.A., Milano

I edizione Come*fare* novembre 2007
I edizione Oscar Bestsellers aprile 2009

ISBN 978-88-04-58715-6

Questo volume è stato stampato
presso Mondadori Printing S.p.A.
Stabilimento NSM - Cles (TN)
Stampato in Italia. Printed in Italy

Progetto grafico e impaginazione di Francesca Alessandrini

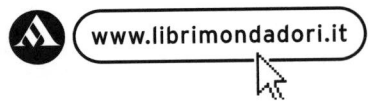

Indice

11 Antipasti

115 Primi

175 Secondi

287 Piatti unici

297 Verdure

309 Pane, pizza, focacce e torte salate

325 Dolci

387 Conserve

397 Basi per torte dolci e salate

405 *Indice delle ricette*

Le ricette d'oro della "Prova del Cuoco"

Se dovessi descrivermi con una parola direi che sono una sognatrice.
Il sogno per me è un viaggio quotidiano ricco di tanti sapori.
Uno dei sogni che faccio spesso anche a "occhi aperti" è quello di raggruppare le cose, le idee, i fatti e poi, magicamente, riviverli una seconda volta.
Mi piace pensare, e ne ho la prova, che i desideri si possono realizzare.
Questa è l'idea che mi ha spinto a scrivere questo libro: farvi rivivere le emozioni e i sapori dell'avventura, straordinaria, di *Oggi cucini tu*.
Mi piacerebbe fare lo stesso anche con i fatti della vita: mi piacerebbe regalarvi, se avessi una bacchetta magica, i vostri momenti migliori e farveli rivivere...
Con questo libro, invece, vi farò rivivere i sapori migliori, le ricette che mi hanno resa felice e che hanno reso felici i miei ospiti e i miei amici.
Continuate a sognare, e fatelo a pancia piena... vi riuscirà meglio!

Antonella Clerici

Antipasti

Antipasti

Acciughe sposate

INGREDIENTI
per 4 persone

400 g di alici
1 uovo
pangrattato q.b.
olio extravergine
  di oliva q.b.

per la farcia

100 g di ricotta
100 g di pangrattato
1 cucchiaio
  di finocchietto
  selvatico
2 rametti di timo
sale e pepe q.b.

Procedimento

Aprire e pulire le alici.
Per la farcia, unire la ricotta,
il pangrattato, il finocchietto tritato
e il timo sfogliato. Aggiustare di sale
e pepe.
Farcire le alici, quindi passarle
nell'uovo sbattuto e nel pangrattato.
Far scaldare l'olio e friggerle.
Servire appena pronte.

ACCIUGHE SPOSATE

Sono ottime
con l'aperitivo
e sono apprezzate
anche da chi non
ama il pesce.

Agliata di tonno

Procedimento

Passare i tranci di tonno (10 cm circa) nella farina di semola, quindi friggerli. In una padella, far rinvenire nell'olio l'aglio e il prezzemolo tritati finemente.
Quando il prezzemolo comincia a disidratarsi, versare la passata di pomodoro e cuocere per 10 minuti. Aggiungere l'aceto e far bollire a fuoco moderato per qualche minuto. Unire i capperi e le olive nere snocciolate e tritate e spegnere il fuoco.
Versare la salsa ancora calda sul tonno e attendere qualche ora prima di servire in modo che gli ingredienti si amalgamino bene.

**INGREDIENTI
per 4 persone**

400 g di tonno fresco
50 g di farina di semola di grano duro
2 spicchi di aglio
1 cucchiaino di prezzemolo
500 g di passata di pomodoro
1/2 bicchiere di aceto bianco
30 g di capperi
100 g di olive nere
180 g di olio extravergine di oliva
olio extravergine di oliva per friggere

Antipasti

Anelli di calamari in carpione

**INGREDIENTI
per 4 persone**

600 g di calamari
100 g di farina
   di semola
olio di arachide q.b.
   per friggere
sale q.b.

per la salsa

2 cipolle rosse
3-4 foglie di alloro
1 rametto
   di rosmarino
6 grani di pepe nero
1 bicchiere di aceto
   di vino bianco
2-3 cucchiai di olio
   extravergine
   d'oliva

Procedimento

Pulire i calamari e tagliarli ad anello; passarli nella farina (li rende più croccanti), quindi friggerli in olio profondo (pochi per volta perché la temperatura dell'olio non si abbassi e il fritto non si impregni troppo). Scolare su carta paglia o assorbente, salare e disporre gli anelli su un vassoio da portata e condire con la salsa in carpione.
Per la salsa in carpione, affettare sottilmente le cipolle e farle appassire per 2 minuti nell'olio.
Aggiungere le foglie di alloro, il rosmarino, il pepe nero e l'aceto.
Cuocere per 5 minuti, quindi versare la salsa sui calamari e farli marinare per almeno 2 ore.

ANELLI DI CALAMARI IN CARPIONE

Con la stessa tecnica potete cucinare anche altri tipi di pesce, soprattutto il pesce azzurro.

Asparagi tonnati

ASPARAGI TONNATI

Perché gli asparagi, così come tutte le verdure colorate, si presentino al meglio, una volta cotti, dovete raffreddarli velocemente in acqua e ghiaccio.

Procedimento

Pulire gli asparagi e cuocerli al vapore (o lessarli), quindi lasciarli raffreddare.
Passare al mixer i tuorli d'uovo con il resto degli ingredienti.
Montare a neve ben ferma gli albumi e incorporarli delicatamente al composto ottenuto.
Sistemare gli asparagi su un piatto da portata e cospargere con la salsa di tonno.

**INGREDIENTI
per 4 persone**

400 g di asparagi
2 uova
100 g di ventresca
  di tonno
1 cucchiaio
  di capperi
1 limone
1 pizzico di paprica
2 cucchiai di olio
  extravergine d'oliva
sale q.b.

Antipasti

Babà alle noci e pancetta

**INGREDIENTI
per 4 persone**

375 g di farina 0
50 g di lievito
   di birra
1/2 bicchiere di latte
3 uova
1 cucchiaio
   di zucchero
80 g di burro
150 g di pancetta
   affumicata
100 g di noci
2 cucchiaini rasi
   di sale

Procedimento

Sciogliere il lievito di birra
in una ciotola con il latte tiepido.
Tenere al caldo vicino al forno
e far lievitare per 15 minuti.
In una terrina capiente (o nel mixer),
lavorare la farina, le uova leggermente
sbattute, lo zucchero e il sale.
Aggiungere poco alla volta il latte
con il lievito, unire il burro fuso
e impastare.
Coprire con un tovagliolo
e far lievitare in un posto tiepido
finché l'impasto sarà raddoppiato
di volume (45 minuti circa).
Nel frattempo, in una padella
antiaderente cuocere a fuoco dolce
(senza friggere) per qualche minuto
la pancetta a dadini e le noci tritate
grossolanamente.
Incorporare la pancetta e le noci
nella pasta.

**BABÀ ALLE NOCI
E PANCETTA**

È ottimo anche
il giorno dopo.

Imburrare uno stampo (tipo ciambella,
con i bordi alti 10 cm circa e il foro
al centro, diametro 22 cm circa)
e riempire con l'impasto fino a due terzi
dell'altezza.
Trasferire in un luogo tiepido
e lasciare lievitare finché la pasta
raggiungerà il bordo dello stampo
(45-60 minuti). Cuocere in forno già
caldo a 200 °C per 50-60 minuti,
quindi abbassare la temperatura
a 180 °C, coprire con una pellicola
di alluminio e proseguire
la cottura per altri 15 minuti
finché la superficie sarà ben dorata.

Antipasti

Barchette ai carciofi

**INGREDIENTI
per 4 persone**

per la pasta brisée

300 g di farina 00
150 g di burro
1 cucchiaino
   di zucchero
1/2 bicchiere
   di acqua fredda
1 uovo
   per spennellare
sale q.b.

per la farcia

4 carciofi
1 limone
80 g di pancetta tesa
50 g di cipolla
2 spicchi d'aglio
1 bicchiere di vino
   bianco secco
1 mestolo di brodo
   (anche di dado)
2 foglioline di menta
   fresca
4 cucchiai di olio
   extravergine d'oliva
sale e pepe q.b.

Procedimento

Per la pasta brisée, incorporare il burro ammorbidito nella farina, impastando il tutto velocemente con le mani. Ridurre il composto in grosse briciole e disporle a fontana sulla spianatoia. Al centro incorporare un pizzico di sale, lo zucchero e l'acqua. Impastare velocemente, quindi avvolgere il composto in un foglio di pellicola trasparente e fare riposare in frigorifero per 30 minuti.
Nel frattempo, mondare i carciofi eliminando la parte legnosa dei gambi e le foglie esterne più fibrose. Spuntarli abbondantemente, privandoli dell'eventuale fieno interno. Tagliarli a spicchietti e immergerli in una ciotola con acqua fredda acidulata con il succo di limone.
Tritare la pancetta, la cipolla e l'aglio e far appassire nell'olio. Unire i carciofi sgocciolati, rosolare

**BARCHETTE
AI CARCIOFI**

**Se la pasta
brisée si
sbriciola, unite
all'impasto
dei cubetti
di ghiaccio.**

brevemente quindi irrorare con 1/3
del bicchiere di vino. Quando
quest'ultimo sarà parzialmente
evaporato, aggiungere il brodo caldo.
Salare, pepare, unire le foglioline
di menta, incoperchiare, lasciare
stufare per 40 minuti circa quindi passare
carciofi e fondo di cottura
al frullatore.
Sulla spianatoia, leggermente
infarinata, stendere la pasta in uno strato
di 3 mm di spessore e rivestirvi 24
stampini ovali. Riempire
con il composto ai carciofi e chiudere
con dell'altra pasta (ottenuta
dai ritagli rimpastati, sempre di 3 mm
di spessore). Bucherellare la superficie
con l'apposito rullo o con i rebbi
di una forchetta. Sigillare ogni
barchetta e spennellare con l'uovo
sbattuto. Cuocere in forno già caldo
a 200 °C per 20 minuti, poi sfornare
le barchette, sformarle e servirle tiepide.

Antipasti

Barchette di sedano al mascarpone

**INGREDIENTI
per 4 persone**

8 coste di sedano
    bianco
250 g di mascarpone
1 carota
1/2 cetriolo
1/2 peperone rosso
1/2 peperone giallo
1/2 mela
2 rametti di menta
1 ciuffo
    di prezzemolo
1 spicchio d'aglio
sale e pepe q.b.

Procedimento

Lavare e tagliare il sedano (le coste più lunghe devono essere al massimo 10 cm). Pulire la carota, il cetriolo e i peperoni, sbucciare la mela e tagliare tutto (anche il cuore del sedano) a dadini. Tritare la menta, il prezzemolo e l'aglio.
In una ciotola, unire al mascarpone le verdure preparate, salare e pepare. Distribuire il composto sulle coste di sedano e servire su un piatto da portata.

**BARCHETTE
DI SEDANO
AL MASCARPONE**

Potete preparare il ripieno anche solo con mascarpone e gorgonzola, più veloce da realizzare.

Bastoncini al prosciutto e funghi

> **INGREDIENTI**
> **per 12 bastoncini**
>
> 500 g di pasta
>   sfoglia
> 1/2 cipolla piccola
> 200 g di champignon
> 2 fette di prosciutto
>   cotto tagliate
>   spesse
> 1 cucchiaio
>   di prezzemolo
> 50 g di formaggio
>   fresco (ricotta
>   o robiola)
> 1 cucchiaio colmo
>   di parmigiano
>   grattugiato
> 1 tuorlo
> 1 cucchiaio di olio
>   extravergine d'oliva
> sale e pepe q.b.

Procedimento

Pulire i funghi: togliere la terra e passare le cappelle con uno strofinaccio inumidito.
Con un coltellino eliminare anche la base terrosa dei gambi. Tagliarli a dadini, scartando eventuali parti ammaccate.
In una padella, far appassire nell'olio la cipolla tritata. Prima che prenda colore, unire gli champignon, salare e cuocere a fuoco vivo per 10 minuti circa, mescolando di tanto in tanto.
Unire il prosciutto tagliato a dadini, il prezzemolo tritato e aggiustare di sale e pepe. Spegnere il fuoco e aggiungere i formaggi.
Fare raffreddare.
Stendere la pasta su un piano infarinato in una sfoglia molto sottile e ritagliare 12 quadrati di 12 cm circa di lato. Disporre un cucchiaio di ripieno di prosciutto e funghi a un'estremità, ripiegare all'interno

Antipasti

i lembi laterali, in modo che il ripieno
non esca, e arrotolare.
Allineare i bastoncini in una teglia
foderata con carta da forno
e spennellare con il tuorlo mescolato
a un cucchiaio di acqua.
Cuocere nel forno già caldo a 180 °C
finché saranno dorati. Sfornare
e servire tiepidi o a temperatura
ambiente.

Bignè rustici

BIGNÈ RUSTICI

Per una buona riuscita dei bignè, unite le uova uno alla volta solo dopo aver ben amalgamato il precedente, e soprattutto usate la quantità precisa di acqua.

Procedimento

Portare a ebollizione l'acqua con il burro, una presa di sale e un pizzico di pepe.
Levare dal fuoco, unire la farina setacciata e mescolare energicamente per evitare che si formino grumi.
Rimettere la casseruola sul fuoco e cuocere finché il composto non si staccherà dalle pareti.
Trasferire l'impasto in una ciotola e mescolare per qualche minuto per raffreddarlo, aggiungere quindi le uova (uno alla volta), i formaggi, il salame a tocchetti e amalgamare.
Distribuire il composto a cucchiaiate (più o meno della grandezza di una noce) su una teglia imburrata e infarinata.
Cuocere in forno a 180 °C per 20 minuti.

**INGREDIENTI
per 4 persone**

300 g di farina 00
350 ml di acqua
100 g di burro
6 uova
150 g di provolone piccante grattugiato
150 g di salame
60 g di parmigiano grattugiato
sale e pepe q.b.

Antipasti

Biscotti salati alla salvia

**INGREDIENTI
per 4 persone**

500 g di farina 00
1 bustina di lievito
   per torte salate
1 mazzetto di salvia
150 g di burro
1 cucchiaino di sale
1 bicchiere di latte

Procedimento

In una terrina, unire la farina con il lievito, le foglioline di salvia tritate finemente, il burro fuso e il sale. Versare il latte poco alla volta, mescolando bene gli ingredienti. Amalgamare il composto e quindi tirare una sfoglia dello spessore di 1 cm circa.
Con uno stampino rotondo (o di un'altra forma a piacere), ritagliare i biscotti. Trasferirli su una teglia imburrata e cuocere in forno a 180 °C per 12 minuti circa.

**BISCOTTI SALATI
ALLA SALVIA**

Sono ottimi con gli aperitivi. Li potete preparare in anticipo e conservare in una scatola di latta ben sigillata.

Bomboloni alla mortadella

BOMBOLONI ALLA MORTADELLA

Potete variare i ripieni a piacere: provola affumicata e melanzana stufata, prosciutto cotto, alici, speck.

INGREDIENTI per 10 bomboloni

1 patata grossa come un pugno
10 g di lievito di birra
2-3 cucchiai di latte
zucchero q.b.
1 uovo
farina q.b.
100 g di fontina o pecorino sardo
100 g di mortadella
olio di arachide per friggere
sale q.b.

Procedimento

Lessare la patata e passarla nello schiacciapatate. Far raffreddare in una ciotola.
Sciogliere il lievito di birra nel latte tiepido con un po' di zucchero (per favorire la lievitazione) quindi aggiungerlo alla patata insieme all'uovo; mescolare bene.
Unire la farina necessaria a formare un impasto della consistenza degli gnocchi. Versare il composto sulla spianatoia, salare e impastare.
Formare un salsicciotto e tagliarlo in 10 pezzi uguali. Fare delle palline, in ciascuna praticare un piccolo buco e inserirvi un dadino di fontina e uno di mortadella. Chiudere e lasciar lievitare per 10 minuti sulla spianatoia infarinata.

Budino di porri con vellutata di zucca gialla

**INGREDIENTI
per 4 persone**

600 g di porri
50 g di burro
2 mestoli di brodo
3 uova
250 g di panna
   liquida
sale e pepe q.b.

per la salsa

600 g di zucca gialla
1/2 cipolla
30 g di burro
40 g di farina 0
2 mestoli di brodo

Procedimento

Pulire e tagliare a rondelle i porri, quindi sbianchirli lasciandoli bollire per qualche minuto in acqua.
Sciogliere il burro in una padella, aggiungervi i porri e rosolarli per 10 minuti, poi irrorare con il brodo e lasciar stufare per altri 10 minuti.
Far raffreddare e passare il tutto al mixer, unendo la panna e le uova appena sbattute. Versare il composto negli stampini imburrati e cuocere in forno a bagnomaria a 170 °C per 20 minuti. Per la salsa, far dorare la cipolla nel burro, quindi unire la zucca tagliata a dadini e stufare le verdure per 10 minuti circa. Aggiungere la farina e dopo 2 minuti il brodo. Si otterrà così una vellutata, che deve cuocere per 10 minuti. Passare la salsa al mixer. Sformare i budini su singoli piatti e contornare con la salsa, guarnendo il piatto a piacimento con il parmigiano a scaglie.

Antipasti

**BUDINO DI PORRI
CON VELLUTATA
DI ZUCCA GIALLA**

Calzoni siciliani di Olimpia

CALZONI SICILIANI DI OLIMPIA

Notate che le mani non si impiastricciano poiché l'impasto si presenta elastico e morbido.

Procedimento

INGREDIENTI

30 g di lievito di birra
250 g di latte tiepido
500 g di farina
30 g di zucchero
125 g di margarina
1 tuorlo
1 cucchiaino di sale

Sciogliere il lievito nel latte quindi
impastare tutti gli ingredienti insieme.
Il composto non richiede lievitazione.
Per dare la forma del calzone
si possono usare le formelle
per confezionare i ravioli giganti:
sono perfette per lo scopo.
Spennellare i calzoni con il tuorlo d'uovo
e cuocere in forno a 180 °C
per 20 minuti circa.
Per il ripieno affidarsi alla fantasia.
Per soddisfare i gusti di tutti e andare sul
sicuro farcire con prosciutto,
formaggio e würstel. Sono ottimi
anche con gli spinaci al burro.

Cannoncini ai funghi

**INGREDIENTI
per 4 persone**

500 g di pasta sfoglia
1 tuorlo
200 g di porcini
100 g di finferli
1 cucchiaino di curry
1 cipolla
20 g di burro
200 g di sedano rapa
1 carota
1 cucchiaio di farina 0
olio extravergine
    d'oliva q.b.
sale e pepe q.b.

Procedimento

Stendere la pasta in una sfoglia sottile e ricavarne 24 strisce larghe circa 1 cm da avvolgere a spirale sugli appositi stampi per cannoli. Spennellare i cannoncini con il tuorlo sbattuto e cuocere in forno su una placca foderata con carta da forno a 200 °C per 15 minuti circa. Tagliare i funghi a tocchetti e trifolarli in padella con un filo di olio, un pizzico di sale, il curry e la cipolla tritata. Spegnere dopo qualche minuto e frullare metà dei funghi. A parte, soffriggere nel burro il sedano rapa e la carota tagliati a dadini, spolverizzare di farina, salare, pepare, bagnare con un dito di acqua e far stufare per 15 minuti. Frullare le verdure e condire con un goccio di olio crudo. Mescolare il frullato di funghi e il purè di verdure e farcire i cannoncini. Servire caldi o freddi con i funghi trifolati rimasti.

Capesante agli spinaci e burro di prezzemolo

**INGREDIENTI
per 4 persone**

16 capesante
200 g di spinaci
   freschi
1 scalogno tritato
1 bicchiere di vino
   bianco secco
80 g di burro
1 cucchiaio
   di prezzemolo
sale e pepe q.b.

Procedimento

Pulire e lavare con cura gli spinaci
e le capesante (dopo averle tolte
dal guscio).
In un pentolino, cuocere lo scalogno
tritato con il vino bianco. Far ridurre
a 1/3, quindi levare dal fuoco,
incorporare metà del burro a fiocchetti
e per ultimo il prezzemolo tritato.
A parte, in una padella, cuocere
le capesante con burro e sale
a fuoco basso.
Nel frattempo, saltare con un po'
di burro gli spinaci crudi, aggiustare
di sale e far appassire per 1 minuto.
Toglierli dal fuoco, distribuirli
nei piatti, disporvi sopra
le capesante, salsare con il burro
al prezzemolo e servire.

Antipasti

Cappello del gendarme

INGREDIENTI
per 4 persone

per la pasta
350 g di farina 0
15 g di lievito di birra
2 cucchiai di olio
   extravergine d'oliva
1 pizzico di sale

per la farcia
300 g di zucchine
300 g di melanzane
5 cucchiai di farina 0
6 scaloppine
   di vitello
4 uova sode
100 g di mozzarella
sale q.b.
olio di arachide
   per friggere

Procedimento

Lavare le zucchine e le melanzane, asciugarle, spuntarle e tagliarle a fette di circa 1 cm di spessore. Cospargerle di sale e lasciarle spurgare in uno scolapasta per 1 ora. Asciugarle e infarinarle, quindi friggerle in padella in abbondante olio. Assottigliare le scaloppine con il batticarne, salarle, infarinarle e rosolarle in padella con l'olio senza farle scurire troppo.
Per la pasta di pane, disporre la farina a fontana e incorporare al centro il lievito, il sale e l'olio. Lasciar lievitare per 30 minuti coperta con un tovagliolo, quindi ricavarne una sfoglia piuttosto spessa di forma ovale. Disporre su metà della sfoglia le zucchine e le melanzane fritte, aggiungere le scaloppine rosolate, le uova affettate e la mozzarella a listarelle. Ripiegare sopra il ripieno l'altra metà della sfoglia.

CAPPELLO DEL GENDARME

Sigillare bene i bordi e bucherellare la superficie con una forchetta.
Ungere la teglia e cuocere in forno già caldo a 200 °C per 30 minuti circa, finché la pasta sarà ben gonfia e dorata in superficie.
Servire il "cappello" caldo o freddo.

Carciofi al parmigiano

INGREDIENTI
per 4 persone

4 carciofi di media grandezza
2 limoni
1 noce di burro
2 mestoli di brodo di dado
1 ciuffo di prezzemolo
70 g di parmigiano grattugiato
6 cucchiai di panna fresca liquida
sale q.b.

Procedimento

Pulire i carciofi dalle foglie esterne e lasciarli in ammollo in acqua acidulata con succo di limone per 30 minuti circa.
Quindi rosolarli nel burro, salarli e cuocerli per 20 minuti a fuoco dolce nel brodo.
A fine cottura, disporli in una pirofila imburrata, farcirli con il prezzemolo tritato, il parmigiano e la panna.
Passarli in forno già caldo a 180 °C per 15 minuti circa.

Carciofi ripieni

CARCIOFI RIPIENI

I carciofi così cucinati li potete servire come antipasto o come piatto unico.

A piacere, potete sostituire il ripieno di carne con una purea di funghi o una farcia di pangrattato ed erbe aromatiche.

Procedimento

Tagliare la carne di pollo e agnello a tocchetti. Far appassire in poco olio la cipollina, rosolarvi la carne, salare e sfumare con vino bianco.
Portare a cottura con il brodo.
Ammollare il pane nel latte, strizzarlo e passarlo al tritacarne insieme al pollo e all'agnello. Unire al trito il fondo di cottura della carne e amalgamare.
Pulire i carciofi, togliere i gambi e tenerli da parte. Allargare le foglie e farcire abbondantemente con il composto di carne.
In un tegame, appassire lo scalogno nell'olio e aggiungere la polpa di pomodoro, quindi unire i gambi (puliti) e i carciofi con le foglie rivolte verso l'alto. Coprire con il brodo, chiudere con carta da forno, incoperchiare e cuocere per 40 minuti circa.

**INGREDIENTI
per 4 persone**

300 g di pollo
   e agnello
1 cipollina
1 bicchiere di vino
   bianco
3 bicchieri di brodo
4 fette di pane
   in cassetta
1/2 bicchiere di latte
8 carciofi
1 scalogno
200 g di polpa
   di pomodoro
olio extravergine
   di oliva q.b.
sale e pepe q.b.

Antipasti

Cestino di parmigiano con fave e calamaretti

**INGREDIENTI
per 4 persone**

250 g di calamaretti
400 g di fave fresche
2 spicchi di aglio
1 rametto
  di rosmarino
1 rametto di salvia
1 cucchiaio
  di concentrato
  di pomodoro
200 g di parmigiano
  grattugiato
olio extravergine
  di oliva q.b.
peperoncino q.b.
sale e pepe q.b.

Procedimento

Sgusciare le fave e togliere la buccia. Saltarle in padella con olio, aglio, rosmarino e salvia. Aggiungere il concentrato di pomodoro e cuocere per 3-4 minuti. Togliere le erbe aromatiche e tenere in caldo.
Per i cestini di parmigiano, scaldare una padella antiaderente (10 cm di diametro circa) e distribuire una cucchiaiata di parmigiano in forma circolare.
Far sciogliere e aspettare che si colori. Levare immediatamente la crespella e appoggiarla su una tazza da tè rovesciata comprimendola con un'altra tazza. Lasciar indurire.
In una padella, scaldare aglio, olio e peperoncino e saltarvi velocemente i calamaretti, quindi unirli alle fave.
Farcire il cestino di parmigiano con il composto di fave e calamaretti e servire.

CESTINO DI PARMIGIANO CON FAVE E CALAMARETTI

I cestini li potete riempire anche con piselli e prosciutto: sono gradevoli sia alla vista che al palato. Potete utilizzarli anche per servire dei primi piatti.

Al posto del parmigiano potete anche usare del montasio di media stagionatura.

Coppetta di pane con cipolle al formaggio

COPPETTA DI PANE CON CIPOLLE AL FORMAGGIO

Dopo la cottura li potete congelare.

Procedimento

Ungere leggermente una teglia a stampini (di quelle che si usano per i muffin) oppure 12 stampini di alluminio da crème caramel. Stendere la pasta in uno strato sottile (3-4 mm) e ricavarne dei dischi con i quali foderare gli stampini.
Per il ripieno, tritare nel mixer le cipolline, precedentemente cotte, e il prezzemolo. Unire il parmigiano grattugiato, l'uovo e la panna fresca. Aggiustare di sale e pepe.
Riempire ogni stampino con il ripieno, considerando che durante la cottura si gonfia abbastanza.
Con la forchetta disegnare un motivo decorativo sul bordo della pasta e infornare a 180 °C per 25 minuti circa (la superficie deve diventare dorata).
Servire le coppette calde, tiepide o fredde.

INGREDIENTI per 4 persone

400 g di pasta da pane (dopo la prima lievitazione)

per il ripieno

1 mazzetto di cipolle novelle
1 ciuffo di prezzemolo
50 g di parmigiano grattugiato
1 uovo
100 g di panna fresca
sale e pepe q.b.

Antipasti

Crocchette di baccalà

INGREDIENTI
per 4 persone

500 g di baccalà
 ammollato
500 g di patate
2 uova
farina 0 q.b.
200 g di emmental
 grattugiato grosso
sale e pepe q.b.
olio di arachide
 per friggere

Procedimento

Bollire il baccalà con le patate tagliate a tocchetti per 40 minuti circa. Una volta pronto, scolarlo bene, quindi passarlo al tritacarne o al mixer con un tuorlo (se è necessario, aggiungerne un secondo). Aggiustare di sale e pepe.
Con il composto confezionare delle crocchette, quindi passarle, nell'ordine, nella farina, nell'uovo sbattuto e nel formaggio.
Friggere in olio di arachide profondo.

CROCCHETTE DI BACCALÀ

Sono ottime come stuzzichino con l'aperitivo.

Crocchette di gamberi

CROCCHETTE DI GAMBERI

Le crocchette possono essere aromatizzate con erbe a piacere.

Il court-bouillon è una preparazione di base che serve per lessare pesci e crostacei.

Procedimento

Per la besciamella, scaldare in una casseruola il burro, versare la farina e far tostare per qualche minuto, rimestando sempre. A parte, scaldare il latte, quindi unirlo poco alla volta al burro e alla farina. Aggiustare di sale e pepe.
Far bollire a fiamma bassa per 10 minuti circa, girando con una frusta.
Per il court-bouillon, versare in una casseruola l'acqua. Unire il vino e tutti gli altri ingredienti. Far bollire per 20 minuti. Tuffare nel brodo i gamberetti precedentemente sgusciati e farli bollire per 5 minuti. Levarli con una schiumarola. Unirli alla besciamella e cuocere a fuoco basso finché i sapori non si amalgamano. Lasciar raffreddare. Con questo impasto formare delle palline, passarle nel pangrattato e lasciarle rassodare in frigorifero per almeno 2 ore.
Infine, friggere in olio bollente per alcuni minuti, scolare su carta paglia e servire calde.

**INGREDIENTI
per 4 persone**

150 g di gamberetti
150 g di pangrattato
1/2 l di olio
  di arachide
  per friggere

per la besciamella

30 g di burro
50 g di farina 0
200 g di latte
sale e pepe q.b.

per il court-bouillon

750 g di acqua
125 g di vino
1-2 foglie di alloro
1 scorza di limone
1 costa di sedano
1 cipollina
1 carota
sale q.b.
pepe in grani q.b.

Crocchette di pesce agli agrumi

**INGREDIENTI
per 4 persone**

200 g di polpa
  di pesce (nasello,
  merluzzo o
  sogliola)
200 g di patate
1 pizzico di noce
  moscata
2 panini
2 limoni
2 arance
farina 0 q.b.
pangrattato q.b.
olio di arachide q.b.
sale e pepe bianco
  q.b.

Procedimento

Bollire le patate, ridurle in purea e passarle al setaccio.
Tritare la polpa di pesce e unirla alla purea di patate. Aggiustare di sale, pepe e noce moscata e aggiungervi la mollica di pane ammollata nel succo dei limoni e delle arance.
Impastare e formare delle palline del diametro di 3 cm, quindi passarle nella farina e poi nel pangrattato. Formare un buco nella parte centrale delle crocchette e farcire con la scorza tagliata alla julienne degli agrumi. Chiudere il buco e ripassare nel pane. Cuocere in olio caldo per 4 minuti circa.

Crocchette di pollo e cicoria

CROCCHETTE DI POLLO E CICORIA

Procedimento

Lessare il pollo, disossarlo e tritarlo. Per la besciamella, fondere il burro, aggiungere la farina e tostare per qualche secondo. Diluire con il latte caldo, mescolando perché non si formino grumi, e continuare la cottura per qualche minuto (senza mai smettere di mescolare). Profumare con un pizzico di noce moscata, aggiustare di sale e pepe, quindi togliere la besciamella dal fuoco. In una ciotola, unire il pollo, la cicoria bollita e tritata, il parmigiano e 1 uovo. Salare e pepare. Impastare e con il composto confezionare delle crocchette, quindi passarle nell'uovo sbattuto e nel pangrattato. Friggere in olio bollente, sgocciolare su carta da cucina e servire subito.

**INGREDIENTI
per 4 persone**

1/2 pollo
300 g di cicoria
2 uova
100 g di parmigiano grattugiato
pangrattato q.b.
olio di arachide q.b. per friggere
sale e pepe q.b.

per la besciamella

50 g di farina 0
50 g di burro
1/2 l di latte
1 pizzico di noce moscata
sale e pepe bianco q.b.

Crocchette di verza e riso

**INGREDIENTI
per 4 persone**

200 g di risotto
   allo zafferano
8 foglie di verza
2 uova
pangrattato q.b.
300 g di lattuga
1 cucchiaio
   di zucchero
1/2 cucchiaio di aceto
olio extravergine
   d'oliva q.b.
sale q.b.

Procedimento

Scottare le foglie di verza per 2 minuti in acqua bollente salata, farle raffreddare, stenderle ad asciugare su un canovaccio e appiattirle battendole con il pestacarne. Distribuire il risotto sulle foglie e chiuderle formando degli involti "a palla". Passarli due volte nelle uova sbattute e nel pangrattato, quindi friggere in abbondante olio caldo. Servire le crocchette con la lattuga spezzettata, saltata in padella con un filo d'olio, lo zucchero, l'aceto e un pizzico di sale.

Croissant di mazzancolle

INGREDIENTI

12 mazzancolle
500 g di pasta
　　sfoglia
1 uovo
sale e pepe bianco
　　q.b.

Procedimento

Sgusciare le mazzancolle e condirle con sale e pepe.
Stendere la pasta sfoglia e ritagliare dei triangoli di 10 × 10 cm.
Spennellare con l'uovo sbattuto i triangoli di pasta, disporvi nel mezzo le mazzancolle e arrotolarli su se stessi, come fossero piccoli croissant.
Spennellare nuovamente con l'uovo sbattuto e cuocere in forno a 200 °C per 10 minuti circa.

Crostini ai pinoli e mortadella

**INGREDIENTI
per 4 persone**

10 fette di pancarré
200 g di mortadella
100 g di ricotta mista
100 g di mascarpone
10 g di pinoli

Procedimento

Passare la mortadella al mixer fino a ottenere una crema. Incorporare, mescolando, la ricotta passata al setaccio e il mascarpone. Tostare le fette di pancarré, tagliarle in quattro, spalmarle di crema e guarnirle con i pinoli.

Antipasti

CROSTINI AI PINOLI E MORTADELLA

È una ricetta deliziosa e pratica perché potete prepararla il giorno prima. Potete utilizzare la farcia per riempire vol-au-vent o brioche salate da servire a rinfreschi o buffet.

Erbazzone

Procedimento

Lessare gli spinaci e le bietole, strizzarli e tritarli finemente. Sciogliere, a fuoco dolce, il lardo sminuzzato, unire il trito di aglio e prezzemolo, gli spinaci e le bietole. Salare e pepare. Far insaporire per 5 minuti, togliere il tegame dal fuoco e, quando le verdure saranno tiepide, aggiungere il parmigiano e l'uovo.
Setacciare la farina, incorporare al centro il burro freddo a pezzetti, l'acqua o il latte e un pizzico di sale. Formare una palla, avvolgerla nella carta oleata e fare riposare per 20 minuti in frigorifero. Stendere la pasta in una sfoglia sottile e ricavare due dischi. Con un disco foderare una tortiera imburrata e distribuire il ripieno, quindi coprire con il secondo disco e ripiegare i bordi. Cuocere in forno a 200 °C per 45 minuti circa.

**INGREDIENTI
per 6 persone**

300 g di farina 00
500 g di spinaci
500 g di bietole
40 g di lardo
2 spicchi d'aglio
1 cucchiaio
  di prezzemolo
100 g di parmigiano
  grattugiato
1 uovo
70 g di burro
1 bicchiere
  di acqua o latte
sale e pepe q.b.

Fagottini di pasta fillo con pere e noci

Antipasti

**INGREDIENTI
per 4 persone**

200 g di pasta fillo
60 g di burro fuso
1 pera
200 g di formaggio grattugiato (metà parmigiano e metà pecorino)
4 uova
35 g di pangrattato
80 g di panna fresca liquida
50 g di noci
sale e pepe q.b.

Procedimento

Sbucciare la pera e tagliarla a cubetti, quindi unire il formaggio, le uova, il pangrattato, la panna e le noci, il sale e il pepe e mescolare.
Con la pasta fillo confezionare dei fagottini, utilizzando più fogli (spennellando di burro fuso tra uno strato e l'altro) e riempirli con il composto.
Cuocere in forno a 180 °C per 15 minuti.

Fagottini infornati alle erbe selvatiche

FAGOTTINI INFORNATI ALLE ERBE SELVATICHE

Per il ripieno si possono usare anche le bietole normali o gli spinaci.

Procedimento

Disporre la farina a fontana, sbriciolarvi il lievito e impastare. Aggiungere il sale in un secondo tempo, perché non entri in contatto con il lievito. Preparare un impasto omogeneo e abbastanza morbido. Far lievitare (occorrerà più tempo che con la farina di grano tenero).
Per il ripieno, lessare le bietole selvatiche senza aggiunta d'acqua (utilizzare quella trattenuta dal lavaggio). Insaporirle in padella con olio, aglio e peperoncino, aggiustando di sale. Dopo aver eliminato l'aglio, tritare finemente le bietole con la mezzaluna e versarle in una ciotola.
Dividere le fette di mortadella a metà. Con la pasta formare dei dischi un po' più grandi delle fette di mortadella.

INGREDIENTI per 8 persone

500 g di farina di semola rimacinata
25 g di lievito di birra
300 g (circa) di acqua
1 cucchiaino di sale

per il ripieno

1 kg di bietole selvatiche
2 spicchi di aglio
1 peperoncino
300 g di mortadella tagliata non troppo sottile
300 g di pomodori freschi
100 g di pecorino grattugiato
100 g di olive verdi snocciolate
olio extravergine di oliva q.b.
sale q.b.

Antipasti

Fiori di zucca farciti con ricotta e maggiorana su salsa di peperoni

**INGREDIENTI
per 4 persone**

12 fiori di zucca
    freschissimi
2 peperoni rossi
    e 2 gialli
500 g di ricotta
    di pecora
4 rametti
    di maggiorana
2 albumi
100 g di parmigiano
    grattugiato
1 cucchiaio di olio
    extravergine d'oliva
sale e pepe q.b.

Procedimento

Sistemare i peperoni interi su una placca e cuocere in forno a 180 °C finché la pelle risulterà annerita. Trasferire i peperoni cotti in un sacchetto di plastica e lasciarveli finché non si saranno completamente raffreddati, quindi privarli della pelle e dei semi e trasferirli in un recipiente con l'olio.
Nel frattempo, aprire con cura i fiori di zucca e privarli del pistillo. Setacciare la ricotta e versarla in una ciotola, aggiustare di sale e pepe e unire la maggiorana tritata finemente. Con l'aiuto di una frusta, amalgamarvi quindi gli albumi e il parmigiano fino a ottenere un composto omogeneo. Farcire i fiori con l'ausilio di una sacca da pasticceria e trasferirli su una placca foderata con carta da forno. Cuocere a 180 °C per 4-5 minuti.
Frullare i peperoni e servire i fiori di zucca con la salsa a lato.

**FIORI DI ZUCCA
FARCITI
CON RICOTTA
E MAGGIORANA
SU SALSA
DI PEPERONI**

Fiori di zucchina fritti alla romana

**INGREDIENTI
per 4 persone**

12 fiori di zucchina

per il ripieno
100 g di mozzarella
   di bufala
6 filetti di acciuga

per la pastella
300 g di farina 0
10 g di lievito di birra
1 cucchiaio di olio
   extravergine di oliva
acqua q.b.
1 uovo
olio di arachide
   per friggere

Procedimento

Pulire, lavare i fiori senza togliere il pistillo e asciugare.
Per il ripieno, tritare la mozzarella insieme ai filetti di acciuga.
Farcire i fiori con il composto.
Per la pastella, mettere la farina in una ciotola, sbriciolare il lievito di birra, unire l'olio e l'acqua necessaria per ottenere una pastella semisolida; aggiungere il tuorlo.
Lasciar riposare per 20 minuti quindi unire l'albume montato a neve.
Infarinare leggermente i fiori e immergerli nella pastella.
Friggere in olio profondo e a fuoco vivo; servire su carta paglia.

Antipasti

Focaccine agli asparagi

**INGREDIENTI
per 4 persone**

250 g di farina 00
2 uova
200 ml di latte
30 g di parmigiano grattugiato
300 g di asparagi lessati
120 g di pecorino fresco
80 g di mandorle
60 g di burro
1 bustina di lievito in polvere per torte salate
1 mazzetto di erbe aromatiche (maggiorana, salvia e prezzemolo)
sale q.b.

Procedimento

In una ciotola, impastare la farina con le uova, il latte, il parmigiano, gli asparagi (solo le punte), il pecorino a dadini, le mandorle passate al mixer, il burro fuso, il lievito, un trito abbondante di erbe aromatiche e un pizzico di sale. Distribuire l'impasto in 16 stampini imburrati (tipo crème caramel) e cuocere in forno a 180 °C per 20 minuti.
Sfornare e servire tiepidi.

FOCACCINE AGLI ASPARAGI

Sono ottime anche con i piselli o i carciofi.

Formaggio francese in crosta

Procedimento

Preparare la salsa di pomodoro e profumarla con una generosa manciata di basilico fresco. Foderare esternamente la forma di brie con la pasta sfoglia, infornare a 200 °C per 10 minuti, quindi per altri 20 minuti a 180 °C. Togliere la forma dal forno e lasciar intiepidire per 20 minuti circa. Servire con la salsa di pomodoro.

**INGREDIENTI
per 6 persone**

1 forma di formaggio francese (brie) (600 g circa)
1 rotolo di pasta sfoglia fresca (300 g)

per la salsa

1 kg di pomodori rossi
1 spicchio di aglio
5 foglie di basilico
2 cucchiai di olio extravergine di oliva
sale e pepe q.b.

Frittata di patate senza uova

INGREDIENTI
per 4 persone

1 kg di patate
   a pasta bianca
1 cipolla bianca
   grossa
1 cucchiaio di fiori
   di finocchio
3 cucchiai di olio
   extravergine di oliva
sale e pepe q.b.

Procedimento

Lessare le patate con la buccia in acqua salata.
Tagliare la cipolla a spicchi sottili e farla sudare in una padella antiaderente finché è dorata. Unire le patate lessate e tagliate a fette. Aggiustare di sale e pepe e aggiungere i fiori di finocchio.
Far insaporire schiacciando con una forchetta e rosolare da ambo i lati.

Frittelle di alici

FRITTELLE DI ALICI

Guarnite il piatto da portata contornando le frittelle con spicchi di limone.

Procedimento

Pulire con cura le alici, lavarle e tritarle finemente con il coltello o nel mortaio. Aggiungere l'uovo, la farina, il parmigiano e il prezzemolo quindi aggiustare di sale e pepe. Dall'impasto ricavare delle polpettine e friggerle nell'olio caldo. Scolarle e sistemarle su carta paglia per togliere l'unto in eccesso.

**INGREDIENTI
per 6 persone**

800 g di alici fresche
1 uovo
40 g di farina
50 g di parmigiano
  grattugiato
2 cucchiai
  di prezzemolo
olio di oliva
  per friggere
sale e pepe q.b.

Frittelle di patate

Antipasti

**INGREDIENTI
per 4 persone
(o 12 frittelle)**

400 g di patate
130 g di farina 0
2 cucchiaini di lievito
   in polvere per
   torte salate
50 g di parmigiano
   grattugiato
1 cucchiaino
   di mostarda
   in polvere
50 g di burro
1 uovo
1 spicchio d'aglio
1 cucchiaio raso
   di semi di cumino
1/2 bicchiere di latte
1/2 cucchiaino di sale
pepe q.b.

Procedimento

In una ciotola, setacciare la farina
con il lievito, unirvi il parmigiano,
la mostarda, il sale, un pizzico
di pepe e mescolare.
Aggiungere quindi il burro freddo
tagliato a dadini minuscoli e schiacciati
con la forchetta così da ottenere
delle grosse briciole, l'uovo sbattuto,
l'aglio grattugiato, il cumino e il latte.
Rimestare finché il composto
è ben amalgamato quindi unirvi le patate
tagliate a dadini piccoli e regolari
e mescolare delicatamente perché
si distribuiscano in modo uniforme
senza schiacciarsi.
Foderare una placca con carta da forno
e distribuirvi il composto a cucchiaiate
ben colme distanziandole di 1 cm circa.
Cuocere in forno già caldo a 200 °C
per 15-20 minuti, finché i bordi
saranno color oro scuro.
Servire ben calde.

FRITTELLE DI PATATE

Per la buona riuscita delle frittelle scegliete con attenzione le patate: devono essere a pasta gialla e compatta in modo che, una volta tagliate a dadini, non si disfino nell'impasto. Le frittelle sono ottime per accompagnare un formaggio fresco e morbido oppure come contorno per un arrosto o uno sformato di verdura.

Frittelle di verdure al peperoncino

FRITTELLE DI VERDURE AL PEPERONCINO

I fritti vanno salati solo a fine cottura: il sale infatti riduce i liquidi presenti nell'alimento e la pietanza perde in croccantezza.

Procedimento

In una ciotola, amalgamare la farina, il peperoncino e il lievito. Unire il succo di limone e versare un po' alla volta acqua sufficiente per ottenere una pastella omogenea e senza grumi. Far riposare in frigorifero per 15 minuti circa.
Passare le verdure, pulite, lavate e tagliate a piccoli pezzi, nella pastella, quindi friggere in olio caldo. Sgocciolare su carta assorbente, salare e servire.

INGREDIENTI per 4 persone

verdure di stagione
sale q.b.

per la pastella

200 g di farina 0
1 cucchiaino
 di peperoncino
 in polvere
1 cucchiaino
 di lievito in polvere
 per torte salate
1 limone
olio di arachide q.b.
 per friggere

Frittelle lievitate con zucchine, alici e parmigiano

INGREDIENTI

1 cubetto di lievito di birra
130 g di acqua
200 g di farina
300 g di zucchine
5 foglie di basilico
3-4 filetti di acciuga
1 cucchiaio abbondante di pecorino o parmigiano grattugiati
olio di arachide per friggere
sale q.b.

Procedimento

Preparare una pastella sciogliendo il lievito nell'acqua; aggiungere la farina, amalgamare bene e lasciar lievitare per 1 ora.
Grattugiare le zucchine, tritare il basilico e spezzettare i filetti di acciuga.
Quando la pastella è lievitata unire le zucchine, il basilico, le acciughe e il parmigiano.
Lasciar riposare in frigorifero per 2 ore o, meglio, per una notte intera.
Friggere a cucchiaiate in olio di arachide e salare.

Froscia di Pasqua

Procedimento

Cuocere le fave e i piselli
con la cipollina affettata sottilmente
e 1 cucchiaio di olio.
Sbattere le uova con un pizzico di sale
e di pepe, quindi unire il pecorino,
le fave e i piselli, la nepitella,
gli asparagi tritati e la ricotta.
Amalgamare il tutto.
Versare il composto in una teglia,
precedentemente unta di olio
e spolverizzata di pangrattato.
Cuocere in forno a 180 °C
per 40 minuti circa.

**INGREDIENTI
per 4 persone**

150 g di fave fresche
150 g di piselli freschi
1 cipollina fresca
10 uova
50 g di pecorino
  siciliano
1 manciatina
  di nepitella
  o erba cipollina
100 g di asparagi
500 g di ricotta
  di pecora fresca
pangrattato q.b.
olio extravergine
  di oliva q.b.
sale e pepe q.b.

Gelatina di peperoni

Antipasti

INGREDIENTI
per 4 persone

700 g di peperoni
150 g di yogurt magro
2 cucchiai di erba cipollina
6 fogli di gelatina
500 ml di brodo vegetale
2 albumi
sale q.b.

Procedimento

Frullare i peperoni, precedentemente arrostiti e puliti, con lo yogurt e l'erba cipollina (se appassita, farla rinvenire in acqua tiepida).
Nel frattempo,
lasciare la gelatina in ammollo in acqua fredda per almeno 15-20 minuti. Preparare il brodo vegetale e far intiepidire.
Strizzare la gelatina e scioglierla nel brodo mescolando con cura.
Una volta raffreddato,
unire il brodo al frullato di peperoni e yogurt. Salare gli albumi e montarli a neve ferma, quindi incorporarli al composto mescolando con un cucchiaio di legno con movimenti lenti dal basso verso l'alto. Foderare uno stampo da plum-cake da 1 l con della pellicola trasparente facendone sbordare una parte. Versare il composto nello stampo, livellarlo col cucchiaio di legno,

GELATINA DI PEPERONI

Potete servire questa mousse come contorno ad alcuni piatti di carne o di pesce, soprattutto nel periodo estivo. Tagliata a fette, è ideale per i buffet in piedi. Tagliata a dadini, è perfetta per guarnire insalate di pollo, di tacchino, di maiale e di pesce. Tagliata a fettine sottilissime, costituisce invece un'ottima base per tartine.

coprire con la pellicola e fare riposare
in frigorifero per almeno 6 ore
(l'ideale sarebbe prepararlo il giorno
prima e lasciarlo in frigorifero per almeno
una notte). Sformare su un piatto
da portata e servire.

Antipasti

Ghiotta di Natale

**INGREDIENTI
per 4 persone**

500 g di stoccafisso
250 g di cavolfiore
1 cipolla grossa
800 g di pomodori
    pelati
100 g di olive verdi
    e nere
100 g tra capperi,
    uva sultanina
    e pinoli
1 bicchiere di olio
    extravergine d'oliva
peperoncino q.b.
sale q.b.

Procedimento

Cuocere a vapore lo stoccafisso tagliato
a pezzi e il cavolfiore a ciuffi.
Far rosolare la cipolla con l'olio, unire
tutti gli altri ingredienti e cuocere
per 10 minuti a fiamma molto dolce.
A cottura ultimata, disporre il pesce
e il cavolfiore su un piatto da portata
e ricoprire con l'intingolo. Servire caldo.

Girandole saporite con ricotta e cipolla

Procedimento

Lavorare nell'impastatrice la farina
con il burro ammorbidito, lo zucchero,
l'uovo, il lievito sciolto nell'acqua e
un pizzico di sale. Lavorare a velocità media
per 10 minuti circa, quindi stendere
la pasta su carta da forno in una sfoglia
di 5 mm circa di spessore. Far lievitare
coperta da un tovagliolo.
Per la farcia, saltare in un goccio di olio
la cipolla, il sedano e la carota tagliati
a dadini. Lasciar raffreddare, quindi unire
la ricotta, l'albume, il parmigiano
e la farina. Aggiustare di sale e pepe.
Stendere la farcia sulla pasta lievitata,
arrotolare aiutandosi con la carta
da forno, nella quale il rotolo resterà
avvolto, e lasciar raffreddare in frigorifero
finché potrà essere tagliato a tranci
regolari (girandole). Allineare
le girandole su una teglia foderata
di carta da forno, spennellare con acqua,
far lievitare per 45 minuti, quindi infornare
a 180 °C per 20 minuti circa.

**INGREDIENTI
per 4 persone**

per la pasta

500 g di farina 0
75 g di burro
10 g di zucchero
1 uovo
15 g di lievito di birra
150 g di acqua
sale q.b.

per la farcia

1 cipolla rossa (50 g)
100 g di sedano rapa
1 carota
250 g di ricotta
1 albume
1 cucchiaio
  di parmigiano
  grattugiato
1 cucchiaio di farina 0
olio extravergine
  di oliva q.b.
sale e pepe q.b.

Antipasti

Gulasch di polipo

**INGREDIENTI
per 4 persone**

600 g di polipo
1/2 cipolla
1 cucchiaio
 di concentrato
 di pomodoro
1/2 cucchiaio
 di curry
1 cucchiaino
 di semi di finocchio
 e cumino
2 cucchiai di paprica
250 g di vino rosso
250 g di acqua
 di cottura del polipo
1 patata media
olio extravergine
 di oliva
sale e pepe q.b.

Procedimento

Cuocere il polipo in abbondante acqua per 40 minuti circa, lasciarlo intiepidire, togliere la pelle e tagliarlo a tocchetti di circa 3 cm. Tenere da parte l'acqua di cottura. In una casseruola, soffriggere la cipolla tritata, quindi unire il polipo, il concentrato di pomodoro, il curry, i semi di finocchio e cumino e la paprica. Far rosolare per 1 minuto, poi aggiungere il vino rosso e l'acqua di cottura del polipo. Quando giunge a ebollizione, unire la patata e cuocere per 25-30 minuti circa. Servire caldo con un filo di olio extravergine a crudo e, a piacere, del peperoncino fresco e crostoni di pane tostato all'aglio.

GULASCH DI POLIPO

Potete servire questo piatto come antipasto caldo accompagnandolo con crostoni di pane all'aglio o crostoni di polenta, oppure come secondo, variando la quantità e il contorno.

Insalata di pollo in agrodolce

Procedimento

Tagliare il petto di pollo a tocchetti grandi quanto una nocciola e marinare per 1 ora con 5 cucchiai di succo di limone e un pizzico di pepe. Tagliare le zucchine a tocchetti e sbucciare le cipolline (se sono grandi tagliarle a metà).
In una casseruola, portare a ebollizione un bicchiere di acqua, 1/2 bicchiere di vino, 5 cucchiai di succo di limone, lo zucchero, la salvia e un pizzico di sale. Aggiungere le zucchine e le cipolle, coprire e cuocere per 10 minuti. Scolare e trasferire su un piatto da portata a raffreddare.
In un'altra casseruola, portare a ebollizione il vino rimasto e l'aceto, i chiodi di garofano e un pizzico di sale. Aggiungere i tocchetti di pollo scolati dalla marinata e cuocere per qualche minuto.

INGREDIENTI
per 4 persone

300 g di petto di pollo
400 g di zucchine
2 limoni
6 cipolline bianche
1 bicchiere
 di vino bianco
1/2 cucchiaio
 di zucchero
1 foglia di salvia
1/2 bicchiere di aceto
2 chiodi di garofano
1 cuore di sedano
1 cucchiaio
 di prezzemolo tritato
6 cucchiai di olio
 extravergine d'oliva
sale e pepe q.b.

Involtini di melanzane

INGREDIENTI
per 6 persone

1 kg di melanzane
  lunghe viola
150 g di prosciutto
  cotto
200 g di provola
  a fettine
  o parmigiano
  a scaglie
1/2 kg di pomodorini
  a ciliegia
1 spicchio di aglio
4-5 foglie di basilico
olio extravergine
  di oliva q.b.
sale e pepe q.b.

Procedimento

Tagliare le melanzane a fette
e grigliarle.
Sistemare su ciascuna fetta una fettina
di prosciutto cotto e di provola,
quindi arrotolare.
In una pirofila di vetro mettere
i pomodorini interi, l'aglio, il basilico
e un goccio di olio e infornare.
A cottura ultimata aggiungere
gli involtini, irrorarli con il sugo,
aggiungere qualche foglia di basilico
e cuocere in forno per altri 15 minuti.

Melanzane ripiene

Procedimento

Lavare e tagliare in due le melanzane nel senso della lunghezza. Svuotarle in parte della polpa, che verrà tagliata a dadini, soffritta in padella con parte dell'olio, 1 spicchio d'aglio e un pizzico di sale per circa 15 minuti.
Separatamente, in un piatto, preparare un impasto con le uova, la mollica dei panini sbriciolata, il pecorino, 1 spicchio d'aglio, il prezzemolo tritato e un pizzico di sale.
Nel frattempo, cuocere per qualche minuto i pomodori tagliati a pezzetti, il basilico, l'olio rimasto, 1 spicchio d'aglio e un pizzico di sale.
Farcire le melanzane con il composto di uova e mollica, coprirle con il sugo e cuocere in forno a 180 °C per 20 minuti. Servire il piatto ben caldo.

INGREDIENTI
per 4 persone

2 melanzane
  di media grandezza
3 spicchi d'aglio
2 uova
2 panini raffermi
50 g di pecorino
  grattugiato
1 cucchiaio
  di prezzemolo
6 pomodori
10 foglie di basilico
4 cucchiai di olio
  extravergine d'oliva
sale q.b.

Minipie con cotechino

INGREDIENTI
per 8 persone

per la pasta

200 g di farina 0
100 g di burro
50 g di acqua
1 cucchiaio di curry
1 pizzico di sale

per la farcia

1 scalogno
1 noce di burro
200 g di spinaci lessati
30 g di uvetta
150 g di cotechino
    lessato o salsiccia
100 g di fontina
sale e pepe q.b.
1 uovo
    per spennellare
sesamo per guarnire

Procedimento

Preparare una pasta tipo brisée amalgamando il burro con la farina. Impastare quindi velocemente con l'acqua, il curry e il sale. Lasciar riposare la pasta in frigorifero avvolta nella pellicola per almeno 30 minuti. Nel frattempo, tritare lo scalogno, farlo appassire con il burro, quindi unire gli spinaci e l'uvetta ammollata. Aggiustare di sale e pepe.
Tagliare il cotechino e la fontina a dadini. Tirare la pasta in una sfoglia di 3 mm di spessore, bucherellarla, quindi con una parte rivestire 16 stampini ovali per tartellette. Farcire con gli spinaci e i dadini di cotechino e di fontina, coprire con uno strato di pasta e spennellare con l'uovo. Guarnire a piacere con della pasta tagliata a reticella, spolverizzare di sesamo e cuocere in forno a 200 °C per 25 minuti circa. Servire tiepide.

Mozzarella in carrozza

**INGREDIENTI
per 4 persone**

12 fette di pancarré
  senza crosta
150 g di mozzarella
12 filetti di acciughe
  dissalate
100 g di latte
farina q.b.
2 uova
olio di arachide
  per friggere
sale q.b.

Procedimento

Distribuire su 6 fette di pancarré
la mozzarella e le fettine di acciughe.
Coprire con le restanti fette di pane
e premere leggermente con le mani.
Spruzzare le fette con il latte tiepido,
passarle nella farina, sistemarle
su un piatto e ricoprirle con le uova
sbattute.
Lasciar riposare per un'ora.
Friggere facendole dorare su entrambi
i lati.

Antipasti

Muffin al prosciutto

**INGREDIENTI
per 4 persone**

120 g di farina 00
1 cucchiaio di lievito
   per torte salate
120 g di burro
2 uova
50 g di prosciutto
   cotto
50 g di fontina
sale q.b.

Procedimento

In una ciotola, versare la farina, il lievito, il burro fuso, le uova e un pizzico di sale.
Amalgamare con lo sbattitore elettrico, poi, con un cucchiaio, unire il prosciutto tagliato a striscioline e la fontina a dadini.
Riempire per 3/4 gli stampini per muffin e cuocere in forno a 200 °C per 20-25 minuti circa.

**MUFFIN
AL PROSCIUTTO**

Potete sostituire al prosciutto una purea di altri salumi o di verdure.

Olive alla Nonna Papera

Procedimento

Lavare le olive e scolarle bene, tritarle grossolanamente nel mixer
o nel tritacarne.
Saltare la carne tagliata a piccoli pezzi nel burro; salare e pepare. Tritarla nel mixer o nel tritacarne.
Unire le olive, la carne, i tuorli, il parmigiano e la noce moscata; aggiustare di sale e formare delle polpettine.
Impanare le polpettine passandole nella farina, quindi nell'uovo sbattuto e infine nel pangrattato.
Friggere in olio profondo e sgocciolare bene. Servire le polpettine calde o fredde.

Volendo, prima di friggerle le potete congelare.

INGREDIENTI

300 g di olive verdi grosse e carnose, conservate in salamoia
300 g di carne mista (pollo, vitello, prosciutto crudo)
1 noce di burro
2 tuorli
2 cucchiai di parmigiano grattugiato
noce moscata q.b.
sale e pepe q.b.
olio di arachide per friggere

per l'impanatura

100 g di farina 0
1-2 uova sbattute
200 g di pangrattato
olio di arachide per friggere

Pane al limone

Antipasti

**INGREDIENTI
per 40 panini**

200 g di farina 0
250 g di farina
   di segale
2 limoni
300 g di acqua
80 g di pasta lievitata
10 g di lievito di birra
10 g di sale

**per la pasta
lievitata**

1/2 kg di farina 0
300 g di acqua
5 g di lievito
1 pizzico di sale

Procedimento

Lavare i limoni. Spremerli e pelarli, ricavandone il succo e la scorza. Amalgamare a tutti gli ingredienti e lavorare l'impasto finché risulta liscio e si stacca bene dalla spianatoia. Lasciar riposare per 45 minuti. Ricavare delle pagnotte da 250 g e lavorarle ancora per qualche minuto. Lasciar riposare per 15 minuti. Confezionare dei panetti senza comprimere l'impasto. Infarinarli e tagliarli nella forma desiderata. Trasferirli sulla teglia da forno e lasciar lievitare per 1 ora. Infornare a 240 °C per 40 minuti circa.
Per chi volesse preparare da sé la pasta lievitata, impastare tutti gli ingredienti e lasciar riposare per 3 ore a temperatura ambiente o 12 ore a 4 °C (in frigorifero).

Panzerotti salati

Procedimento

Setacciare la farina e disporla a fontana sulla spianatoia. Incorporare lo strutto, un pizzico di sale e acqua a sufficienza per ottenere un composto elastico, della consistenza di una frolla. Lasciar riposare per 30 minuti circa.
Preparare due ripieni, unendo metà della ricotta e della provola tritata grossolanamente con il salame tagliato a striscioline sottili (o con la mezzaluna), e la metà rimanente con la mortadella, sempre tagliata a striscioline sottili (o con la mezzaluna).
Stendere la pasta in una sfoglia sottile, ritagliare dei quadrati di 10 × 10 cm, farcirli con un po' del composto e chiudere a triangolo premendo bene i bordi con i rebbi di una forchetta.
Friggere in olio bollente profondo. Scolare su carta paglia e servire caldi.

INGREDIENTI
per 4 persone

500 g di farina 0
100 g di strutto
sale q.b.
acqua q.b.

per la farcia

200 g di ricotta
200 g di provola affumicata
100 g di salame
100 g di mortadella
olio di arachide per friggere

Panzerotto alla napoletana

Antipasti

INGREDIENTI

250 g di farina 00
1/2 cubetto di lievito
 di birra
1/2 cucchiaino
 di zucchero
125 g di latte
parmigiano
 grattugiato q.b.
1/2 cucchiaino
 di sale

per il ripieno

2 tuorli
50 g di ricotta
100 g di prosciutto
 cotto
100 g di mozzarella
2 cucchiai
 di parmigiano
 grattugiato
sale e pepe q.b.

Procedimento

Setacciare e disporre la farina a fontana, unire il lievito sbriciolato, il sale (nella "casetta del sale"), lo zucchero e amalgamare il tutto con il latte (si può anche usare metà latte e metà acqua o tutta acqua, in particolare se il panzerotto verrà cotto in un forno a legna). Preparare un impasto morbido, e lasciar lievitare per 1 ora circa.
Per il ripieno, in una ciotola unire 1 tuorlo, la ricotta, il prosciutto cotto e la mozzarella tagliati a dadini, il parmigiano, sale e pepe.
Amalgamare il tutto.
Stendere la pasta, ricavarne 3 o 4 dischi della grandezza di un piattino da dessert e distribuirvi sopra il ripieno.
Spennellare i bordi con il tuorlo restante sbattuto e chiudere premendo bene con i rebbi di una forchetta.

PANZEROTTO ALLA NAPOLETANA

Vi consiglio di servirli con broccoletti ripassati in padella o con pomodorini.

Spennellare i panzerotti e spolverizzare
di parmigiano.
Cuocere in forno a 250 °C
per 20 minuti circa (se il forno
è a legna, a 350 °C per 4-5 minuti).

Pasticcio reale in crosta con salsa di ribes

INGREDIENTI
per 4 persone

500 g di polpa
 di vitello
500 g di polpa
 di maiale
500 g di petto di pollo
30 g di pistacchi
1 tartufo nero
200 g di fegatini
 di pollo
2 bicchieri di marsala
4 tuorli
4 fette di pane bianco
1 bicchiere di latte
150 g di parmigiano
 grattugiato
150 g di lardo bianco
150 g di prosciutto
 crudo
2 foglie di alloro
sale e pepe q.b.
1 uovo
 per spennellare

per la pasta

500 g di farina 0
125 g di burro
 già ammorbidito
1 uovo
1 tuorlo
1/2 bicchiere di acqua
15 g di zucchero
15 g di sale

Procedimento

Per la pasta, disporre la farina
a fontana, incorporarvi al centro tutti
gli ingredienti e lavorare a lungo.
Sbriciolare e impastare di nuovo
per rendere il composto liscio
e omogeneo. Formare una palla, coprire
con la pellicola e lasciar riposare
in frigorifero per 1 ora.
Tagliare il vitello, il maiale e il pollo
a dadini. Preparare il ripieno
con 1/4 della carne, insaporendolo
con i pistacchi, il tartufo tagliato
a pezzettini e i fegatini puliti
e tagliuzzati. Irrorare con 2/3
del marsala. Passare la carne restante
al mixer, incorporando i tuorli,
il pane ammorbidito nel latte,
il parmigiano e il resto del marsala.
Aggiustare di sale e pepe.
Unire i due composti in una ciotola,
amalgamandoli molto bene.
Stendere la pasta per l'involucro.

Foderare una terrina da pâté
con la pasta, riempire con 1/3
del pasticcio di carne, sovrapponendovi
uno strato di lardo tagliato
a striscioline, quindi ricoprire
con altra carne e uno strato
di prosciutto crudo. Completare
con il restante composto e guarnire
con le foglie di alloro.
Ricoprire con la pasta, saldando bene
i bordi.
Spennellare la superficie con l'uovo
e guarnirla a piacere con ritagli
di pasta, per esempio a forma
di foglie di vite.
Cuocere in forno a 175 °C
per 1 ora circa.
Per la salsa di ribes, in un pentolino
far sudare lo scalogno con un goccio
di olio, sfumare con il porto
e il brandy e far evaporare.
Unire tutti gli altri ingredienti,
far insaporire e filtrare con un colino
molto fine. Lasciar raffreddare.
Tagliare il pasticcio a fette non troppo
sottili. Disporre 2 fette in ciascun

**per la salsa
di ribes**

1 scalogno tritato
1 bicchierino di porto
1 bicchierino
  di brandy
30 g di mostarda
200 g di gelatina
  di ribes
2 bacche di ginepro
2 grani di pepe
pepe di Caienna q.b.
1 cucchiaio di olio
  extravergine di oliva
sale q.b.

per guarnire

2 cucchiai
  di pistacchi tritati
1 arancia
1 tartufo nero
4-5 foglie di alloro
ciuffetti di ribes
  rosso q.b.

Antipasti

piatto guarnendo con pistacchi tritati,
fettine di arancia, un pizzico di tartufo
tagliato a punta di spillo e foglie
di alloro fritte. Completare con la salsa
di ribes e qualche ciuffetto di ribes rosso.

Patata soffiata con funghi di bosco, crema al parmigiano e pesto di tartufo nero

Procedimento

Cuocere le patate intere in forno, svuotarle della polpa lasciando la parte esterna a mo' di contenitore. Amalgamare la purea di patate, quella di funghi, la ricotta e il parmigiano. Aggiustare di sale e pepe, incorporare delicatamente gli albumi montati a neve e farcire le patate con il composto.
Cuocere in forno a 190 °C per qualche minuto.
Per il pesto di tartufo, unire tutti gli ingredienti in una padella e scaldare.
Servire caldo insieme alle patate.

INGREDIENTI
per 6 persone

6 patate medie
50 g di purea di funghi misti
50 g di ricotta
30 g di parmigiano grattugiato
2 albumi
sale e pepe bianco q.b.

per il pesto di tartufo

40 g di tartufo nero a cubetti fini
1 spicchio di aglio
1 rametto di timo
100 g di olio extravergine di oliva

Pâté di fegatini di pollo in salmì di Bea

INGREDIENTI
per 4 persone

3-4 rigaglie di pollo
1 cipolla bianca
2 foglie di salvia
1 foglia di alloro
5-6 capperi dissalati
4 bacche di ginepro
50 g di vino bianco
50 g di aceto bianco
olio extravergine
 di oliva q.b.
sale e pepe q.b.

Procedimento

Lavare accuratamente le rigaglie
e separare il fegato, che andrà
aggiunto per ultimo.
In un tegame, mettere a freddo
le rigaglie, la cipolla tagliata,
la salvia, l'alloro, i capperi, le bacche
di ginepro, il vino e l'aceto. Cuocere
a fuoco basso per 30 minuti circa.
A cottura ultimata aggiungere
il fegato e cuocere per altri 10 minuti;
aggiustare di sale e pepe.
Frullare il tutto o tritare.
Lasciar riposare per 24 ore.
Al momento di servire aggiungere
a piacere qualche fiocchetto
di burro o un po' di aceto
per riscaldare il pâté.

**PÂTÉ DI FEGATINI
DI POLLO IN SALMÌ
DI BEA**

**Questo pâté
è ottimo su
crostoni di pane
o pan brioche.**

Pâté di tacchino e tonno

Procedimento

Privare il petto di tacchino di eventuali scarti e pellicine. Tagliare a bocconcini e soffriggere con il cipollotto finemente tritato e 3 cucchiai di olio. Aggiungere il vino e sfumare. Salare e pepare. Quando il vino sarà evaporato, unire il tonno sgocciolato dall'olio di conservazione e i capperi dissalati. Cuocere il tutto per 5-6 minuti, quindi spegnere e lasciare raffreddare. Passare finemente al tritatutto e raccogliere il composto in una ciotola. Unire il burro ammorbidito e la pasta d'acciughe. Montare il composto con una piccola frusta e lavorarlo finché risulterà soffice e spumoso. Aggiustare di sale e pepe, quindi trasferire su un foglio di pellicola d'alluminio e modellare "a salametto". Avvolgerlo nella carta e fare riposare in frigorifero per almeno 3 ore.

INGREDIENTI
per 10 persone

450 g di petto
   di tacchino
1 cipollotto
1/2 bicchiere
   di vino bianco
200 g di tonno
1/2 cucchiaio
   di capperi
200 g di burro
1/2 cucchiaio
   di pasta d'acciughe
3 cucchiai di olio
   extravergine d'oliva
sale e pepe q.b.

per la salsa

1 cucchiaio
   di capperi
10 foglie di basilico
60 ml di olio
   extravergine d'oliva

per guarnire

rucola q.b.
1 ravanello
1 uovo sodo

Antipasti

Al momento di servire, levare
il "salametto" dalla carta e tagliarlo
a fette. Su un piatto da portata,
disporre un letto di rucola, sistemarvi
le fette di pâté e condire con la salsa
ottenuta frullando l'olio, i capperi
e il basilico. Guarnire il piatto
con rondelle di ravanello e spicchi
d'uovo sodo.

Petto di pollo alla mostarda di Cremona

**INGREDIENTI
per 4 persone**

2 petti di pollo
200 g d'insalata mista di campo
50 g di mostarda di Cremona
aceto q.b.
olio extravergine d'oliva q.b.
sale e pepe q.b.

Procedimento

Pulire i petti di pollo, salare e pepare. Far rosolare in padella con l'olio caldo, quindi trasferire in una teglia da forno. Coprire con un foglio di pellicola di alluminio e continuare la cottura in forno già caldo a 160 °C per 10 minuti circa.
Una volta cotti, tagliare i petti di pollo a striscioline e disporli sull'insalatina lavata.
Cospargere di mostarda tagliata a dadini e condire con olio e aceto.

Antipasti

Pizza di scarola

**INGREDIENTI
per 4 persone**

per la pasta

400 g di farina 0
20 g di lievito di birra
50 g di olio
    extravergine di oliva
sale q.b.

per la farcia

2 kg di scarola
2 spicchi di aglio
50 g di olive nere
    di Gaeta snocciolate
20 g di capperi
50 g di pinoli
100 g di uvetta
2 acciughe sotto sale
olio extravergine
    di oliva q.b.

Procedimento

Lavare la scarola e cuocerla al vapore in una casseruola larga e coperta. Scolare bene.
In una padella, arrostire l'aglio schiacciato nell'olio, quindi eliminarlo e aggiungervi le olive snocciolate, i capperi, i pinoli e l'uvetta rinvenuta in acqua tiepida. Amalgamare bene, quindi unire la scarola stufata.
Far rosolare per qualche minuto.
Per la pasta, impastare tutti gli ingredienti e lasciar riposare per 30 minuti. Stendere la pasta in due sfoglie.
Rivestire una teglia con una sfoglia di pasta, versarvi la farcia e chiudere con la seconda sfoglia.
Spennellare con l'olio.
Cuocere in forno a 190 °C per 40 minuti circa. Servire tiepida o fredda.

PIZZA DI SCAROLA

Torta tipica del napoletano, viene proposta con alcune varianti anche nella cucina pugliese.

Con lo stesso impasto potete preparare anche dei piccoli panzerotti, sia al forno sia fritti.

Pizzette di sfoglia

PIZZETTE DI SFOGLIA

La pasta sfoglia è un ingrediente neutro, pertanto può essere utilizzata in preparazioni sia salate che dolci: accostandola a ingredienti diversi potete ottenere primi piatti, antipasti e dessert.

Procedimento

Se si utilizza la pasta sfoglia surgelata, occorre farla scongelare per tempo. Disporre la pasta su un piano di lavoro liscio e leggermente infarinato; stenderla con il mattarello in uno strato dello spessore di 3 mm circa. Con il tagliapasta, ritagliare dei dischi e disporli sulla teglia, foderata con carta da forno. Raccogliere i ritagli di pasta (non vanno impastati ma solo sovrapposti), quindi stenderli per ritagliare altri dischi. Sbattere l'uovo in un piatto fondo, quindi spennellare i dischi. Tagliare i pomodorini a metà e disporli sopra i dischi di pasta. Salare e cospargere le pizzette con il parmigiano, condire con un filo di olio e cuocere in forno già caldo a 200 °C per circa 15 minuti.

**INGREDIENTI
per 4 persone**

300 g di pasta sfoglia
12 pomodorini ciliegia
60 g di parmigiano grattugiato
olio extravergine di oliva q.b.
sale q.b.
1 uovo per spennellare

Antipasti

Polpette di patate e speck di Elena

**INGREDIENTI
per 6 persone**

800 g di patate
1 uovo
1 tuorlo
50 g di parmigiano
   grattugiato
40 g di pecorino
   grattugiato
pangrattato q.b.
15 fette di speck
   (circa)
olio extravergine
   di oliva q.b.
sale q.b.

Procedimento

Lessare le patate, scolarle accuratamente e schiacciarle. Amalgamare l'uovo, il tuorlo, i formaggi grattugiati e un pizzico di sale. L'impasto deve restare morbido, seppure di una certa consistenza.
Mescolare bene e lasciar riposare in frigorifero per almeno 2 ore (o tutta la notte).
Togliere dal frigorifero, formare delle palle grandi come una noce o poco più e passarle nel pangrattato. Avvolgerle nello speck (se la fetta è larga, tagliarla a metà e foderare due polpettine). Fissare lo speck usando un po' di impasto come collante. Disporre su una teglia, irrorare con un goccio di olio e passare in forno già caldo a 180 °C per 15-20 minuti.

POLPETTE
DI PATATE E SPECK
DI ELENA

Ricci di patate al gorgonzola

**INGREDIENTI
per 4 persone**

200 g di patate
2 uova
1 pizzico di noce
 moscata
80 g di gorgonzola
1 cucchiaio di farina 0
100 g di capelli
 d'angelo finissimi
1 ciuffo
 di prezzemolo
olio di arachide q.b
 per friggere
sale e pepe q.b.

Procedimento

Preparare un impasto con le patate lessate e schiacciate, 1 tuorlo, la noce moscata e un pizzico di sale.
Ricavare delle palline della dimensione desiderata e farcirle con un dadino di gorgonzola. Passare le palline nella farina, in un uovo sbattuto e nei capelli d'angelo sbriciolati. Friggere in olio ben caldo a fuoco vivo, quindi guarnire con il ciuffo di prezzemolo fritto.

Antipasti

Rustici di frittate miste

**INGREDIENTI
per 4 persone**

300 g di pasta sfoglia
6 uova
verdure a piacere
 (spinaci, cipolle,
 asparagi)
sale q.b.
1 uovo
 per spennellare

Procedimento

Preparare 3 diversi tipi di frittatine
di verdura di 2 uova ciascuna
(alte 1 cm) e tagliarle a strisce
di 2 cm di larghezza.
Stendere la pasta sfoglia
e con la rotella dentellata ricavare
delle strisce di 8 cm di lunghezza.
Spennellare con l'uovo sbattuto
e sistemarvi le strisce di frittata,
quindi richiudere facendo combaciare
i lati e spennellare di nuovo.
Tagliare a tocchetti di 3-4 cm.
Cuocere in forno già caldo a 200 °C
per 10 minuti circa.

**RUSTICI
DI FRITTATE MISTE**

Sformatini di carciofi

Procedimento

Pulire bene i carciofi, tagliarli
a spicchi e metterli in una casseruola
con l'olio.
Unire l'aglio e alcune foglioline
di mentuccia; salare e pepare
e, se occorre, irrorare con del vino
bianco. Cuocere per 10 minuti circa.
Nello stesso tegame aggiungere
la farina e lasciar rosolare. Unire il latte,
cuocere per 5 minuti,
quindi togliere dal fuoco. Aggiungere
il parmigiano e le due uova.
Imburrare degli stampini,
spolverizzarli di pane grattugiato
e versarvi il composto.
Cuocere a bagnomaria nel forno
a 160 °C per 20 minuti circa.

**INGREDIENTI
per 4 persone**

4 carciofi puliti
1 spicchio di aglio
1 rametto
   di mentuccia
1/2 bicchiere di vino
   bianco
1 cucchiaio
   abbondante
   di farina 0
200 g di latte
40 g di parmigiano
   grattugiato
2 uova
2 cucchiai di olio
   extravergine di oliva
2 cucchiai di burro
pane grattugiato q.b.
sale e pepe q.b.

Sformato di parmigiano

INGREDIENTI
per 4 persone

80 g di parmigiano
80 g di gruviera
4 uova
125 g di panna
   fresca liquida
1 pizzico di noce
   moscata
sale e pepe q.b.

per guarnire

1 mazzetto di rucola

Procedimento

Mescolare tutti gli ingredienti al mixer fino a ottenere un composto uniforme. Imburrare 4 stampini, versarvi il composto e cuocere a bagnomaria in forno a 180 °C per 1 ora circa.
Servire su un letto di rucola.

Sformato di spinaci e acciughe

Procedimento

Mondare gli spinaci e lessarli senza acqua. Strizzarli e insaporirli in un tegame con metà del burro, un pizzico di sale e pepe, quindi passarli al mixer. Per la besciamella, fondere il burro, aggiungere la farina e tostare per qualche secondo. Diluire con il latte caldo, mescolando perché non si formino grumi, e continuare la cottura per qualche minuto (senza mai smettere di mescolare). Profumare con un pizzico di noce moscata, aggiustare di sale e pepe, quindi togliere la besciamella dal fuoco e unirla agli spinaci. Mescolare con cura e aggiungere il prosciutto cotto e le acciughe tritati, i tuorli d'uovo e gli albumi montati a neve. Versare il composto in uno stampo imburrato e infarinato e cuocere a bagnomaria in forno a 200 °C per 40 minuti circa. Far riposare per 5 minuti, spolverizzare di parmigiano e servire.

INGREDIENTI
per 4 persone

1 kg di spinaci
60 g di burro
2 fette di prosciutto cotto tagliate spesse
3 filetti d'acciuga
6 uova
parmigiano grattugiato q.b.
sale e pepe q.b.

per la besciamella

25 g di farina 0
25 g di burro
1 bicchiere di latte
1 pizzico di noce moscata
sale e pepe bianco q.b.

Sorprese fatte in casa di Maria Letizia

INGREDIENTI
per 4 persone

1 tazza di farina
1 tazza di acqua
1 cucchiaio di burro
1 albume
pangrattato q.b.
olio extravergine
 di oliva q.b.
1 pizzico di sale

per il ripieno

ragù alla bolognese
 e mozzarella
 a dadini
spinaci e scamorza
taleggio e speck

Procedimento

Far bollire l'acqua con il burro
e il sale quindi versarvi tutta la farina
mescolando energicamente
con un cucchiaio di legno fino
a formare una palla di pasta che si stacchi
da sola dalla pentola.
Lasciarla raffreddare, manipolandola
di tanto in tanto per evitare
che si secchi in superficie.
Stendere l'impasto (un pezzetto alla volta)
in uno strato molto sottile
con il mattarello e ricavarne
dei dischi della grandezza desiderata.
Farcire con ripieno a piacere quindi
spennellare i fagottini con l'albume
sbattuto e passarli nel pangrattato
premendo bene.
Friggere in olio ben caldo.

Strudel di verdure con salsa di yogurt all'aneto

STRUDEL DI VERDURE CON SALSA DI YOGURT ALL'ANETO

È uno strudel che si può fare tutto l'anno, sostituendo la verdure a seconda della stagione.

Guarnire a piacere con semi di sesamo o di papavero.

Procedimento

Per la pasta, disporre la farina a fontana, incorporarvi al centro tutti gli ingredienti e lavorare a lungo. Confezionare un panetto e lasciarlo riposare in frigorifero, avvolto nella pellicola, per 1 ora.
Per la salsa, stemperare la maizena in un po' di acqua fredda, versarla nello yogurt intiepidito, aggiungere l'aneto tritato e regolare di sale. Riscaldare la salsa a bagnomaria, finché comincia ad addensarsi (non lasciarla bollire, altrimenti potrebbe stracciare).
Per la farcia, lavare le verdure e tagliarne 1/3 alla julienne e 2/3 grossolanamente. Cuocere separatamente al vapore e passare quelle tritate (i 2/3) al passaverdura con l'uovo, fino a ottenere un composto omogeneo. Unire la julienne, il parmigiano, il prezzemolo tritato e aggiustare di sale. Tirare la sfoglia in uno strato molto sottile e confezionare uno strudel con la farcia.

INGREDIENTI per 4 persone

per la pasta
125 g di farina 0
1 tuorlo
1 cucchiaino di olio extravergine di oliva
1 cucchiaino di aceto
sale q.b.
1 uovo per spennellare

per la salsa
10 g di maizena
375 g di yogurt
1 cucchiaino di aneto fresco
sale q.b.

per la farcia
1200 g di verdure miste (carote, zucchine, sedano, rape, piselli, spinaci, broccoli)
1 uovo
2 cucchiai di parmigiano grattugiato
1 ciuffo di prezzemolo
1 cucchiaino di estratto vegetale
sale q.b.

Antipasti

Sistemare lo strudel, con la chiusura
verso il basso, su una teglia oliata
o rivestita con carta da forno.
Spennellare con l'uovo sbattuto
e cuocere in forno a temperatura
media per 20-30 minuti.
Servire con la salsa di yogurt.

Terrina di manzo con salsa di mirtilli rossi

TERRINA DI MANZO CON SALSA DI MIRTILLI ROSSI

Procedimento

Preparare una marinata unendo
3 bicchieri di vino rosso, l'aceto,
qualche fettina di carota e cipolla,
l'aglio, il sedano tagliato a pezzetti,
un po' di prezzemolo, il sale e il pepe.
Portare a ebollizione.
Lasciar raffreddare, aggiungere l'olio
e 1 o 1/2 cucchiaino di senape.
Versare la marinata sulle fettine
di manzo. Lasciar riposare
per 48 ore mescolando di frequente.
Aromatizzare il manzo tritato
con le cipolle, gli scalogni
e il restante prezzemolo tritati.
Aggiungere, a piacere, del cognac
e aggiustare di sale e pepe.
Stendere un sottile strato di battuto
sul fondo della terrina,
quindi adagiarvi le fettine.
Riempire la terrina alternando strati
di pancetta, di battuto e fettine
di manzo.
Sistemare la foglia di alloro
a metà spessore.

INGREDIENTI
per 6-8 persone

600 g di manzo
  tagliato a carpaccio
200 g di manzo tritato
4 bicchieri di vino
  rosso
1 bicchiere di aceto
1 carota
2 cipolle
1 spicchio di aglio
1 costa di sedano
1 mazzetto
  di prezzemolo
1 cucchiaino di senape
  di Digione delicata
2 scalogni
20 fettine sottili
  di pancetta
  affumicata
1 foglia di alloro
farina 0 q.b.
2 cucchiai di olio
  extravergine di oliva
4-5 grani di pepe
sale q.b.

per guarnire

1 bustina di gelatina
  istantanea
1 mazzetto
  di prezzemolo
1 carota

Antipasti

**per la salsa
di mirtilli**

200 g di composta
  di mirtilli rossi
  o gelatina di ribes
1 scalogno tritato
50 g di porto
50 g di brandy
1 punta di pepe
  di Caienna
30 g di mostarda
2 bacche di ginepro
1 cucchiaio di olio
  extravergine
  di oliva
2 grani di pepe
sale q.b.

Terminare con uno strato di pancetta. Pigiare la terrina con il palmo della mano, quindi bagnare con 3 cucchiai di acqua. Incoperchiare, sigillando bene i bordi con un impasto di farina e acqua per ottenere una chiusura ermetica.
Cuocere a bagnomaria in forno a 180 °C per 4 ore e mezzo.
Togliere il coperchio e sgrassare bene la superficie della terrina. Ritagliare un cartoncino nella forma della terrina, appoggiarcelo sopra sormontato da un peso (il peso serve per comprimere la terrina in modo che non si sbricioli quando la si taglia).
Preparare la gelatina. Guarnire la superficie della terrina con rondelle di carota, foglie di prezzemolo o altro. Distribuire la gelatina sopra la terrina e trasferire in frigorifero per 1 o 2 ore.
Per la salsa di mirtilli, in un pentolino far rosolare lentamente lo scalogno con un goccio di olio, sfumare con il porto e il brandy e far evaporare.

Unire tutti gli altri ingredienti,
far insaporire e filtrare con un colino
molto fine.
Lasciar raffreddare.
Servire la terrina accompagnandola
con dell'insalata verde poco condita
e la salsa di mirtilli.

Antipasti

Torta di carciofi e camembert

**INGREDIENTI
per 4 persone**

300 g di pollo
   e agnello
1 cipollina
1 bicchiere di vino
   bianco
3 bicchieri di brodo
4 fette di pane
   in cassetta
1/2 bicchiere di latte
8 carciofi
1 scalogno
200 g di polpa
   di pomodoro
olio extravergine
   di oliva q.b.
sale e pepe q.b.

Procedimento

Pulire i carciofi, tagliarli sottili
e saltarli in padella con olio e aglio.
Insaporire con sale e pepe e far cuocere,
a fuoco moderato e con il coperchio,
per 10 minuti circa.
Tagliare il camembert a dadini.
In una ciotola, unire i carciofi
(lasciati raffreddare), il formaggio,
1 uovo sbattuto, il prezzemolo tritato
e un pizzico di pepe.
Ricavare un disco dal rotolo di pasta
e stenderlo su una placca rivestita
di carta da forno. Foderare
con il prosciutto cotto, lasciando
tutt'intorno un bordo vuoto
di tre dita circa.
Cospargere il prosciutto
con il composto di carciofi, pareggiare
e coprire con un secondo rotolo
di pasta.
Rovesciare il bordo verso l'interno
formando una specie di orlo
e pizzicare tutt'intorno per sigillare.

**TORTA DI CARCIOFI
E CAMEMBERT**

**Per evitare
che i carciofi
anneriscano,
mentre cucinate
conservateli
in acqua
acidulata con del
succo
di limone.**

Spennellare la superficie con il tuorlo diluito con un goccio di acqua fredda, e infine, con uno spiedino, bucherellare la superficie della torta in più punti.
Cuocere in forno già caldo a 200 °C per 45 minuti circa, finché la pasta avrà assunto un bel colore oro scuro. Lasciar intiepidire, quindi servire.

Antipasti

Torta di carciofi e cipolle al taleggio

**INGREDIENTI
per 4 persone**

per la pasta brisée

200 g di farina 00
100 g di burro
2 cucchiai di acqua
 fredda
1 pizzico di sale

per la farcia

4 carciofi
1 spicchio d'aglio
3 cipolle
30 g di burro
50 g di panna fresca
 liquida
200 g di taleggio
4 cucchiai di olio
 extravergine d'oliva
sale e pepe q.b.

Procedimento

Per la pasta brisée, incorporare il burro ammorbidito nella farina, impastando velocemente con le mani.
Ridurre il composto in grosse briciole e disporle a fontana sulla spianatoia. Al centro aggiungere il sale e l'acqua. Impastare velocemente, quindi avvolgere il composto in un foglio di pellicola trasparente e fare riposare in frigorifero per 20 minuti.
Pulire i carciofi, tagliarli alla julienne e rosolarli in padella con l'olio e l'aglio. Tagliare le cipolle a fette e farle dorare nel burro.
Quando sono pronte, unire i carciofi. Salare e pepare, quindi spegnere la fiamma.
Foderare uno stampo con la pasta, coprire la superficie con carta da forno e fagioli secchi.
Cuocere a 190 °C per 10 minuti. Togliere i fagioli e la carta.
Unire ai carciofi e alle cipolle la panna e metà del formaggio

**TORTA DI CARCIOFI
E CIPOLLE
AL TALEGGIO**

tagliato a dadini. Versare il composto
sulla pasta e cuocere in forno
a 180 °C per 30 minuti circa.
5 minuti prima di togliere dal forno,
coprire la superficie con il taleggio
rimasto tagliato a fette.
Servire la torta calda o fredda.

Antipasti

Torta di funghi

**INGREDIENTI
per 4 persone**

per la pasta

250 g di farina 00
60 g di barbabietole
acqua fredda q.b.
45 g di olio
  extravergine di oliva
sale q.b.

per la farcia

300 g di funghi misti
  crudi
150 g di parmigiano
  a scaglie
200 g di brodo
  vegetale
2 tuorli
30 g di cerfoglio
sale e pepe q.b.

Procedimento

Per la pasta, disporre la farina a fontana. Unire le barbabietole cotte e frullate con l'olio, un pizzico di sale e acqua a sufficienza per ottenere un composto morbido ed elastico. Spennellare con l'olio uno stampo da crostata di 24 cm di diametro. Foderare con la pasta (che sarà di un bel colore rosso grazie alle barbabietole). Appoggiarvi sopra un disco di carta da forno e cospargere con legumi (o sassolini) per evitare che durante la cottura si sollevi troppo. Cuocere in forno a 180 °C per 15 minuti circa. Levare la pasta dal forno e coprire con i funghi puliti e metà del parmigiano a scaglie. In una terrina, unire 2 tuorli, il brodo vegetale, il restante parmigiano e il cerfoglio tritato. Aggiustare di sale e pepe. Versare il composto sopra i funghi e il parmigiano. Cuocere in forno a 180 °C per altri 15 minuti circa.

**TORTA
DI FUNGHI**

Torta di polpo

TORTA DI POLPO

Con la stessa tecnica potete preparare torte salate di gusti diversi.

Procedimento

Pulire il polpo e bollirlo intero in pentola per 30 minuti (o 15 minuti nella pentola a pressione). Nel frattempo, versare la farina in una terrina capiente e sciogliere il lievito nella tazza di acqua calda. Amalgamare il tutto con le mani. Aggiungere quindi all'impasto l'olio e una presa di sale. Far lievitare per 30 minuti al caldo, coperto da un canovaccio.
Fare raffreddare il polpo, scolarlo bene e tagliarlo a pezzetti. Preparare un trito di prezzemolo e aglio e incorporarlo al polpo. Aggiungere 1/2 tazza di passata di pomodoro cruda e il peperoncino; aggiustare di sale.
Stendere la pasta lievitata in uno strato non troppo sottile e foderare una teglia da forno.

**INGREDIENTI
per 4 persone**

1 polpo fresco (1,5 kg circa)
prezzemolo q.b.
2 spicchi d'aglio
1/2 tazza di passata di pomodoro
1 peperoncino
sale q.b.

per la pasta

1/2 kg di farina 0
1 tazza di acqua calda
1/2 panetto di lievito di birra
3 cucchiai di olio extravergine d'oliva
sale q.b.

Antipasti

Riempire con il polpo e ricoprire
con un altro strato di pasta
più sottile. Tagliare la pasta
in eccesso e sigillare bene i bordi.
Cuocere in forno a 180 °C
per 35-40 minuti.

Torta di verdure

TORTA DI VERDURE

Provate a farla anche con asparagi e fagiolini a tocchetti o carciofi a spicchi sottilissimi ed emmental a dadini.

Procedimento

Tagliare grossolanamente la cipolla.
Lavare i peperoni, eliminare
i semi e le parti bianche e tagliarli
a pezzettini.
Spuntare e lavare le zucchine
e la melanzana e tagliarle a pezzettini.
Tagliare fontina e gruviera a cubetti
e farli indurire in frigorifero.
Rosolare la cipolla nell'olio per pochi
minuti quindi unire i peperoni,
le zucchine e le melanzane; mescolare
e far insaporire per 5 minuti.
Aggiungere i pomodori sbucciati,
privati dei semi e tagliati a cubetti.
Salare, pepare e cuocere per 10 minuti
a fuoco vivo. Togliere dal fuoco,
unire il basilico tritato e le olive
snocciolate tagliate a rondelle
e lasciar raffreddare.
In una ciotola montare
con lo sbattitore il burro (a temperatura
ambiente) e la ricotta fino a ottenere
un composto cremoso e soffice.
Separare gli albumi (da tenere da parte)

**INGREDIENTI
per 6 persone**

1 cipolla
2 peperoni gialli
2 zucchine
1 melanzana piccola
70 g di fontina
50 g di gruviera
2 pomodori
4 foglie di basilico
8 olive nere
   snocciolate
60 g di burro
130 g di ricotta
3 uova
250 g di farina 0
1/2 bustina di lievito
   per torte salate
3 cucchiai di olio
   extravergine di oliva
sale e pepe q.b.

Antipasti

dai tuorli e unire questi ultimi,
uno alla volta, alla ricotta montata.
Mescolare il lievito alla farina
e incorporarla al composto
con un cucchiaio.
Montare a neve ferma gli albumi
e unirli al composto mescolando
dal basso verso l'alto. Aggiungere
le verdure fredde utilizzando
una paletta e sgocciolando
il condimento.
Imburrare e infarinare uno stampo
rettangolare da plum-cake, riempirlo
con metà del composto, aggiungere metà
dei formaggi tagliati a cubetti, ricoprire
con il composto rimasto
e completare con i formaggi.
Cuocere la torta in forno
a 180 °C per 45 minuti.
Lasciar intiepidire, capovolgere
su un piatto di portata e sformare.
Servire tiepida o fredda tagliata
a fette.

Torta di zucchine

TORTA DI ZUCCHINE

Con la stessa tecnica potete preparare torte diverse utilizzando a piacere le verdure di stagione.

Procedimento

Sciogliere il lievito con l'acqua tiepida e incorporare il resto degli ingredienti. Far riposare l'impasto in frigorifero per 30-40 minuti.
Tagliare le zucchine nel senso della lunghezza a fette spesse 0,5 cm circa e metterle sotto sale per 30 minuti, quindi lavarle bene e cuocerle alla griglia girandole una sola volta. Farle raffreddare e dividerle in tre parti.
Stendere la pasta in una sfoglia sottile e foderare uno stampo da 26 cm di diametro. Fare uno strato con un terzo delle zucchine, coprire con metà della fontina e con metà del pomodoro, cospargere con il parmigiano e un goccio d'olio. Ripetere l'operazione con i restanti ingredienti e finire con uno strato di zucchine.
Cuocere in forno a 200 °C per 45-50 minuti.

**INGREDIENTI
per 4 persone**

per la pasta

300 g di farina 00
12 g di lievito di birra
130 ml di acqua
1 cucchiaio di olio extravergine d'oliva
1 cucchiaino di sale

per la farcia

1 kg di zucchine
200 g di fontina a fette
300 g di salsa di pomodoro al basilico
150 g di parmigiano grattugiato
olio extravergine d'oliva q.b.
sale q.b.

Antipasti

Torta pasqualina

INGREDIENTI
per 4 persone

per la pasta

300 g di farina 0
3 cucchiai di olio
  extravergine di oliva
1 bicchiere scarso
  di acqua
sale q.b.

per la farcia

12 carciofi con le spine
2 limoni
1 cipolla media
400 g di ricotta
  di pecora
  freschissima
2 cucchiai
  di parmigiano
  grattugiato
5 uova
1 cucchiaino
  di maggiorana
qualche fiocchetto
  di burro
2 cucchiai di olio
  extravergine di oliva
sale e pepe q.b.

Procedimento

Disporre la farina a fontana sulla spianatoia. Versarvi al centro l'olio, l'acqua appena intiepidita e un pizzico di sale. Amalgamare gli ingredienti con una forchetta e lavorare energicamente la pasta con le mani per qualche minuto fino a ottenere un composto liscio e omogeneo (se si attacca alle mani, aggiungere un po' di farina). Formare una palla, coprire con un canovaccio piegato in quattro e lasciar riposare sotto una ciotola capovolta per 30 minuti.
Per la farcia, mondare i carciofi scartando le foglie esterne, le punte e la scorza dura del fondo. Dividerli in due, togliere l'eventuale fieno interno, quindi tagliarli a spicchi sottili e metterli in un recipiente riempito di acqua acidulata con del succo di limone.
In una casseruola, scaldare l'olio e appassirvi a fuoco basso la cipolla tritata. Unire i carciofi ben sgocciolati,

TORTA PASQUALINA

Potete preparare questa torta, tipica della cucina ligure, anche con un giorno di anticipo, conservandola, avvolta nella pellicola, in frigorifero.

salare e far insaporire per qualche
minuto mescolando spesso.
Aggiungere 2 cucchiai di acqua
calda, incoperchiare e cuocere
dolcemente per 10 minuti circa
(finché i carciofi saranno teneri
e asciutti). In una ciotola, amalgamare
la ricotta, il parmigiano, 2 uova
sbattute, la maggiorana, un pizzico
di sale e di pepe. Mescolare
e aggiungere al composto i carciofi.
A questo punto, dividere la pasta
in 4 parti, stenderne una a disco,
assottigliandola il più possibile
e allargandola con il dorso delle mani.
Foderare una tortiera a bordi svasati
(22 cm di diametro) unta di olio
e infarinata, lasciando debordare
la pasta. Versare il ripieno (se risultasse
troppo denso, diluire con qualche
cucchiaio di latte), pareggiarlo
e ritagliare la pasta a circa due dita
dal bordo. Praticare 3 fossette
nel ripieno, a distanza regolare,
e rompervi le uova rimaste. Condire
ciascun uovo con un fiocchetto

Antipasti

di burro e un pizzico di sale. Preparare
un secondo disco di pasta e coprire
con il ripieno. Ritagliare la pasta
della stessa grandezza del primo disco.
Spennellare la superficie con l'olio,
quindi ricavare due sfoglie sottili
dai 2 pezzi di pasta rimasti.
Stenderle sulla torta spennellandole
sempre con l'olio e ritagliare
l'eccedenza. Durante la preparazione,
tenere i pezzi di pasta coperti
perché non si secchino.
Rivoltare verso l'interno gli strati
di pasta che debordano dalla tortiera
formando un cordolo.
Cuocere in forno già caldo a 180 °C
per 1 ora circa.
Servire tiepida o fredda.

Torta rovesciata di pere salata

**INGREDIENTI
per 4 persone**

40 g di zucchero
1 kg di pere Kaiser
40 g di burro
300 g di pasta
 sfoglia
100 g di parmigiano
 grattugiato
sale e pepe q.b.

Procedimento

Imburrare una teglia tonda di circa
24 cm di diametro, cospargere
con lo zucchero e sistemarvi le pere
sbucciate e tagliate in 4 spicchi
ciascuna con la parte concava rivolta
verso l'alto.
Salare e aggiungere il burro
a fiocchetti.
Cuocere in forno a 190 °C
per 30 minuti circa, finché
lo zucchero si sarà caramellato.
Togliere del forno e cospargere
con parmigiano e abbondante pepe.
Coprire con la pasta sfoglia, formando
all'esterno un bordo spesso.
Rimettere in forno a 200 °C per 15
minuti circa, sfornare e rovesciare
subito. Servire tiepida.

Antipasti

Torta rustica di carote

**INGREDIENTI
per 8 persone**

1 kg di carote
1 cipolla tritata
1 porro tritato
1 cucchiaio di maizena
1 tazza di riso cotto
3 uova
2 cucchiai di salsa
 di soia
1/2 tazza
 di parmigiano
 grattugiato
sale q.b.

Procedimento

Cuocere le carote al vapore (nel microonde, nella pentola a pressione, nella vaporiera, eccetera: la cosa importante, per conservare il sapore delle carote, è cucinarle senza acqua) e ridurle in purea (si possono frullare).
Fare un soffritto con la cipolla e il porro.
Sciogliere la maizena con un po' di acqua e unire tutti gli ingredienti. Se necessario, aggiustare di sale.
Versare il composto in uno stampo da ciambella, precedentemente imburrato.
Cuocere in forno a temperatura media per 30 minuti circa.

**TORTA RUSTICA
DI CAROTE**

Potete preparare questa torta rustica con avanzi di riso cotto (è indicato anche il risotto).

Tortino al peperone rosso

TORTINO AL PEPERONE ROSSO

Potete anche preparare più tortini, naturalmente dovrete ridurre il tempo di cottura in forno: saranno sufficienti 25-30 minuti.

Procedimento

Rosolare la cipolla tritata nel burro, aggiungere i peperoni mondati dai semi e tagliati a listarelle e cuocere a fuoco dolce per 15 minuti. Frullare fino a ottenere una salsa omogenea, unire la panna, le uova, la noce moscata, un pizzico di sale e frullare di nuovo.
Versare il composto in uno stampo imburrato e cuocere a bagnomaria in forno a 180 °C per 40 minuti.
Per la besciamella, fondere il burro, aggiungere la farina e tostare per qualche minuto rigirando. Diluire con il latte caldo, mescolando perché non si formino grumi, e continuare la cottura per qualche minuto (senza mai smettere di mescolare). Aggiustare di sale e pepe, quindi incorporarvi il gruviera grattugiato.
Sfornare e sformare il tortino e cospargerlo di besciamella.

INGREDIENTI
per 4 persone

2 peperoni rossi maturi
1/2 cipolla
30 g di burro
3 uova
300 g di panna fresca liquida
1 pizzico di noce moscata
sale q.b.

per la besciamella

25 g di farina 0
50 g di burro
1/2 l di latte
150 g di gruviera
sale e pepe bianco q.b.

Antipasti

Tortino di baccalà

INGREDIENTI
per 4 persone

850 g di baccalà
   già ammollato
750 g di patate
2 cucchiai di vino
   bianco secco
5-6 ciuffi
   di prezzemolo
1 foglia di alloro
1 cipolla
1 costa di sedano
1 carota media
40 g di burro
2 cucchiai
   di parmigiano
   grattugiato
peperoncino piccante
   in polvere q.b.
2 uova
1 limone
5-6 grani di pepe
sale q.b.

Procedimento

Lavare bene le patate, trasferirle in una casseruola, coprirle di acqua fredda e lessarle a fuoco moderato. Scolarle leggermente al dente. Nel frattempo, in un altro recipiente, preparare un "fumetto": far sobbollire per 10 minuti in 2 l di acqua il vino, il pepe, il prezzemolo, l'alloro, la cipolla, il sedano e la carota accuratamente mondati. Unire quindi il baccalà e lessarlo per 20 minuti circa, scolarlo e privarlo di pelle e lische.
Sbucciare le patate e passarle allo schiacciapatate. In una ciotola, incorporare al purè il burro, 1 cucchiaio di parmigiano, un pizzico di peperoncino, le uova e un pizzico di sale. Mescolare fino a ottenere un composto omogeneo. Versarne metà in una pirofila abbondantemente imburrata, livellandolo bene. Distribuire sul purè il baccalà spezzettato e insaporire

TORTINO DI BACCALÀ

con un pizzico di peperoncino
e di scorza di limone grattugiata.
Coprire con il purè rimasto,
livellandolo con il dorso
di un cucchiaio.
Cospargere il tortino con 1 cucchiaio
di parmigiano rimasto e qualche
fiocchetto di burro.
Cuocere in forno già caldo
a 250 °C per 20 minuti circa.
Sfornare e servire il piatto caldo,
ma non bollente.

Verza ripiena

**INGREDIENTI
per 4 persone**

1 verza (1 kg)
300 g di polpa
   di manzo
250 g di polpa
   di vitello
2 cipolle
1 pizzico
   di paprica dolce
1 bicchiere di vino
   bianco secco
300 ml di brodo
   vegetale
1 uovo
50 g di parmigiano
   grattugiato
1 pizzico
   di noce moscata
400 g di polpa
   di pomodoro a pezzi
5 cucchiai di olio
   extravergine d'oliva
sale q.b.

Procedimento

Privare la verza delle foglie più fibrose e sbollentarla intera per 15 minuti in abbondante acqua. Scolarla, immergerla in acqua fredda e sistemarla su un canovaccio. Tagliare la carne in piccoli pezzi. Tritare 1 cipolla e appassire in 3 cucchiai di olio. Unire la carne e rosolare uniformemente. Insaporire con un pizzico di sale, uno di paprica e un bicchiere di vino. Quando il vino sarà parzialmente evaporato, aggiungere il brodo caldo lasciandone un po' per la cottura finale. Incoperchiare e cuocere a fuoco moderato per 25 minuti: la carne dovrà risultare piuttosto asciutta. Aprire delicatamente la verza allargando i primi tre strati di foglie. Staccare la parte centrale e sminuzzarla grossolanamente. Passare al tritatutto la carne con il fondo di cottura, quindi unirla al cuore di verza a tocchetti.

Amalgamare al composto l'uovo,
il parmigiano e la noce moscata.
Farcire il centro della verza con metà
del composto e distribuire il resto
tra le foglie, quindi richiuderle
e ricomporle.
In una casseruola sufficientemente larga
per la verza rosolare la cipolla tritata
con 2 cucchiai di olio.
Unire la verza, la polpa di pomodoro
e il brodo rimasto. Salare,
incoperchiare, quindi stufare
lentamente per 25 minuti circa.

Primi

Primi

Acqua cotta di primavera

**INGREDIENTI
per 4 persone**

200 g di asparagi selvatici
4 carciofi piccoli
1/2 limone
300 g (circa) di bietola
1 carota
1 costa di sedano
2 spicchi d'aglio
200 g di piselli sgranati
150 g di fave molto tenere
3 foglie di salvia
1 fetta di pancetta tagliata spessa
4 uova fresche
4 fette di pane casereccio
2 cucchiai di pecorino o parmigiano grattugiato
2 cucchiai di olio extravergine d'oliva
sale e pepe q.b.

Procedimento

Lavare gli asparagi e tagliarli a tocchetti scartando la parte dura. Pulire i carciofi, tagliarli in otto spicchi e trasferirli in una terrina di acqua acidulata con il succo di limone. Mondare la bietola, lavarla più volte e tagliarla grossolanamente. Pelare la carota e affettarla finemente insieme al sedano. Sbucciare e affettare gli spicchi d'aglio.
In una casseruola, soffriggere l'aglio, le foglie di salvia e la pancetta tagliata a striscioline nell'olio. Appena l'aglio comincerà a imbiondire, unire al soffritto le verdure preparate in precedenza, i piselli e le fave e far insaporire. Aggiustare di sale e pepe, coprire con 1,5 l (circa) di acqua bollente, incoperchiare e cuocere, a fuoco moderato, per 20 minuti circa. A fine cottura, mantenere la zuppa in leggera ebollizione, rompere le uova

**ACQUA COTTA
DI PRIMAVERA**

Per rendere l'aglio più digeribile, privatelo del germoglio interno.

Esistono molte varianti di questa tradizionale zuppa maremmana. Gli ingredienti cambiano a seconda del luogo e della stagione, pertanto le verdure proposte in questa ricetta possono essere sostituite in base ai vostri gusti e alla disponibilità.

(uno alla volta) su un piattino e versarle
via via nella casseruola, tenendo presente
che devono risultare come fossero
uova in camicia. Cuocere le uova
per 2-3 minuti, quindi toglierle
dalla pentola con la schiumarola.
Nel frattempo, tostare le fette di pane
(a piacere, strofinarle con l'aglio)
e disporle in una zuppiera. Trasferire
le uova sulle fette di pane, versarvi
sopra la zuppa, spolverizzare
di formaggio, attendere qualche
minuto e servire.

Agnolotti di asparagi e pollo

INGREDIENTI
per 4 persone

300 g di pasta sfoglia
150 g di salsa
 di pomodoro
50 g di burro
50 g di parmigiano
 grattugiato

per il ripieno

250 g di asparagi
 bolliti
100 g di polpa
 di pollo
20 g di burro
1 spicchio di aglio
1 cucchiaio
 di prezzemolo
5 foglie di basilico
1 uovo
1 tuorlo
parmigiano
 grattugiato q.b.
olio extravergine
 di oliva q.b.

per la vellutata
di pollo

750 g di brodo
 di pollo
50 g di farina
50 g di burro
noce moscata q.b.
sale e pepe bianco
 q.b.

Procedimento

Tritare molto finemente la parte tenera degli asparagi e la polpa di pollo bollita. Insaporire in padella con un filo di olio e burro, lo spicchio di aglio, il prezzemolo e il basilico. Unire la polpa di pollo e di asparagi. Far insaporire, lasciar raffreddare, togliere l'aglio e il prezzemolo, aggiungere l'uovo e il tuorlo, il parmigiano grattugiato e la vellutata (preparata secondo la ricetta base). Stendere la pasta e confezionare i ravioli di circa 4 cm di diametro. Cuocere in abbondante acqua salata. In una padella far insaporire il burro con la salsa di pomodoro. Saltare i ravioli cotti al dente con 2 cucchiai di acqua di cottura, una noce di burro e il parmigiano. Disporre la salsa di pomodoro su 4 piatti, adagiarvi i ravioli e servire subito.

Anello di polenta bianca

Procedimento

Per la polenta, portare a ebollizione
1 l di acqua con l'alloro e 1 spicchio
d'aglio. Togliere gli odori e versare
un goccio di olio, una presa
di sale grosso e la farina di mais
a pioggia. Mescolare velocemente
per evitare che si formino grumi,
ridurre la fiamma e cuocere
la polenta per 50 minuti, girandola
spesso. Quindi amalgamare
i broccoletti lessati (tranne qualche
ciuffetto) e ripassati in padella
con olio e aglio. Versare la polenta
in uno stampo ad anello bene
imburrato e far intiepidire.
Per il contorno, eviscerare i moscardini,
insaporirli in un soffritto di capperi, olive,
aglio e peperoncino tritati e un goccio
di olio. Sfumarli con un dito
di vino bianco, incoperchiare e stufare
per 45 minuti (senza acqua).
Salare e servire con la polenta sformata
e guarnita con i ciuffetti di broccoletti.

**INGREDIENTI
per 4 persone**

per la polenta
250 g di farina
   di mais bianco
1 foglia di alloro
2 spicchi d'aglio
250 g di broccoletti
burro q.b.
olio extravergine
   di oliva q.b.
sale grosso q.b.

per il contorno
1,2 kg di moscardini
1 cucchiaio
   di capperi
20 olive nere
1 spicchio d'aglio
1 peperoncino
vino bianco secco
   q.b.
olio extravergine
   d'oliva q.b.
sale q.b.

Bavette acciughe e limone

**INGREDIENTI
per 4 persone**

500 g di pasta tipo bavette
550 g di acciughe fresche decapitate e diliscate
1 cucchiaio di prezzemolo
1 spicchio d'aglio
1 limone
1/2 peperoncino rosso piccante
olio extravergine d'oliva q.b.

Procedimento

Lavare le acciughe e trasferirle
su un canovaccio ad asciugare.
In una padella antiaderente,
unire l'olio, il prezzemolo
e l'aglio passato allo spremiaglio.
Cuocere le acciughe
a fuoco vivo per qualche minuto,
facendo attenzione a non spezzettare
i filetti, e sfumare con il succo
di limone. Spegnere il fuoco.
Lasciare nella padella metà
delle acciughe e mettere le altre in caldo.
Lessare la pasta in acqua salata,
scolare quando è ancora
molto al dente
e terminare la cottura nella padella
con le acciughe, aggiungendo
un mestolo della sua acqua
(grazie all'amido presente, si formerà
una specie di cremina).
Mescolare bene e, a piacere,
aggiungere il peperoncino tagliato
a rondelline.

Distribuire nei piatti e sistemare
sulla pasta i filetti di acciuga messi
precedentemente in caldo.
Spolverizzare di abbondante scorza
di limone grattugiata, condire
con olio a crudo e servire subito.

Bigoli con le seppie in nero

**INGREDIENTI
per 4 persone**

400 g di bigoli
500 g di seppie
2 scalogni
prezzemolo q.b.
40 g di funghi
　secchi
1 scatola di polpa
　di pomodoro
　a pezzettoni
50 ml di olio
　extravergine d'oliva
sale e pepe q.b.

Procedimento

In un tegame, soffriggere nell'olio a fuoco dolce gli scalogni e il prezzemolo tritati. Unire i funghi (tenuti in ammollo per 15 minuti) e dopo qualche minuto le seppie pulite e spezzettate (tenere da parte le vescichette del nero). Cuocere per 6-7 minuti, quindi aggiungere il pomodoro e le vescichette del nero sciolte in poca acqua. Salare e pepare. Cuocere a fuoco dolce per 40 minuti circa. Lessare i bigoli in acqua salata, scolarli al dente e condirli con la salsa.

Calamarata

CALAMARATA

I pomodori "confit" sono cotti al forno e quindi più saporiti. Sono ideali per tutte le preparazioni in cui devono essere usati a crudo.

Procedimento

Pulire i calamari e tagliarli ad anelli. Far appassire nell'olio l'aglio tritato finemente per 5 minuti, quindi unire i calamari e spruzzare con il vino bianco. Quando il vino è evaporato, aggiungere i pomodorini "confit" (precedentemente tagliati, salati, pepati, spolverizzati di origano e zucchero e infine cotti in forno a 100 °C per 1 ora circa). Insaporire con sale e peperoncino frantumato, quindi abbassare la fiamma, incoperchiare e cuocere per 5 minuti. Nel frattempo, togliere con un cavatorsoli la parte centrale delle zucchine, tagliarle a rondelle e unirle ai calamari. Cuocere per 1 minuto.
Lessare la pasta e scolarla al dente. Saltarla in padella con il sugo e il prezzemolo tritato.

INGREDIENTI
per 4 persone

380 g di pasta calamarata
300 g di calamari
1 spicchio di aglio
1 bicchiere di vino bianco secco
300 g di pomodorini
1 peperoncino
300 g di zucchine
1 cucchiaio di prezzemolo
olio extravergine di oliva
sale q.b.

per i pomodorini "confit"

origano q.b.
zucchero q.b.
sale e pepe q.b.

Cannelloni alle erbe di campo

**INGREDIENTI
per 6 persone**

per la pasta

300 g di farina 00
3 uova
4 cucchiai di acqua
1 pizzico di sale

per il ripieno

300 g di ricotta
1 uovo
60 g di parmigiano
   grattugiato
noce moscata q.b.
sale e pepe q.b.

per il sugo

400 g di erbe
   di campo già pulite
20 g di pinoli tostati
60 g di burro
40 g di olio
   extravergine di oliva

Procedimento

Impastare la farina con le uova,
l'acqua tiepida e il sale.
Lasciar riposare per 30 minuti circa.
Stendere il composto in una sfoglia molto
sottile e ritagliare dei quadrati (8 × 8 cm
circa). Lessare la pasta
e poi stenderla su un canovaccio umido.
In una terrina, unire la ricotta, l'uovo,
un po' di parmigiano e, a piacere, un pizzico
di noce moscata. Salare e pepare.
Con la pasta e il ripieno confezionare
dei cannelloni senza stringerli troppo.
Imburrare una pirofila da forno
e disporvi i cannelloni; spolverizzarli
di parmigiano e aggiungere qualche
fiocco di burro. Infornare a 180 °C
per 30 minuti.
Saltare le erbe di campo in olio
e burro (dovranno risultare molto
saporite). Disporre le erbe sui piatti,
aggiungere i pinoli e infine
i cannelloni.

Cappelletti in brodo di gallina

Procedimento

Disporre la farina a fontana e incorporarvi le uova. Lavorare bene, quindi avvolgere l'impasto in un panno umido e lasciarlo riposare per almeno 30 minuti.
Far rosolare nel burro la carne di maiale, il petto di pollo e il vitello tagliati a pezzi. Aggiustare di sale e pepe, quindi unire la mortadella e il prosciutto e passare al tritacarne con disco fine.
Versare il composto in una ciotola e aggiungere la ricotta o il formaggio fresco. Legare con le uova, aggiungere il parmigiano e la noce moscata o la scorza di limone. Aggiustare di sale e mettere da parte.
Tirare la pasta in uno strato molto sottile, tagliarla a quadri, distribuirvi sopra il ripieno e confezionare i cappelletti.
Cuocere nel brodo bollente, lasciar riposare alcuni minuti e servire.

INGREDIENTI
per 6-8 persone

per la pasta
400 g di farina 0
4 uova

per la farcia
100 g di carne di maiale
100 g di petto di pollo
100 g di vitello
50 g di mortadella
50 g di prosciutto crudo
50 g di ricotta o formaggio fresco (raveggiolo, crescenza o stracchino)
1 uovo
1 tuorlo
30 g di parmigiano grattugiato
1 pizzico di noce moscata o scorza di limone grattugiata
2 l di ottimo brodo di gallina o cappone
1 noce di burro
sale e pepe q.b.

Cartocci di orecchiette al forno con zucchine e pomodori

**INGREDIENTI
per 4 persone**

400 g di orecchiette
4 pomodori maturi
2 zucchine grandi
1 cipolla
origano q.b.
1 mazzetto di basilico
 e prezzemolo
 freschi
60 g di pangrattato
50 g di pecorino
1 mozzarella
 di bufala grande
4 cucchiai di olio
 extravergine d'oliva
sale q.b.

Procedimento

Rosolare la cipolla tritata
con 2 cucchiai d'olio, aggiungere
i pomodori pelati e tagliati a dadini.
Salare e cuocere per 10 minuti
a fuoco dolce.
Nel frattempo, lavare le zucchine,
tagliarle a dadini e trifolarle
per 15 minuti in padella con l'olio
rimasto e una spolverizzata di origano.
Aggiustare di sale a fine cottura.
Sfogliare e lavare con cura basilico
e prezzemolo, asciugarli, tritarli
finemente e mescolarli
con il pangrattato e il pecorino.
Lessare le orecchiette in abbondante
acqua salata, scolarle molto al dente
e versarle in una pirofila. Condire
con la salsa di pomodoro, le zucchine
e il composto di pane e pecorino.
Completare con la mozzarella tagliata
a fettine sottili e gratinare in forno
già caldo a 200 °C per 10 minuti scarsi.

Conchiglioni farciti ai funghi con crema di zucchine

CONCHIGLIONI FARCITI AI FUNGHI CON CREMA DI ZUCCHINE

Guarnite con foglie di dragoncello spezzettate.

Procedimento

Tritare gli scalogni e rosolarli in una padella antiaderente con il burro e 2 cucchiai di acqua. Aggiungere i funghi tritati grossolanamente, aggiustare di sale e pepe e cuocere coperti. Unire il dragoncello e terminare la cottura. Lasciar raffreddare, quindi incorporare il parmigiano e il pangrattato. Lessare i conchiglioni al dente e raffreddarli con acqua fredda. Scolarli, condirli con un cucchiaio di olio e farcirli con il composto. Tagliare le zucchine a rondelle e cuocerle al vapore per 5 minuti. Frullarle con il tuorlo, la panna e un pizzico di sale e di pepe fino a ottenere un composto omogeneo. Distribuire la crema di zucchine sul fondo di una pirofila, disporvi sopra i conchiglioni farciti, cospargere con parmigiano e gratinare per qualche minuto in forno molto caldo.

**INGREDIENTI
per 6 persone**

500 g di conchiglioni
6 scalogni
30 g di burro
500 g di funghi misti
1 rametto
 di dragoncello
60 g di parmigiano
 grattugiato
1 cucchiaio
 di pangrattato
500 g di zucchine
1 tuorlo
200 g di panna liquida
olio extravergine
 di oliva q.b.
sale e pepe q.b.

Crêpe al gorgonzola e radicchio trevisano

INGREDIENTI
per 8 persone

per le crêpe
150 g di farina 0
250 g di latte
2 uova
50 g di burro
1 pizzico di sale

per il ripieno
500 g di radicchio
  di Treviso
50 g di burro
50 g di mascarpone
100 g di gorgonzola
  naturale
1 cucchiaio
  di parmigiano
  grattugiato
sale e pepe q.b.

per il condimento
50 g di burro fuso
50 g di parmigiano
  grattugiato

Procedimento

In una ciotola setacciare la farina, unire il sale e, mescolando continuamente con una frusta, aggiungere il latte freddo facendo attenzione che non si formino grumi. Sbattere a parte le uova e incorporarle al composto di farina e latte insieme al burro fuso, mescolando fino a ottenere una pastella liscia e fluida.
Sigillare la ciotola con la pellicola trasparente e lasciar riposare per 2 ore circa.
Per il ripieno, mondare il radicchio scartando il gambo e le foglie esterne, quindi sfogliarlo, lavarlo e tagliarlo grossolanamente. Scaldare il burro in un tegame e unirvi il radicchio. Salare e pepare, incoperchiare e lasciar stufare per 10 minuti circa.
Levare dal fuoco e, una volta raffreddato, unire il mascarpone, il gorgonzola e il parmigiano.
Lasciar riposare per 15 minuti.
Nel frattempo, preparare le crêpe.

Mettere sul fuoco una piccola padella
antiaderente (16 cm di diametro)
appena unta di burro e, quando
è calda, versare un mestolino
di pastella, muovendo
contemporaneamente la padella
in modo da ricoprire interamente
il fondo con uno strato sottile.
Quando la crêpe sarà dorata da una parte,
girarla e terminare la cottura.
Procedere nello stesso modo
fino a esaurimento del composto,
impilando le crêpe via via
che sono pronte.
Spalmare su ciascuna un po'
del composto di radicchio, quindi
piegarle in quattro e allinearle,
leggermente accavallate, in una pirofila.
Cospargere con il parmigiano
e il burro fuso e passare in forno ben caldo
per 10 minuti circa.

Fagottini di melanzane

INGREDIENTI
per 4 persone

1 grossa melanzana
150 g di capelli d'angelo
80 g di pesto
1 scalogno
300 g di pomodori maturi
10 foglie di basilico
3 cucchiai di ricotta salata grattugiata
olio extravergine di oliva q.b.
sale e pepe q.b.

Procedimento

Tagliare la melanzana a fette e cuocerle alla griglia.
Lessare i capelli d'angelo, scolarli al dente e condirli con il pesto.
Soffriggere lo scalogno tritato in 2 cucchiai di olio, unire i pomodori tagliati a dadini, pepare e cuocere per 10 minuti. Profumare la salsa con il basilico.
Disporre la pasta al pesto sulle fette di melanzane e chiuderle a involtino. Adagiare gli involtini in una pirofila unta di olio, versarvi sopra la salsa di pomodoro, cospargere con ricotta grattugiata e cuocere in forno a 200 °C per 10 minuti.

Fazzoletti di scarola al profumo di arancia

Procedimento

Saltare in padella la scarola tagliata sottile con olio e aglio per qualche minuto, quindi aggiungere le olive tagliate sottili, l'uva sultanina e i pinoli. Aggiustare di sale e pepe e fare raffreddare, poi unire la ricotta e la purea di patate, amalgamando bene. Stendere la pasta in una sfoglia, tagliarla in quadrati, farcirli e confezionare i fazzoletti ripiegando la pasta a triangolo.
Per la salsa, saltare in padella la scarola tagliata molto sottile con l'olio e uno spicchio d'aglio in camicia, quindi unire la scorza delle arance tagliata sottilissima e aggiustare di sale e pepe.

INGREDIENTI
per 4 persone

400 g di pasta all'uovo

per la farcia

1 cespo di scarola verde
1 spicchio d'aglio
50 g di olive nere
1 cucchiaio di uva sultanina
30 g di pinoli
100 g di ricotta
200 g di purea di patate
olio extravergine d'oliva q.b.
sale e pepe q.b.

per la salsa

1 cespo di scarola
1 spicchio d'aglio
2 arance
olio extravergine d'oliva q.b.
sale e pepe q.b.

Garganelli con la mollica

INGREDIENTI
per 4 persone

per i garganelli
300 g di farina 0
3 uova

per condire
2 acciughe sotto sale
1 cucchiaio
 di capperi sotto sale
1 rametto
 di maggiorana
80 g di olive verdi
 snocciolate
1 peperoncino
 piccante fresco
200 g di patate
150 g di fagiolini
 verdi
2 fette di pancarré
olio extravergine
 d'oliva q.b.
sale q.b.

Procedimento

Per i garganelli, impastare la farina con le uova e far riposare in frigorifero per 30 minuti. Stendere il composto, ritagliare dei quadrati di 3 cm di lato e arrotolarli sull'apposito attrezzo. Diliscare le acciughe, dissalarle sotto l'acqua e asciugarle. Lavare e asciugare anche i capperi, pulire e lavare la maggiorana. Frullare il tutto con le olive e il peperoncino privato dei semi. In una ciotola, mescolare il trito con 4-5 cucchiai d'olio e coprire. Sbucciare le patate e tagliarle a tocchetti; spuntare i fagiolini, lavarli e ridurli a pezzetti. Cuocere le verdure in abbondante acqua salata per 5 minuti, quindi unire la pasta. Sbriciolare la mollica del pancarré, rosolarlo in un tegame con 3-4 cucchiai di olio, scolarlo con un mestolo forato e trasferirlo su carta da cucina. Scolare la pasta e le verdure e condirle con il composto di acciughe e il pane.

Garganelli con ragù e fagioli borlotti

GARGANELLI CON RAGÙ E FAGIOLI BORLOTTI

La ricetta è di origine di San Giovanni in Persiceto e mi è stata data dalla mia cara amica Valeria.
È un piatto indicato per le sere d'inverno accompagnato da un buon bicchiere di vino rosso.

Procedimento

Per il ragù, preparare un trito con la cipolla, il sedano e la carota. Versare in un tegame con l'olio e soffriggere. Aggiungere la carne macinata e i funghi (precedentemente ammorbiditi) e rosolare. Unire il mazzetto odoroso (le erbe vanno chiuse in una garza). Quando la carne avrà aderito al fondo del tegame, aggiungere il vino e lasciar sfumare.
Unire la salsa di pomodoro e cuocere lentamente per 60 minuti circa (se necessario allungare con del brodo). Aggiustare di sale e pepe.
Per i fagioli, tritare l'aglio e il prezzemolo e rosolarli in un tegame con l'olio, quindi aggiungere la salsa di pomodoro.
Cuocere per 10 minuti e unire i borlotti.
Terminare la cottura e aggiustare di sale e pepe.

INGREDIENTI
per 6 persone

500 g di garganelli
80 g circa
   di parmigiano

per il ragù

1 cipolla piccola
1 costa di sedano
1 carota
300 g di carne
   di manzo macinata
2 pezzi di funghi
   secchi
1 mazzetto odoroso
   (timo, maggiorana,
   alloro)
1/2 bicchiere di vino
   rosso
500 g di salsa
   di pomodoro
brodo di carne q.b.
2 cucchiai di olio
   extravergine di oliva
sale e pepe q.b.

per i fagioli

300 g di fagioli
  borlotti già cotti
2 spicchi di aglio
2 cucchiai
  di prezzemolo
300 g di salsa
  di pomodoro
2 cucchiai di olio
  extravergine di oliva
sale e pepe q.b.

Lessare i garganelli in acqua salata,
scolarli e condirli con il ragù
e i fagioli.
A piacere spolverizzare
di parmigiano.

Primi

Girandola di crêpe con spinaci e pollo

Procedimento

Preparare la crêpe secondo la ricetta base. Lasciar riposare per 30 minuti. Lessare il petto di pollo con 1/2 cipolla, la carota e il sedano (tenere da parte il brodo) quindi saltarlo in padella con la metà restante della cipolla e una noce di burro. Tritarlo e unire la ricotta, lo stracchino, gli spinaci precedentemente lessati, il parmigiano e il gruviera; amalgamare con le uova. Salare e pepare.
Preparare una grossa crêpe e cuocerla in forno. Riempirla con la farcia, arrotolarla su se stessa e tagliarla a tronchetti. Nel frattempo preparare la vellutata secondo la ricetta base. Sistemare in una pirofila i tronchetti e cospargerli con una manciata di parmigiano e la vellutata di pollo. Cuocere in forno a 200 °C per 15 minuti circa.

INGREDIENTI
per 6 persone

per la crêpe

180 g di farina 0
100 g di burro
250 g di panna fresca
250 g di latte
4 uova
40 g di spinaci crudi (finemente tritati)

per il ripieno

200 g di petto di pollo
1 cipolla
1 carota
1 costa di sedano
500 g di ricotta
200 g di stracchino
200 g di spinaci
60 g di parmigiano grattugiato
40 g di gruviera grattugiato
4 uova
60 g di burro
sale e pepe q.b.

per la vellutata di pollo

600 g di brodo di pollo
50 g di burro
35 g di farina
noce moscata q.b.
sale e pepe bianco q.b.

Primi

Gnocchetti di olive nere e scampetti al basilico

**INGREDIENTI
per 4 persone**

per gli gnocchi

100 g di farina 0
150 g di pane
   grattugiato
80 g di pasta di olive
   nere
1 uovo
1 rametto
   di rosmarino
acqua q.b.
olio extravergine
   di oliva q.b.

per la salsa

500 g di pomodori
   ramati freschi
1 spicchio di aglio
1 scalogno
400 g di scampi
4-5 foglie di basilico
1 peperoncino
olio extravergine
   di oliva q.b.
sale e pepe q.b.

Procedimento

Sulla spianatoia, disporre a fontana la farina e il pane grattugiato. Incorporare al centro la pasta di olive, l'uovo e un goccio di olio soffritto con il rosmarino tritato. Aggiungere un po' di acqua tiepida e impastare fino a ottenere un composto piuttosto asciutto. Confezionare degli gnocchi di piccole dimensioni.
In una casseruola, far soffriggere l'aglio in camicia e lo scalogno con l'olio, aggiungere metà dei pomodori e far cuocere per 20 minuti. Aggiustare di sale e pepe e aggiungere un pizzico di zucchero, se necessario. Passare la salsa al passaverdura. Tagliare il resto dei pomodori a dadini, dopo averli spellati e privati dei semi, e unirli alla passata.
Sgusciare gli scampi e cuocerli al vapore. Cuocere gli gnocchi in acqua bollente salata, quindi saltarli in padella

GNOCCHETTI
DI OLIVE NERE
E SCAMPETTI
AL BASILICO

con la passata di pomodoro
e il pomodoro a dadini.
Distribuire nei piatti e ricoprire
con il basilico tagliato alla julienne.
Disporvi sopra gli scampi, irrorare
con un filo di olio e insaporire
con del peperoncino tritato.
Servire subito.

Primi

Gnocchetti di ricotta con pomodoro e mozzarella

INGREDIENTI
per 4 persone

250 g di salsa
di pomodoro
1 mozzarella
sale e pepe q.b.

per gli gnocchi
100 g di farina 0
350 g di ricotta mista
50 g di parmigiano
 grattugiato
1 pizzico di noce
 moscata
sale e pepe q.b.

Procedimento

In una ciotola, amalgamare la farina, la ricotta, il parmigiano e la noce moscata. Aggiustare di sale e pepe. Spolverare la spianatoia e l'impasto con la farina, quindi stendere la pasta con il mattarello come fosse una focaccia, ricavare delle strisce (più o meno larghe, a seconda della grandezza desiderata per gli gnocchi), arrotolarle e tagliarle a tocchetti. Incavare e rigare gli gnocchi a uno a uno sui rebbi di una forchetta o sull'apposito attrezzo, quindi cuocerli in acqua bollente salata.
Scaldare la salsa in una padella, unire gli gnocchi e la mozzarella tagliata a cubetti.
Mescolare velocemente e servire.

Gnocchetti rossi di patate al sugo di pesce azzurro

Procedimento

Per gli gnocchi, impastare le patate, la farina, il concentrato di pomodoro e l'erba cipollina tritata fine. Confezionare gli gnocchi.
Per la salsa, far tostare con l'olio l'aglio, la cipolla, il finocchietto selvatico e i capperi tritati e, a piacere, il peperoncino spezzettato.
Unire la polpa di pesce azzurro e sfumare con il vino.
Aggiungere i pomodori tagliati a cubetti e proseguire la cottura per qualche minuto. Aggiustare di sale. Cuocere gli gnocchi in abbondante acqua salata, saltare con la salsa e spolverizzare di prezzemolo tritato.

**INGREDIENTI
per 4 persone**

per gli gnocchi

500 g di patate schiacciate
175 g di farina 0
5 g di concentrato di pomodoro
5 g di erba cipollina

per la salsa

1 spicchio di aglio
1/2 cipolla rossa
2 rametti di finocchietto selvatico
1 cucchiaio di capperi
1 peperoncino
350 g di polpa di pesce azzurro
1 bicchiere di vino bianco
2 pomodori maturi
1 ciuffo di prezzemolo
olio extravergine di oliva q.b.
sale q.b.

Gnocchi con sugo all'amatriciana alla moda di Anna

INGREDIENTI
per 6 persone

per gli gnocchi

600 g di patate bianche
200 g di farina 0
2 cucchiai di parmigiano grattugiato
1 uovo
noce moscata q.b.

per il sugo

200 g di guanciale
30 g di speck o di pancetta affumicata
1 peperoncino
2-3 cucchiai di vino bianco secco
500 g di pomodori San Marzano

Procedimento

Per gli gnocchi, lessare le patate in acqua salata con la buccia; sbucciarle, passarle e lasciar raffreddare. Versare la purea sulla spianatoia e unirvi la farina (100 g di farina ogni 300 g di patate), il parmigiano, l'uovo e la noce moscata. Impastare velocemente. Spolverare la spianatoia e l'impasto con la farina, quindi stendere la pasta con il matterello come fosse una focaccia, ricavare delle strisce (più o meno larghe, a seconda della grandezza desiderata per gli gnocchi), arrotolare e tagliare a tocchetti. Incavarli e rigarli a uno a uno sui rebbi di una forchetta o sull'apposito attrezzo. Cuocere in abbondante acqua salata e scolare appena vengono a galla. Versarli su un letto di sugo e pecorino (parmigiano se si preferisce); coprire con la restante salsa e formaggio e mescolare delicatamente.

Per il sugo, tagliare il guanciale
e lo speck a dadini (o la pancetta
affumicata: variazione di Anna)
e rosolare in padella.
Unire un pezzetto di peperoncino.
Sfumare, per digrassare, con il vino.
Togliere una parte dei ciccioli
e conservarli; ai restanti unire
i pomodori (freschi o pelati)
a tocchetti. Cuocere per 15 minuti circa
e alla fine unire i ciccioli tenuti da parte.

Primi

Gnocchi di semolino

INGREDIENTI
per 4 persone

per gli gnocchi

200 g di semolino
250 ml di latte
750 ml di acqua
40 g di burro
150 g di parmigiano
  grattugiato
1 cucchiaino di sale

per gratinare

30 g di burro
100 g di gruviera

Procedimento

In una casseruola, fare bollire il latte, l'acqua, il burro e il sale.
Versare a pioggia il semolino e mescolare con la frusta finché il composto tornerà a bollire.
Coprire con un panno bagnato e strizzato e un coperchio, ridurre il fuoco al minimo e cuocere con lo spargifiamma per 30 minuti.
Incorporare il parmigiano, versare il composto su una placca rivestita con carta da forno e livellare con una spatola bagnata.
Fare raffreddare. Staccare i bordi del composto e rovesciare sul piano di lavoro.
Con il tagliapasta ricavare gli gnocchi e trasferirli in una pirofila imburrata.
Cospargere di burro e gruviera, quindi gratinare in forno a 200 °C.
Servire caldi.

GNOCCHI DI SEMOLINO

Potete arricchire la ricetta di questi gnocchi aggiungendo 200 g di broccoli bolliti o purea di spinaci.

Lasagna con funghi

LASAGNA CON FUNGHI

Con lo stesso ripieno si possono farcire anche i cannelloni di pasta secca.

Procedimento

Pulire, sfogliare e lessare in acqua salata la verza. Scolare, lasciar raffreddare, togliere la costa e tagliarla a piccoli pezzi.
Tagliare a dadini il grasso di prosciutto e soffriggerlo in una padella calda con la pancetta a tocchetti.
Dopo qualche minuto aggiungere la verza. Far insaporire e aggiustare di sale e pepe.
Pulire i funghi, tagliarli a tocchetti e saltarli in padella con aglio e olio. Salare e cospargere con il prezzemolo; soffriggere e farne due porzioni.
Cuocere le lasagne al dente in acqua salata; passarle sotto l'acqua fredda, e stenderle (prendendone sempre poche per volta) su un panno umido.
Tagliare la burrata a tocchetti, passarla velocemente nel mixer, unire il pecorino grattugiato e aggiustare di sale.
Imburrare una porcellana da forno e sistemarvi le lasagne una accanto all'altra; disporvi la verza

INGREDIENTI per 6 persone

300 g di pasta sottile per lasagne
1 verza piccola
30 g di grasso di prosciutto
60 g di pancetta
600 g di funghi cardoncelli o misti
300 g di burrata
70 g di pecorino dolce
2 spicchi di aglio
2 cucchiai di prezzemolo
50 g di foie gras
olio extravergine di oliva q.b.
sale e pepe q.b.

Primi

con una parte della burrata e poi
i funghi. Coprire con altre lasagne,
spennellare di burro, quindi
cospargere con altri funghi e pecorino.
Fare due o tre strati al massimo
e cuocere in forno a 180 °C
per 15-20 minuti.
A cottura ultimata, scaldare il foie gras
e versarlo a gocce sopra le lasagne.

Lasagnette croccanti alle verdure al profumo di timo e maggiorana

Procedimento

Per la pasta all'uovo, preparare
l'impasto con la farina, le uova, le erbe
aromatiche e il sale, quindi stenderlo
in fogli sottili.
Tagliare le verdure alla julienne.
In una padella antiaderente, scaldare
l'olio con l'aglio schiacciato e il timo.
Brasare le verdure per 5 minuti
e lasciarle raffreddare.
Aggiustare di sale e pepe.
Per la besciamella, scaldare
in una casseruola il burro, unire
la farina e far tostare. A parte, scaldare
il latte con la noce moscata,
un pizzico di sale e di pepe, quindi
metterlo insieme al burro e alla farina.
Portare a ebollizione girando bene
con una frusta. Nel frattempo,
ritagliare 12 cerchietti di pasta
di 10 cm circa di diametro. Ungere
una teglia con il burro. Sbollentare
i cerchietti in acqua salata per 3 minuti,
raffreddarli in acqua fredda, scolarli e
disporli in modo omogeneo sulla teglia.

INGREDIENTI
per 4 persone

2 carote
2 zucchine
2 gambi di sedano
3 asparagi
6 fiori di zucca
2 pomodori rossi
1 spicchio di aglio
1 rametto di timo
200 g di parmigiano
   grattugiato
200 g di fontina
burro q.b.
2 cucchiai di olio
   extravergine di oliva
sale e pepe q.b.

per la pasta

300 g di farina 0
3 uova
1 cucchiaino di timo
1 cucchiaino
   di maggiorana
sale q.b.

per la besciamella

20 g di burro
20 g di farina 0
200 g di latte
1 pizzico
   di noce moscata
sale q.b.
pepe bianco q.b.

Primi

Spolverizzare di parmigiano
e gratinare in forno a 220 °C
finché non diventano croccanti.
Levare dal forno e lasciar raffreddare.
Farcire a strati secondo il seguente
schema: cerchietto, besciamella,
verdure brasate, parmigiano,
cerchietto, besciamella, verdure
brasate, parmigiano, cerchietto,
besciamella, verdure brasate,
parmigiano e fontina tagliata
a striscioline.
Gratinare in forno per 10 minuti
(finché non si scioglie il formaggio).

Malfatti ai fiori di zucca

**MALFATTI
AI FIORI
DI ZUCCA**

In alternativa
ai fiori di zucca
potete usare
gli spinaci
o il gorgonzola.

Procedimento

Amalgamare la ricotta con le uova,
i tuorli, il parmigiano e i fiori
di zucca tagliati sottili. Aggiungere
della farina se l'impasto risulta
troppo morbido.
Ricavare degli gnocchi grandi come uova.
Nel frattempo portare a bollore
il brodo vegetale e cuocervi gli gnocchi
uno alla volta (3 per persona).
Scaldare il burro e condire i malfatti.
Aggiungere parmigiano a piacere.

**INGREDIENTI
per 6 persone**

400 g di ricotta
  di pecora
2 uova
2 tuorli
4 cucchiai
  di parmigiano
  grattugiato
12 fiori di zucca
4 cucchiai di farina 0
2 l di brodo vegetale
50 g di burro
sale e pepe q.b.

Minestra di fagioli cannellini in crosta

INGREDIENTI
per 4 persone

250 g di fagioli secchi
   cannellini
1 cucchiaio di farina
2 coste di sedano
1 carota
1 cipolla
1 rametto
   di maggiorana
100 g di salsa
   di pomodoro
4 funghi porcini
1 spicchio d'aglio
3 cucchiai di olio
   extravergine d'oliva
sale e pepe q.b.

per la pasta di pane

100 g di farina
   di farro
300 g di farina 0
25 g di lievito di birra
2 bicchieri di acqua
1 pizzico di sale

Procedimento

Mettere a bagno i fagioli la sera precedente. Lessarli con il cucchiaio di farina, 1 costa di sedano, la carota e mezza cipolla. Preparare un soffritto con 1 cucchiaio di olio, la cipolla e il sedano rimasti, e la maggiorana, quindi unire la salsa di pomodoro. Passare metà dei fagioli e gli odori e unirli al soffritto insieme al resto dei fagioli lessati. Aggiustare di sale e cuocere per 20 minuti circa. Saltare velocemente i funghi tagliati a fettine con l'aglio e l'olio rimasto. Aggiustare di sale e pepe. Versare il passato di fagioli in una zuppiera o in piatti individuali, unire i funghi e chiudere con la pasta di pane alla farina di farro. Cuocere in forno a 200 °C per 15 minuti circa. Per la pasta di pane, sciogliere il lievito in un bicchiere di acqua, quindi unirlo alle farine, all'acqua e al sale. Impastare e stendere il composto in una sfoglia.

Pappardelle con pesto di zucchine e calamari

PAPPARDELLE CON PESTO DI ZUCCHINE E CALAMARI

Per rendere l'aglio più digeribile, cuocetelo in acqua con 1 cucchiaio di aceto per 1 minuto. Buttate l'acqua di cottura e ripetete l'operazione 3 volte.

Procedimento

Per il pesto, cuocere per qualche minuto in acqua bollente salata la buccia delle zucchine. Scottare il prezzemolo in acqua bollente salata. Lavare e sfogliare il basilico. In un frullatore, riunire la buccia delle zucchine, il prezzemolo, il basilico e l'aglio. Aggiungere l'olio a filo e frullare.
Trasferire il pesto in una terrina e aggiustare di sale e pepe: se risultasse troppo denso, bagnare con un po' di brodo.
Cuocere le pappardelle in abbondante acqua salata.
Nel frattempo, porre sul fuoco una padella con l'olio.
Quando è caldo, unire la polpa di granchio e i calamari puliti e tagliati a dadini. Irrorare con il vino bianco, far evaporare, unire la pasta cotta al dente e saltare per 3 minuti.

INGREDIENTI per 4 persone

300 g di pappardelle fresche
30 g di polpa di granchio
2 calamari
1/2 bicchiere di vino bianco secco
20 g di burro
1 cucchiaio di olio profumato all'aglio
2 cucchiai di olio extravergine di oliva
sale e pepe q.b.

per il pesto di zucchine

250 g di zucchine
20 g di prezzemolo
2 mazzetti di basilico
2 spicchi di aglio
3 cucchiai di aceto bianco
1 bicchiere di brodo (se necessario)
100 g di olio extravergine di oliva
sale e pepe q.b.

Primi

Levare dal fuoco e aggiungere
4 cucchiai di pesto, il burro
e l'olio all'aglio.
Amalgamare il tutto e aggiustare
di sale e pepe.

Passatelli con fonduta al tartufo bianco

PASSATELLI CON FONDUTA AL TARTUFO BIANCO

Il segreto per una perfetta riuscita dei passatelli è lasciar riposare a lungo l'impasto: l'ideale sarebbe prepararli il giorno prima. Ricordatevi di utilizzare un pangrattato di pane non condito. In Romagna, patria dei passatelli, in panetteria ne vendono addirittura uno specifico per questo piatto.

Procedimento

Preparare la fonduta facendo sciogliere la fontina nel latte caldo. Legare l'impasto con i tuorli e profumare con il tartufo bianco.
Per i passatelli, lavorare tutti gli ingredienti fino a ottenere un composto omogeneo (se si desiderano verdi, aggiungere 50 g di purea di spinaci). Avvolgerlo in un foglio di pellicola e lasciar riposare in frigorifero per 2 ore.
Portare a ebollizione nel brodo di carne, quindi confezionare i passatelli con l'apposito ferro (lasciandoli cadere direttamente nella pentola). Scolare e saltare in padella a fuoco vivo con burro e parmigiano.
Servire con la fonduta e qualche lamella di tartufo bianco.

INGREDIENTI per 4 persone

brodo di carne q.b.
1 noce di burro
25 g di parmigiano grattugiato

per la fonduta

300 g di fontina
300 g di latte
2 tuorli
1 tartufo bianco

per i passatelli

40 g di farina 0
200 g di parmigiano grattugiato
200 g di pangrattato
4 uova
1 pizzico di noce moscata

Passatelli di spinaci con fonduta

**INGREDIENTI
per 4 persone**

per la pasta

300 g di spinaci
40 g di farina 0
150 g di pangrattato
150 g di parmigiano
  grattugiato
2 uova
1 pizzico di noce
  moscata
sale e pepe q.b.

per la fonduta

1/2 l di latte
40 g di burro
40 g di farina 0
50 g di parmigiano
80 g di fontina
50 g di taleggio
sale e pepe bianco
  q.b.

Procedimento

Pulire, lessare e ridurre gli spinaci in purea. Incorporare tutti gli altri ingredienti e mescolare fino a ottenere un impasto omogeneo quanto a consistenza e colore. Utilizzando l'apposito attrezzo, confezionare i passatelli.
Per la fonduta, portare a ebollizione il latte. In un tegame a parte fare sciogliere il burro, unire la farina e cuocere per qualche minuto mescolando con un cucchiaio di legno. Versare il latte bollente nel composto di burro e farina, sbattere bene con la frusta, salare, pepare e portare nuovamente a ebollizione.
Unire i formaggi e farli sciogliere (senza portare a bollore).
Cuocere i passatelli in brodo vegetale e condire con la fonduta.

PASSATELLI DI SPINACI CON FONDUTA

Per avere dei passatelli compatti, impastateli il giorno prima e usate del pane raffermo non condito.

Pasta e patate

Procedimento

Mondare sedano, cipolla e carota
e tritarli.
Tagliare il prosciutto a dadini.
Sbucciare le patate, tagliarle
a tocchetti e sciacquarle.
Scaldare l'olio in una casseruola
e farvi rosolare dolcemente il trito
preparato insieme al prosciutto.
Sfumare con il vino, unire le patate,
insaporire per qualche minuto
e coprire con 1,5 l circa di acqua
calda. Salare e cuocere coperto
a fuoco dolce per 30 minuti circa.
Quando le patate sono cotte,
aggiungere i pomodori tagliati
a pezzetti, il prezzemolo tritato
e la pasta.
Portare la pasta a cottura.
Aggiustare di sale. Servire cospargendo
con parmigiano e una macinata
di pepe nero.

**INGREDIENTI
per 4 persone**

250 g di pasta
   a piacere
1 kg di patate
2 coste di sedano
1 cipolla
1 carota
1 fetta di prosciutto
   crudo tagliata
   spessa
1/2 bicchiere di vino
   bianco
5-6 pomodori maturi
1 cucchiaio
   di prezzemolo
3 cucchiai
   di parmigiano
   grattugiato
3 cucchiai di olio
   extravergine d'oliva
sale e pepe q.b.

Primi

Pennette all'etrusca

**INGREDIENTI
per 6 persone**

500 g di pennette
   rigate
400 g di gamberi
25 g di burro
1 spicchio di aglio
2 cucchiai
   di prezzemolo
50 g di cognac
300 g di salsa
   di pomodoro
100 g di mascarpone
sale e pepe q.b.

Procedimento

Sgusciare i gamberi a crudo e togliere il filo di sabbia. Spezzettarli grossolanamente.
Rosolarli in padella con una noce di burro, l'aglio e 1 cucchiaio di prezzemolo. Quando sono dorati fiammeggiare con il cognac.
Unire la salsa di pomodoro e cuocere per pochi minuti. Togliere dal fuoco e aggiungere il mascarpone.
Aggiustare di sale e pepe.
Lessare le pennette, scolarle e versarle nella padella. Mantecare e alla fine spolverizzare di prezzemolo.

PENNETTE ALL'ETRUSCA

La ricetta mi è stata data da una pescivendola di Tarquinia.

Peperoni al forno ripieni di ditalini di farro

Procedimento

Per il primo sugo, appassire la cipolla tritata nell'olio; aggiungere la pancetta tagliata a dadini e rosolarla. Sfumare con il vino bianco e, una volta evaporato, unire le zucchine e i funghi tagliati a cubetti. Portare a cottura aggiungendo un po' di acqua di cottura della pasta. Per il secondo sugo, frullare le olive, i capperi, le acciughe e il prezzemolo. Lessare la pasta al dente, scolare e versarla in due ciotole; condire con i due sughi. Alla pasta con il sugo di zucchine unire la fontina tagliata a dadini; a quella con il sugo di olive la mozzarella, sempre tagliata a dadini. Svuotare i peperoni dei semi, riempirne 3 con la pasta alle zucchine e 3 con la pasta alle olive. Ungere una pirofila, disporre i peperoni orizzontalmente (sdraiati), cospargere con un filo di olio e cuocere in forno a 200 °C per 15-20 minuti circa.

INGREDIENTI
per 6 persone

500 g di ditalini di farro
3 peperoni rossi
3 peperoni gialli
olio extravergine di oliva q.b.

per il primo sugo

1 cipollina bianca
80 g di pancetta affumicata
2 cucchiai di vino bianco
3 zucchine
300 g di funghi champignon
100 g di fontina
2 cucchiai di olio extravergine di oliva
sale e pepe q.b.

per il secondo sugo

200 g di olive taggiasche
2 cucchiai di capperi dissalati
4 acciughe a filetti
1 ciuffo di prezzemolo
1 mozzarella
sale e pepe q.b.

Piramide di bucatini e carciofi con salsa di carne

INGREDIENTI
per 4 persone

300 g di bucatini
8 carciofi
1 limone
3 uova
100 g di parmigiano
 grattugiato
150 g di ricotta salata
3-4 foglie di basilico
sale e pepe q.b.

per la salsa

50 g di pancetta
3 cipolle
2 coste di sedano
1 carota
500 g di carne
 di manzo tagliata
 a pezzi grossi
1/2 bicchiere di vino
 bianco
1/2 l di acqua
olio extravergine
 di oliva q.b.

Procedimento

Per la salsa, far rosolare la pancetta
con olio, cipolle, sedano e carota.
Aggiungere la carne e far sigillare
da tutti i lati, irrorare con il vino bianco
e far evaporare. Unire l'acqua
e cuocere per un'ora circa. Togliere
la carne e passare al passaverdura.
Lessare i carciofi interi per 5 minuti
in acqua salata e acidulata
con il succo di limone.
Lasciar raffreddare.
Cuocere i bucatini, lasciarli raffreddare
e passarli nelle uova sbattute
con 2 cucchiai di parmigiano.
Farcire i carciofi con la ricotta,
il restante parmigiano e il basilico
tritato finemente.
Fasciare i carciofi con i bucatini,
coprire con la salsa di carne
e gratinare in forno per 15 minuti.

Ravioli di baccalà e patate

Procedimento

Bollire insieme il baccalà e le patate pelate e tagliate a tocchetti.
Scolare e mantecare al mixer, o nel frullatore, con olio, aglio, prezzemolo tritato, sale e pepe.
Preparare la pasta per i ravioli, impastando farina e uova.
Dopo averla fatta riposare in frigorifero per 30 minuti, stenderla in uno strato sottile e confezionare dei ravioli con la farcia.
Per la salsa, fare rosolare l'aglio con l'olio, unire i pinoli e l'uva sultanina e cuocere per alcuni minuti con qualche cucchiaio d'acqua.
Bollire i ravioli in abbondante acqua salata e saltare in padella con la salsa.

INGREDIENTI
per 4 persone

per la pasta
200 g di farina 0
2 uova

per la farcia
500 g di baccalà ammollato
250 g di patate
1 spicchio d'aglio
1 cucchiaio di prezzemolo
4 cucchiai di olio extravergine d'oliva
sale e pepe q.b.

per la salsa
1 spicchio d'aglio
1 cucchiaio di pinoli
1 cucchiaio di uva sultanina
olio extravergine d'oliva q.b.
sale e pepe q.b.

Ravioli di orata con salsa di molluschi e crostacei

**INGREDIENTI
per 4 persone**

300 g di pasta fresca

per la farcia

350 g di polpa
    di orata
1 tuorlo
1 cucchiaino
    di maggiorana
    fresca
100 g di mollica
    di pane
latte q.b.
1 cucchiaio
    di parmigiano
    grattugiato
sale e pepe q.b.

per la salsa

100 g di vongole
    veraci
10 gamberetti
100 g di calamari
100 g di cozze
1 spicchio di aglio
1 cucchiaino
    di prezzemolo
1 bicchiere di vino
    bianco
2 pomodori
2 cucchiai di panna
    liquida
olio extravergine
    di oliva q.b.

Procedimento

Per la farcia, tritare finemente la polpa di orata e frullarla nel mixer con il tuorlo, la maggiorana, la mollica di pane precedentemente imbevuta nel latte, il parmigiano, un pizzico di sale e di pepe e amalgamare. Confezionare con la pasta dei ravioli piuttosto piccoli e farcirli. Per la salsa, scaldare l'olio e unirvi l'aglio e il prezzemolo tritati. Aggiungere le vongole, i gamberetti sgusciati, i calamari tagliati a rondelle e le cozze. Unire il vino bianco e levare dal fuoco appena le vongole sono aperte. Filtrare e sgusciare le vongole e le cozze.
In una padella con poco olio far soffriggere i pomodori tagliati a cubetti, aggiungere il fondo di cottura del pesce, la panna, i molluschi e i crostacei. Cuocere i ravioli in acqua salata, scolarli, versarli nella salsa e continuare la cottura per alcuni minuti.

Ravioli svestiti al gorgonzola

RAVIOLI SVESTITI AL GORGONZOLA

Se l'impasto risulta troppo morbido aggiungete qualche cucchiaio di farina.

Procedimento

Amalgamare la ricotta con le uova, i tuorli, il parmigiano e la farina.
Aggiustare di sale e pepe.
Ricavare degli gnocchi grandi come uova.
Nel frattempo portare a bollore il brodo vegetale e cuocervi gli gnocchi uno alla volta (3 per persona).
Imburrare una pirofila da forno e versarvi i ravioli.
Scaldare la panna fresca e il gorgonzola e condire.
Far dorare in forno a 200 °C per 10 minuti circa.

INGREDIENTI per 6 persone

400 g di ricotta di pecora
2 uova
2 tuorli
4 cucchiai di parmigiano grattugiato
5 cucchiai di farina
brodo vegetale q.b.
100 g di panna fresca
200 g di gorgonzola dolce
burro q.b.
sale e pepe q.b.

Primi

Riso integrale alla cantonese

**INGREDIENTI
per 4 persone**

350 g di riso integrale
250 g di piselli
    freschi o surgelati
brodo vegetale q.b.
2 carote
250 g di gamberetti
    sgusciati
2 uova
3 cucchiai di olio
    extravergine di oliva
sale q.b.

per la salsa

2 pomodori maturi
1 spicchio di aglio
1 punta
    di peperoncino

Procedimento

Cuocere il riso in abbondante acqua leggermente salata. Lessare i piselli con un po' di brodo vegetale. Tagliare le carote alla julienne e saltarle in padella con 1 cucchiaio di olio. Levare le carote e nella stessa padella saltare i gamberetti per 1-2 minuti. Con le uova preparare 2 frittatine e tagliarle a striscioline. Scaldare 2 cucchiai di olio in una padella larga e unirvi i piselli, le carote, i gamberetti e le frittate. Rimestare e unirvi il riso. Per la salsa piccante, sbucciare i pomodori e frullarli con l'aglio e il peperoncino. A piacere, si può usare la salsa di soia.

**RISO INTEGRALE
ALLA CANTONESE**

Piatto cinese, apprezzato in tutto il mondo.

Risotto alle arance

**INGREDIENTI
per 4 persone**

350 g di riso
   superfino
1 cipolla
1 costa di sedano
6-7 foglie di basilico
1 noce di burro
1 bicchiere di vino
   bianco secco
1 arancia dolce
1,5 l di brodo
   vegetale
40 g di parmigiano
   grattugiato
prezzemolo q.b.
peperoncino
   in polvere q.b.
sale q.b.

Procedimento

Pulire e tritare finemente la cipolla, il sedano e il basilico.
In una pentola scaldare il burro a fuoco moderato e unire il trito preparato.
Soffriggere per 2 minuti circa, aggiungere il riso e farlo tostare mescolando continuamente per 3-4 minuti. Irrorare con il vino e far evaporare. Aggiungere il succo dell'arancia e un pizzico di peperoncino. Portare il riso a cottura versando un mestolo di brodo bollente alla volta. Aggiustare di sale, levare dal fuoco, unire il parmigiano e spolverizzare di prezzemolo tritato.
Guarnire il piatto da portata con spicchi di arancia e servire.

Sedani con tonno e carote al limone

**INGREDIENTI
per 4 persone**

300 g di pasta corta
 tipo sedani
4 carote
1 scatoletta di tonno
1 spicchio di aglio
2 limoni non trattati
1 cucchiaio di capperi
1 cucchiaio di basilico
1/2 bicchiere di olio
 extravergine di oliva
1 cucchiaino di sale
 grosso
1 pizzico di pepe

Procedimento

Tagliare le carote alla julienne.
Sminuzzare il tonno e metterlo
in una terrina con le carote.
Schiacciare l'aglio nel sale grosso
con il fondo di un bicchiere, unirvi
la scorza di uno dei limoni, il succo
di entrambi, il pepe e l'olio.
Condire il tonno e le carote
e far marinare in frigorifero
per 1 ora circa.
Cuocere la pasta, unire al condimento
e completare con basilico tritato
e capperi.

Spaghetti alle cozze

SPAGHETTI ALLE COZZE

Fate attenzione con il sale quando cucinate le cozze e le vongole: se utilizzate il liquido di cottura, generalmente non occorre.

Procedimento

Tritare l'aglio e il prezzemolo.
In una padella, cuocere le cozze coperte con un mestolo di acqua per 5 minuti (controllare che siano tutte aperte, altrimenti cuocere per qualche minuto ancora).
Sgusciare i molluschi e tenere da parte il liquido di cottura.
Lessare gli spaghetti in abbondante acqua salata.
Nel frattempo, in un tegame a parte rosolare l'aglio e il prezzemolo con l'olio, unire i pomodori tagliati a pezzetti e, dopo qualche minuto, le cozze con un po' del liquido di cottura filtrato. Cuocere a fuoco vivace per 10 minuti circa, mescolando di tanto in tanto, quindi aggiustare di sale.
Condire gli spaghetti e servire.

**INGREDIENTI
per 4 persone**

400 g di spaghetti
600 g di cozze
2 spicchi d'aglio
1 ciuffo di prezzemolo
500 g di pomodori
4 cucchiai di olio extravergine d'oliva
sale q.b.

Spaghetti con vongole, zucchine e pomodorini

INGREDIENTI
per 4 persone

320 g di spaghetti
2 spicchi di aglio
500 g di vongole veraci
500 g di arselle
500 g di zucchine
10 pomodorini
6 cucchiai di olio extravergine di oliva
peperoncino q.b.
sale e pepe q.b.

Procedimento

In una padella, imbiondire 1 spicchio di aglio con olio e peperoncino, quindi aggiungere le vongole e le arselle. Aspettare che le vongole si aprano e sgusciarne una parte.
A parte, rosolare l'altro spicchio di aglio nell'olio, quindi unire le zucchine tagliate a listarelle sottili e i pomodorini a pezzetti.
Mescolare il composto alle vongole e alle arselle e condire gli spaghetti cotti al dente. Far mantecare per qualche minuto e servire ben caldi.

Spätzle alla caprese

SPÄTZLE ALLA CAPRESE

All'impasto degli spätzle potete aggiungere 100 g di purea di spinaci e condire con salvia e parmigiano.

Procedimento

Saltare i pomodori tagliati a cubetti con l'olio e lo spicchio di aglio. Salare e a piacere unire del peperoncino; cuocere per qualche minuto. Tagliare la mozzarella a cubetti e aggiungerla al sugo. Impastare la farina con il latte, le uova e la noce moscata. Portare a bollore una pentola d'acqua salata e passare l'impasto attraverso l'apposito utensile per preparare gli spätzle direttamente sopra l'acqua, cuocere per qualche minuto, scolare e mantecare con il basilico e il parmigiano.
Condire con il sugo e servire ben caldi.

INGREDIENTI per 6 persone

per gli spätzle

350 g di farina 0
150 g di latte
3 uova
noce moscata q.b.
sale q.b.

per il sugo

250 g di pomodori maturi
1 spicchio di aglio
peperoncino q.b.
200 g di mozzarella di bufala
5 foglie di basilico
2 cucchiai di parmigiano grattugiato
2 cucchiai di olio extravergine di oliva
sale q.b.

Stracci alle polpette

INGREDIENTI
per 4 persone

per la pasta
200 g di farina
  di semola
200 g di farina 00
3 uova
2 cucchiai di acqua
  tiepida

per le polpette
200 g di carne
  macinata
1 uovo
40 g di parmigiano
  grattugiato
1 pizzico di noce
  moscata
1 rametto
  di maggiorana
100 g di purea
  di patate
sale e pepe q.b.

per la salsa
100 g di ricotta
100 g di pesto
  alla genovese
40 g di pecorino
  a scaglie
sale e pepe q.b.

Procedimento

Confezionare gli stracci con la pasta fresca ottenuta mescolando tutti gli ingredienti. In una terrina, unire la carne macinata, l'uovo, il parmigiano, la noce moscata, la maggiorana sbriciolata e la purea di patate. Amalgamare bene il composto, aggiustare di sale e pepe e far riposare per 2 ore in frigorifero, dopodiché confezionare delle minuscole polpettine e tenerle da parte, sempre in frigorifero.
Lessare gli stracci in abbondante acqua salata; a metà cottura aggiungere le polpettine, lasciando cuocere il tutto per altri 2 minuti. Setacciare la ricotta e amalgamarla al pesto. Scolare la pasta e le polpette, quindi condire con la salsa preparata e le scaglie di pecorino.

Timballetti di anelli alla siciliana

TIMBALLETTI DI ANELLI ALLA SICILIANA

In alternativa al caciocavallo ragusano potete usare il pecorino fresco.

Procedimento

Preparare un sugo con la conserva
di pomodoro, l'olio e il basilico.
Salare e pepare.
Rosolare la carne di manzo e maiale
tritate in olio e cipolla (tagliata
finemente) e cuocere sfumando,
a piacere, con un po' di vino bianco.
Aggiungere qualche cucchiaio di salsa
di pomodoro per dare colore al sugo
e, a fine cottura, unire i piselli lessati.
Nel frattempo tagliare la melanzana
a fettine e lasciarle spurgare in acqua
e sale. Quindi friggerle (senza
infarinarle) e metterle da parte.
Cuocere la pasta al dente; condirla
con il sugo di pomodoro
e spolverizzare di parmigiano.
Lasciar intiepidire e amalgamarvi
l'uovo sbattuto, che servirà da collante.
Mescolare il tutto.
Imburrare e spolverizzare
di pangrattato, mescolato
ad abbondante parmigiano,
uno stampo a forma di tronco di cono

INGREDIENTI
per 8 persone

500 g di anelli
1 bottiglia di conserva
  di pomodoro
4-5 foglie di basilico
1 cipolla
300 g di carne
  di manzo
150 g di carne
  di maiale
200 g di piselli
1 melanzana viola
80 g di parmigiano
  grattugiato
1 uovo
pangrattato q.b.
100 g di caciocavallo
  ragusano
burro q.b.
olio extravergine
  di oliva q.b.
sale e pepe q.b.

Primi

(o alcuni ministampini). Rivestire
le pareti e il fondo dello stampo
con la pasta lasciando un incavo
centrale dove andranno messi il ragù,
le fettine di melanzana fritte
e il caciocavallo tagliato a dadini.
Chiudere con della pasta
e spolverizzare il "coperchio"
di pangrattato (sempre mescolato
al parmigiano) e fiocchetti di burro.
Cuocere in forno a 180 °C fino a che
la superficie sarà ben dorata. Lasciar
intiepidire per evitare che il timballo
si disfi, sformare su un piatto
di portata e servire.

Timballo d'orzo con funghi

Procedimento

Lasciare a bagno l'orzo per 1 ora circa, scolarlo e bollirlo nell'acqua con l'alloro, il prezzemolo tritato e l'aglio (finché l'acqua non sarà stata completamente assorbita). Lavare le verdure, tagliarle a cubetti e saltarle (separatamente) in padella con un goccio di olio.
In un recipiente unire l'orzo, le verdure, il mascarpone e la maggiorana. Aggiustare di sale e pepe. Riempire con il composto degli stampini da timballo imburrati e cuocere in forno a 180 °C per 12 minuti.
Per la salsa, pulire i funghi e rosolarli con il burro e lo scalogno tritato. Salare e pepare. Unire il prezzemolo tritato. Dopo 3 minuti circa di cottura, versare il brodo vegetale e far addensare.
Sformare i timballi in un piatto da portata e guarnire con la salsa.

INGREDIENTI
per 4 persone

per il timballo

300 g d'orzo perlato
650 ml di acqua
1 foglia di alloro
2 ciuffi
  di prezzemolo
1 spicchio d'aglio
100 g di carote
100 g di zucchine
1 finocchio
1 cipollotto
50 g di mascarpone
1 rametto
  di maggiorana
olio extravergine
  d'oliva q.b.
sale e pepe q.b.

per la salsa

200 g di funghi misti
1 scalogno
1 cucchiaio
  di prezzemolo
50 ml di brodo
  vegetale
50 g di burro
sale e pepe q.b.

Tortellacci di radicchio

INGREDIENTI
per 4 persone

per la pasta
200 g di farina 0
4 albumi

per la farcia
20 g di scalogno
100 g di prosciutto
 crudo a cubetti
250 g di radicchio
1/2 bicchiere
 di vino rosso
50 g di parmigiano
1 noce di burro
sale e pepe q.b.

per la salsa
10 foglie di salvia
100 g di burro

Procedimento

Impastare la farina con gli albumi
e fare riposare in frigorifero
per 30 minuti.
Per la farcia, tritare lo scalogno
e rosolarlo brevemente con il burro.
Unire il prosciutto tagliato a cubetti
e il radicchio grigliato e ridotto
a striscioline sottili, sfumare con il vino
e fare raffreddare. Unire il parmigiano
e aggiustare di sale e pepe.
Stendere la pasta e confezionare
ravioli a piacere con la farcia:
l'importante è che la pasta
sia sottilissima.
Cuocere in acqua salata e condire
con burro e salvia.

Tortelli d'agnello e carciofi con fonduta di parmigiano

INGREDIENTI
per 6 persone

1 spalla di agnello
  disossata
2 spicchi di aglio
1 rametto
  di rosmarino
1 bicchiere di vino
  bianco
4 carciofi
1 cucchiaio
  di mentuccia
1 uovo
1 tuorlo
peperoncino q.b.
olio extravergine
  di oliva q.b.
sale e pepe q.b.

per la pasta

100 g di farina
  di grano duro
200 g di farina 00
2 uova
1 cucchiaio di olio

per la vellutata

300 g di brodo
  vegetale
30 g di burro
1 cucchiaio colmo
  di farina
4 cucchiai
  di parmigiano
  grattugiato
noce moscata q.b.
sale e pepe bianco q.b.

Procedimento

Rosolare la spalla di agnello disossata in aglio, rosmarino e olio.
Spruzzare con il vino bianco e portare a cottura aggiungendo dell'acqua calda.
Passare la polpa nel mixer o nel tritacarne.
Cuocere 3 carciofi in olio, aglio e mentuccia; aggiungere vino bianco e acqua per portare a cottura; passare i carciofi nel mixer o nel tritacarne e unirli alla polpa.
Aggiungere al composto l'uovo, il tuorlo e 1 pizzico di peperoncino.
Salare e pepare.
Preparare la besciamella secondo la ricetta base e aggiungervi il parmigiano.
Tagliare sottile il carciofo restante e cuocerlo in padella con l'olio: servirà per condire i tortelli.
Preparare la pasta unendo tutti gli ingredienti.
Tirare la pasta con la macchina e ritagliare dei quadrati (8 × 8 cm).

Primi

Sistemarvi al centro 1 cucchiaio
di composto, piegare a triangolo,
unire le punte e chiudere a mo'
di tortellino.
Cuocere i tortelli in abbondante
acqua salata finché verranno a galla.
Sul piatto da portata distribuire
un po' di vellutata (battendo sotto
al piatto con la mano), sistemarvi
sopra 4 tortelli e condirli
con una parte del carciofo saltato
in padella.

Zuppa di vongole, ceci e piccole verdure

INGREDIENTI
per 4 persone

1 kg di vongole
2 coste di sedano
1 cipolla piccola
2 carote
2 zucchine
1 scalogno
2 spicchi d'aglio
4 pomodori maturi
300 g di ceci (circa)
1 rametto
 di rosmarino
1 ciuffo di prezzemolo
5-6 foglie di basilico
1 foglia di alloro
olio extravergine
 d'oliva q.b.
sale e pepe q.b.

Procedimento

In una padella, cuocere le vongole coperte con un mestolo di acqua per 5-10 minuti (controllare che siano tutte aperte, altrimenti cuocere per qualche minuto ancora). Sgusciare i molluschi e tenere da parte il liquido di cottura. Tagliare il sedano, la cipolla, le carote e le zucchine a striscioline. Tritare lo scalogno e 1 spicchio d'aglio e rosolarli con un po' d'olio. Unire le verdure e far stufare per 5 minuti. Bagnare con l'acqua delle vongole filtrata, unire i pomodori a cubetti, quindi i ceci (precedentemente lessati in acqua con 1 spicchio d'aglio e il rosmarino), il prezzemolo, il basilico e l'alloro.
Salare e pepare. Cuocere per 15 minuti circa, poi unire le vongole.
Servire con un filo di olio crudo e crostini di pane toscano profumato all'aglio.

Secondi

Anatra agli agrumi

**INGREDIENTI
per 4 persone**

1 anatra
3 arance
3 limoni
4-5 bacche di ginepro
10 foglie di salvia
50 g di burro
300 g di pancetta
  fresca a fettine
brodo q.b.
2 bicchieri di vino
  bianco secco
1 bicchiere di olio
  extravergine di oliva
sale e pepe nero q.b.

Procedimento

La sera prima, pelare al vivo 2 arance
e 2 limoni (privarli completamente
della buccia e della pellicina)
e tagliarli a fette spesse. Disporli
in un barattolo di vetro con qualche bacca
di ginepro e coprire con l'olio. Sbollentare
le scorze delle arance
e dei limoni cambiando l'acqua più volte
perché perdano l'amaro.
Privare l'anatra, già pulita e lavata,
della testa, del collo e delle zampe
e, se è rimasta della peluria,
fiammeggiarla. Asciugare con cura
e condirla all'interno con un filo
di olio, un pizzico di sale, il pepe
e la salvia. Ungere la parte esterna
con il burro fuso, quindi fasciarla
con la pancetta e legarla
con dello spago da cucina.
Soffriggere e rosolare l'anatra
in un tegame capiente con il burro
e l'olio all'arancia e limone
preparato il giorno prima e filtrato.
Nel frattempo, portare a bollore

in due pentolini separati il brodo
e il vino. Proseguire la cottura sfumando
con il vino e ammorbidendo la carne
di tanto in tanto con il brodo.
A cottura ultimata, togliere l'anatra
dal tegame e aggiungere al fondo
il succo di 1 arancia e di 1 limone
e le relative scorze tagliate a strisce.
Liberare l'anatra dallo spago, tagliarla
a pezzi e disporli su un piatto
precedentemente guarnito
con gli spicchi di arancia e di limone
tenuti a marinare. Irrorare con il fondo
di cottura e servire.

Secondi

Arrosto agli agrumi

INGREDIENTI
per 4 persone

1 kg di arrosto
   di vitello (codone)
1 limone non trattato
2 arance non trattate
3 rametti di timo
2 spicchi d'aglio
1/2 bicchierino
   di liquore all'arancia
1 l di brodo vegetale
1 noce di burro
1 cucchiaino
   di farina 0
olio extravergine
   d'oliva q.b.
sale e pepe q.b.

Procedimento

In un recipiente, preparare una mistura con il succo del limone e delle arance, le scorze degli agrumi tagliate a striscioline e sbollentate per 3 volte per 1 minuto, 2 rametti di timo, gli spicchi d'aglio, un goccio d'olio, un pizzico di sale e pepe. Trasferirvi la carne, coprire con la pellicola e lasciare in frigorifero a macerare per tutta la notte. Il giorno successivo, sgocciolare la carne e rosolarla in padella con l'olio e 1 rametto di timo, spruzzare con il liquore, bagnare con il liquido di marinatura e il brodo vegetale. Cuocere coperto per 2 ore. Far raffreddare e avvolgere la carne nella pellicola d'alluminio. Al momento di servire tagliare a fettine, far intiepidire in forno e irrorare con la salsa.

ARROSTO AGLI AGRUMI

Per la salsa, togliere il timo dal fondo
di cottura e scaldare
insieme alla noce di burro
e alla farina in modo da ottenere
una crema.

Arrosto ai profumi di Provenza

**INGREDIENTI
per 4 persone**

1 kg di polpa
  di vitello da arrosto
2 spicchi d'aglio
4 foglie di salvia
3 rametti
  di rosmarino
6-7 foglie di basilico
3 rametti di timo
2 foglie di alloro
2 melanzane
18 pomodorini
  ciliegia
6 cucchiai di olio
  extravergine d'oliva
sale e pepe q.b.

Procedimento

Introdurre 1 spicchio d'aglio tagliato a fettine e 2 foglie di salvia nella carne praticando delle incisioni con la punta di un coltello. Legare l'arrosto. Cospargere la carne con un trito di aglio, rosmarino, basilico, timo e salvia. Aggiungere le foglie d'alloro spezzate in due. Coprire la carne con la pellicola d'alluminio e far riposare in frigorifero per una notte.
Il giorno seguente, pulire e asciugare la carne con carta da cucina. Rosolare l'arrosto in un tegame con 3 cucchiai di olio, salare, pepare e proseguire la cottura in forno a 180 °C per 20 minuti circa.
In una padella, far saltare nell'olio aromatizzato con 2 rametti di timo le melanzane tagliate a dadi grossi e i pomodorini incisi a croce (non incoperchiare altrimenti i pomodori si rompono) per 5 minuti.

Trasferire le verdure nel tegame
con la carne e proseguire la cottura
in forno per altri 30 minuti circa,
irrorando di tanto in tanto
con il fondo di cottura.

Secondi

Arrosto semplice

**INGREDIENTI
per 6 persone**

1 kg di noce
   di vitello
   o cappello del
   prete
2 fettine sottili
   di pancetta
30 g di burro
1 bicchiere di vino
   bianco
3 carote
2 cipolle
1 pezzetto di sedano
3 funghi
   champignon
500 g di brodo
olio extravergine
   di oliva q.b.
sale e pepe q.b.

Procedimento

Pulire la carne dal grasso in eccesso. Tagliare la pancetta a striscioline, salarla, peparla e lardellare la carne. Legare la carne, salare, pepare e rosolare sul fuoco con burro e olio. Quando la carne è sigillata, cioè rosolata da tutti i lati, irrorare con il vino bianco e cuocere, coperta, in forno già caldo a 220 °C per 20 minuti.
Togliere il coperchio e continuare la cottura per altri 20 minuti. Aggiungere le verdure e il brodo ben caldo, coprire e cuocere per 1 ora circa, rigirando di tanto in tanto la carne. A fine cottura togliere la carne, sgrassare il fondo di cottura e aggiungervi le verdure passate al setaccio.
Affettare l'arrosto e irrorarlo con la salsa.

ARROSTO SEMPLICE

Servite con verdure miste glassate al burro.

Potete cuocere questo arrosto anche sul fuoco seguendo gli stessi tempi di cottura.

Baccalà in umido con prugne secche

Procedimento

Tagliare il baccalà a piccole losanghe.
Tritare il sedano, la carota e le cipolle.
Pelare i pomodori e tagliarli a cubetti.
Tagliare le patate a spicchi di media
grandezza.
Soffriggere le verdure a fuoco basso
nell'olio per qualche minuto quindi
unire il pomodoro, il baccalà
e successivamente le patate. Lasciare
sul fuoco per 15 minuti circa,
finché le patate sono cotte.
Aggiungere le prugne,
precedentemente ammorbidite
in acqua calda e snocciolate.
A fine cottura unire il prezzemolo tritato.

**INGREDIENTI
per 6 persone**

600 g di baccalà
  bagnato
2 coste di sedano
1 carota
2 cipolle
500 g di pomodori
  maturi
600 g di patate
250 g di prugne
  secche snocciolate
3 mazzetti
  di prezzemolo
4 cucchiai di olio
  extravergine di oliva
sale e pepe q.b.

Bocconcini di coniglio marinati

INGREDIENTI
per 12 persone

1 coniglio giovane
  e tenero

per il brodo

4 l di acqua
1 costa di sedano
1 carota
1 cipolla
2 spicchi di aglio
2 foglie di alloro
1 ramoscello di timo
1 rametto
  di rosmarino
4 chiodi di garofano
10 grani di pepe
  nero

per condire

6 spicchi di aglio
12 foglie di salvia
olio extravergine
  di oliva q.b.
sale q.b.

Procedimento

Mettere le verdure e gli aromi in una pentola capace con l'acqua salata. Porre sul fuoco e portare a ebollizione. Abbassare la fiamma e cuocere per 20 minuti. Filtrare il brodo ottenuto e tenerlo al caldo. Pulire il coniglio, eliminare il grasso, lavarlo con cura e asciugarlo. Immergerlo nel brodo e cuocere a fuoco basso per 1 ora e 20 minuti. Spegnere il fuoco e lasciar riposare per 15 minuti. Disossare il coniglio, tagliare la carne a bocconcini, disporli su un canovaccio e farli asciugare. In una terrina, stendere uno strato di bocconcini di carne con 2 spicchi di aglio schiacciato e 4 foglie di salvia; continuare fino a esaurimento degli ingredienti. Ricoprire il coniglio di olio (la quantità dipende dalla grandezza del recipiente e dal livello raggiunto dalla carne) e lasciarlo marinare per 2 giorni in frigorifero.

Secondi

BOCCONCINI DI CONIGLIO MARINATI

Servite i bocconcini su un letto di insalatina mista e condite con una salsa tipo vinaigrette.

Bocconcini di pollo con indivia e pancetta

BOCCONCINI DI POLLO CON INDIVIA E PANCETTA

Per mitigare il sapore amarognolo dell'indivia, sbollentatela prima di unirla al fondo di cottura.

Procedimento

Lavare l'indivia e tagliarla grossolanamente alla julienne.
Tagliare il pollo a cubettoni e la pancetta a listarelle.
In una padella, scaldare l'olio con lo scalogno e rosolarvi velocemente il pollo e la pancetta precedentemente infarinati.
Scolare il grasso e mettere la carne e la pancetta da parte.
Sfumare il fondo di cottura con il vino bianco, far evaporare, unire l'indivia, i capperi e i pomodori. Cuocere a fuoco alto per 4-5 minuti.
Aggiungere la carne e la pancetta, cuocere per qualche minuto e, a piacere, servire con del riso bollito, meglio se basmati.

INGREDIENTI per 4 persone

4 petti di pollo
2 cespi di indivia
4 fette di pancetta arrotolata
1 scalogno
farina 0 q.b.
1 bicchiere di vino bianco
4 pomodori maturi (solo la polpa)
1 cucchiaio di capperi tritati
olio extravergine di oliva q.b.
sale e pepe q.b.

Branzino al finocchio selvatico

**INGREDIENTI
per 8 persone**

1500 g di branzino
2 cucchiai
  di prezzemolo tritato
300 g di steli
  di finocchio
  selvatico
olio extravergine
  di oliva q.b.
sale e pepe q.b.

per condire

1/2 limone
1-2 spicchi di aglio
2 cucchiai di semi
  di finocchio
peperoncino q.b.
2 cucchiai di olio
  extravergine di oliva
sale e pepe q.b.

Procedimento

Pulire il pesce, lavarlo e asciugarlo.
Ungerlo di olio, salarlo e inserire
il prezzemolo nella pancia.
Far insaporire per 1 ora.
Ungere un piatto da forno e coprire
con gli steli di finocchio. Sistemarvi
il pesce e cuocere in forno caldo
a 190 °C per 30 minuti.
Per il condimento, emulsionare l'olio,
il succo di limone, l'aglio, i semi
di finocchio, il peperoncino, il sale
e il pepe.
Togliere il branzino dal forno
e irrorarlo con qualche cucchiaio
di condimento. Servire quello restante
in una salsiera.

Branzino allo zabaione di pomodoro

Procedimento

Sfilettare il branzino, facendo attenzione a togliere tutte le spine e la lisca centrale. Ricavare 4 filetti. Incidere i pomodori dalla parte opposta al picciolo e scottarli in acqua bollente, quindi trasferirli in acqua e ghiaccio. Privarli della pelle, tagliarli a metà e disporli su carta paglia. Aggiustare di sale e pepe.
Cuocere i pomodori in forno a 100 °C per 3-4 ore, quindi tagliarli finemente. In una casseruola, unire il burro, lo scalogno tagliato sottile e gli aromi. Rosolare sul fuoco per qualche minuto, irrorare con i due vini e far ridurre di metà. Filtrare e tenere da parte.
In un recipiente con la base tonda, unire i tuorli e 150 g del liquido filtrato. Aggiustare di pepe e montare a bagnomaria (iniziando quando il composto è ancora freddo).

INGREDIENTI
per 4 persone

1 branzino (1200 g)
1 kg di pomodori maturi
10 g di burro
1 scalogno
2 foglie di alloro
5 chiodi di garofano
1 bicchiere di vino bianco
1 bicchiere di spumante
5 tuorli
sale e pepe q.b.

Secondi

Appena i tuorli cominceranno
a rapprendersi, unire i pomodori e salare.
Tenere da parte lo zabaione.
In una padella, cuocere il branzino,
dopo averlo salato e pepato,
adagiandolo con la pelle verso
il fondo del recipiente. Levare
dal fuoco e continuare la cottura
in forno a 180 °C per 12 minuti.
Distribuire il pesce sui piatti,
sollevando leggermente un lembo
di pelle. Guarnire con lo zabaione
la parte di pesce scoperta e servire.

Brasato di manzo con anello di polenta

Procedimento

Marinare la carne per una notte (in frigorifero) nel vino aromatizzato con la cipolla, la carota, il sedano, il porro, lo scalogno, le bacche di ginepro, i gambi di prezzemolo, la noce moscata, la cannella, i chiodi di garofano, l'alloro, il pepe in grani, l'aglio e la scorza d'arancia.
Il giorno successivo, sgocciolare la carne (tenere da parte la marinata), asciugarla e steccarla con il lardo tagliato a striscioline e il trito di erbe aromatiche. Legarla, spolverizzarla di farina e rosolarla velocemente in una padella con un po' d'olio, sfumando con 1 bicchiere del liquido di marinatura. Nel frattempo, in una casseruola, far appassire gli odori della marinata con l'olio, unirvi la carne e bagnare con il restante liquido. Far evaporare e aggiungere il brodo di carne.

INGREDIENTI
per 4 persone

1 kg di polpa di manzo (punta di pezza)
1 bottiglia di vino rosso corposo
1 cipolla grossa
1 carota
1 costa di sedano
1/2 porro
1 scalogno
4 bacche di ginepro
5 gambi di prezzemolo
1 pizzico di noce moscata e di cannella in polvere
2 chiodi di garofano
1 foglia di alloro
30 g di pepe in grani
2 spicchi d'aglio senza l'anima
1 scorzettina d'arancia
100 g di lardo
10 g di erbette aromatiche (salvia, timo, rosmarino)
2 cucchiai di farina 0
1/2 l di brodo di carne
4 cucchiai di olio extravergine d'oliva
sale q.b.

per la polenta

250 g di farina
  di mais bramata
1/2 l di acqua
1/2 l di latte
1 foglia di alloro
1 pizzico di noce
  moscata
100 g di parmigiano
  grattugiato
80 g di burro
sale e pepe q.b.

Coprire la casseruola e continuare la cottura nel forno già caldo a 200-220 °C per 3 ore (se durante la cottura il brasato dovesse asciugarsi troppo, aggiungere un po' di brodo). Per la polenta, far bollire l'acqua e il latte con l'alloro, la noce moscata e un pizzico di sale. Unire la farina a pioggia e procedere mescolando prima con una frusta, poi con una paletta in modo da non formare grumi. Cuocere a bagnomaria per 40 minuti, tenendo coperto il recipiente con un panno bagnato e un coperchio. A cottura ultimata, mantecare la polenta con il parmigiano e il burro. Togliere la polenta dal fuoco e farla raffreddare su un vassoio. La polenta può essere servita in stampini individuali ad anello passati in forno per 2 minuti, o tagliata a fette e fritta in una padella antiaderente. Una volta giunta a cottura, levare la carne dalla casseruola e tenerla

in caldo. Frullare il fondo di cottura
e raffinarlo al passino fine.
Tagliare il brasato a fette non troppo
sottili. Nappare con la salsa
ottenuta dal fondo di cottura
e completare il piatto con la polenta.

Brioche vegetariana

INGREDIENTI
per 8 persone

500 g di farina 00
30 g di lievito di birra
4 uova
2 cucchiai
  di zucchero
170 g di burro
1,5 bicchieri di latte
200 g di pecorino
  dolce
200 g di pisellini
salsa mornay q.b.
sale e pepe q.b.

Procedimento

Preparare un impasto con la farina, il lievito sbriciolato, le uova, lo zucchero, il burro e un pizzico di sale e di pepe. Aggiungere poco alla volta il latte tiepido fino a ottenere un composto morbido ed elastico. Lasciar lievitare per 45 minuti. Incorporarvi il pecorino e 100 g di pisellini scottati per qualche minuto in acqua bollente e ben scolati. Amalgamare il tutto con un cucchiaio di legno, quindi trasferire l'impasto in uno stampo a ciambella imburrato, cercando di non romperlo e sigillando bene le due estremità. Far lievitare in un luogo caldo e senza correnti per 1 ora circa, fino a quando l'impasto avrà raggiunto l'orlo dello stampo.
Cuocere in forno già caldo a 190 °C per 20 minuti circa, il tempo

Secondi

BRIOCHE VEGETARIANA

Questa ricetta riscuote un gran successo. Il segreto consiste nel lavorare a lungo l'impasto, ma se disponete di un'impastatrice, il problema non si pone.

necessario perché la brioche cuocia sia all'interno sia fuori.
Levare dal forno e lasciar raffreddare per qualche minuto.
Servire con salsa mornay mescolata a qualche pisellino bollito.

Calamari ripieni di patate e provola con salsa ai carciofi

INGREDIENTI
per 6 persone

6 calamari puliti
 (15 cm circa
 di lunghezza)
1 kg di patate
2 cucchiai
 di parmigiano
 grattugiato
200 g di provola
1 uovo
2-3 tuorli
6 rametti robusti
 di rosmarino
sale e pepe q.b.

per la panatura

2 uova
200 g di pangrattato

per la salsa

4 gambi di carciofo
2 spicchi di aglio
olio extravergine
 di oliva q.b.
sale e pepe q.b.

Procedimento

Bollire le patate e passarle nello schiacciapatate. Far raffreddare, quindi unire il parmigiano, la provola e le uova. Aggiustare di sale e pepe. Riempire i calamari con il composto e chiudere con degli stecchini o rametti robusti di rosmarino. Insaporire il pangrattato con gli aghi di rosmarino, sbattere le uova, impanare i calamari e friggere. Per la salsa, cuocere i gambi dei carciofi con aglio, olio e sale (aggiungere dell'acqua se necessario). Passarli al setaccio e aggiustare di sale e pepe.
Servire i calamari tagliati a rondelle su un letto di salsa di carciofi.

Secondi

CALAMARI RIPIENI DI PATATE E PROVOLA CON SALSA AI CARCIOFI

Se non volete scottarvi le mani pelando le patate bollite, mettetele nello schiacciapatate con la buccia.

Calamari saltati con crema di porri e carciofi croccanti

INGREDIENTI
per 4 persone

500 g di calamari
1 spicchio d'aglio
1 scalogno
15 g di capperi
100 g di pomodorini
   pendolini
1 cucchiaio
   di prezzemolo
3 carciofi
farina 0 q.b.
olio extravergine
   d'oliva q.b.
olio di arachide q.b.
   per friggere
sale e pepe q.b.

per la crema di porri

3 porri
50 g di burro
50 g di panna fresca
   liquida
sale e pepe q.b.

Procedimento

Per la crema di porri, pulire i porri, tagliarli alla julienne, rosolarli con il burro, salare e pepare, quindi stufare per 10 minuti aggiungendo dell'acqua.
Quasi a fine cottura, unire la panna, far addensare e frullare.
Pulire i calamari e tagliarli a striscioline. Tritare l'aglio e lo scalogno e rosolarli con l'olio extravergine d'oliva in una padella capiente. Unire i calamari, i capperi tritati, i pomodorini tagliati in quattro e il prezzemolo tritato. Salare, pepare o, a piacere, insaporire con un pizzico di peperoncino. Far addensare per qualche minuto.
Pulire i carciofi e tagliarli molto sottili. Al momento di servire, passare i carciofi nella farina e friggerli in olio di arachide profondo.
Servire i calamari insieme alla crema di porri e con contorno di carciofi fritti.

Carbonata di manzo alla birra

Secondi

**INGREDIENTI
per 4 persone**

900 g di fesa
    di manzo
80 g di burro
500 g di cipolle
2 fette di pancetta
    tagliate spesse
30 g di farina 0
2 foglie di alloro
4 bicchieri di birra
sale e pepe q.b.

Procedimento

Soffriggere a fuoco dolce nel burro le cipolle affettate e la pancetta tritata. Aggiungere la carne tagliata a striscioline larghe un dito e alte come una bistecchina, rosolare per qualche minuto e spolverizzare di farina. Coprire con la birra calda, salare, pepare e unire l'alloro. Cuocere a fuoco dolce per 30 minuti circa. Eliminare l'alloro e servire caldo con polenta o purè.

Carré di vitello in crosta di patate

CARRÉ DI VITELLO IN CROSTA DI PATATE

È una preparazione un po' elaborata, ma di sicuro effetto per i giorni di festa.

INGREDIENTI
per 4 persone

800 g di carré
  di vitello con l'osso
1 cipolla grossa
2 carote
1 costa di sedano
2 bacche di ginepro
1 bicchiere di vino
  bianco secco
1 bicchiere di marsala
1 bicchiere di brodo
500 g di patate
1 pizzico di noce
  moscata
65 g di burro
2 tuorli
1 cucchiaio di farina 0
1 bicchiere di latte
70 g di formaggio
  a fette tipo
  emmental
70 g di prosciutto
  cotto
1 uovo
  per spennellare
1 cucchiaio di olio
  extravergine d'oliva
sale e pepe q.b.

Procedimento

Lavare e pelare la cipolla, le carote e il sedano, quindi tritarli. Schiacciare le bacche di ginepro.
Scaldare l'olio e rosolarvi il carré di vitello finché sarà dorato. Bagnare con il vino bianco e il marsala e ridurre il liquido di due terzi. Unire le verdure e le bacche di ginepro.
Versarvi il brodo, salare e pepare. Incoperchiare e cuocere per almeno 1 ora e mezzo.
Nel frattempo, lavare le patate e lessarle. Sbucciarle ancora calde e passarle allo schiacciapatate. Mettere la purea sul fuoco e, mescolando, farla asciugare. Aromatizzare con la noce moscata e salare. Aggiungere il burro a tocchetti (lasciandone una noce) e incorporare i tuorli, sempre mescolando.
Scolare le verdure dal fondo di cottura e frullarle, quindi trasferirle in una padella con la noce di burro

Secondi

e la farina. Mescolare e diluire
con il latte e il fondo di cottura.
Aggiustare di sale e pepe.
Disossare la carne e affettarla.
Passare le fette di carne nella salsa
preparata, quindi disporle a strati
in una teglia, alternandole al prosciutto
e al formaggio a fette.
Trasferire il composto di patate
in una tasca da pasticceria e ricoprire
completamente la carne. Spennellare
con l'uovo sbattuto e gratinare
in forno a 180 °C per 20 minuti circa.
Servire con la salsa rimasta.

Ciambella di pasta bignè salata

INGREDIENTI
per 6 persone

300 g di acqua
125 g di burro
250 g di farina 00
5 uova
250 g di emmental
  o montasio
  grattugiati
sale q.b.

Procedimento

Far bollire l'acqua con il burro e il sale. Quando l'acqua bolle e il burro si è sciolto, versare la farina setacciata, mescolando vigorosamente finché l'impasto non si stacca dalle pareti della pentola, lasciandovi una pellicina. Trasferire la pasta in una ciotola e lasciar intiepidire, magari allargandola con un cucchiaio di legno. Incorporare le uova, uno alla volta, rimestando bene prima di aggiungere il successivo. Mescolare vigorosamente per ottenere un impasto liscio e corposo (potrebbero essere sufficienti solo 4 uova: dipende da quanto sono grosse). Aggiungere alla pasta il formaggio, amalgamando bene anche con le mani. In uno stampo a ciambella imburrato e infarinato, distribuire l'impasto a mucchietti, uno vicino all'altro. Cuocere in forno a 180 °C per 35 minuti.

Secondi

Cinghiale in agrodolce

**INGREDIENTI
per 4 persone**

1 kg di polpa
  di cinghiale
1 l di vino rosso
  secco
3 cipolle
2 coste di sedano
3 spicchi d'aglio
10 foglie di alloro
1 rametto
  di rosmarino
3 bacche di ginepro
1 l di brodo vegetale
1 cucchiaio
  abbondante
  di cacao amaro
1 cucchiaio
  di zucchero
50 g di uva sultanina
50 g di pinoli
1 bicchiere di aceto
  rosso
3 cucchiai di olio
  extravergine d'oliva
sale e pepe q.b.

Procedimento

Tagliare il cinghiale a cubetti
e marinarlo in frigorifero per 8 ore
nel vino aromatizzato con metà
degli odori.
Togliere la carne, filtrare il liquido
e tenerlo da parte.
Far rosolare gli odori rimasti
con l'olio, quindi unire il cinghiale
e rosolare. Aggiungere il vino
della marinatura e il brodo e cuocere
per 1 ora e mezzo circa.
A parte, preparare un intingolo
a freddo con il cacao, lo zucchero,
l'uva sultanina (ammollata in acqua),
i pinoli e l'aceto.
Quando la carne è giunta a cottura,
aggiungere l'intingolo, far insaporire
per qualche minuto ancora e servire.

**CINGHIALE
IN AGRODOLCE**

Ottimo con
contorno di purè
di patate,
di castagne
o, più
semplicemente,
con la polenta.

Coniglio all'aceto

CONIGLIO ALL'ACETO

Un'alternativa al coniglio è l'agnello, che però è più indicato d'inverno.

Procedimento

Marinare il coniglio per 2 ore nell'aceto aromatizzato con l'alloro, il timo, 1 rametto di rosmarino e 5 foglie di salvia. Tritare finemente gli scalogni e l'aglio e soffriggere con l'olio. Unire le acciughe e i capperi dissalati e tritati, il coniglio scolato dall'aceto, e rosolare bene.
Quando la carne comincerà a colorirsi, irrorare con il vino bianco e 2 cucchiai di aceto, portare a cottura (40 minuti circa) e, se occorre, aggiungere del brodo di dado. Salare e pepare.
A fine cottura, sfumare con 4 cucchiai di aceto e il trito di rosmarino e salvia rimasti.

INGREDIENTI per 4 persone

1 coniglio tagliato a piccoli pezzi
1/2 l di aceto bianco
4 foglie di alloro
2 rametti di timo
2 rametti di rosmarino
10 foglie di salvia
2 scalogni
2 spicchi d'aglio
4 filetti d'acciuga
50 g di capperi sotto sale
1 bicchiere di vino bianco
4 cucchiai di olio extravergine d'oliva
sale e pepe q.b.

Coniglio in porchetta all'eugubina

**INGREDIENTI
per 6 persone**

1 coniglio
   (1500 g circa)
300 g di patate
1 spicchio di aglio
1 cucchiaio di semi
   di finocchio
2 salsicce
1 bicchiere di vino
   bianco
6 cucchiai di olio
   extravergine di oliva
sale e pepe q.b.

Procedimento

Tagliare le patate a cubetti e saltarle in padella con l'olio e l'aglio. Aggiungere i semi di finocchio (volendo anche il fegato) e aggiustare di sale e pepe.
Cuocere le salsicce in padella con mezzo bicchiere di acqua (per eliminare il grasso), quindi tagliarle a metà e soffriggere.
Unire le patate e le salsicce e inserirle nella pancia del coniglio (eventualmente disossato). Legare la carne e far sigillare in un tegame con l'olio. Terminare la cottura in forno a 180°C per 30 minuti circa irrorando con il vino bianco.
Far raffreddare e tagliare a fette.

Secondi

**CONIGLIO
IN PORCHETTA
ALL'EUGUBINA**

**Servite
con contorno
di finocchi
gratinati.**

Coniglio in tegame alla paesana

Procedimento

Marinare il coniglio per qualche ora con gli aromi tritati e le droghe (1 rametto di rosmarino, 1 rametto di timo, il pepe in grani, il ginepro, i chiodi di garofano, l'alloro, 2 foglie di salvia e la maggiorana) e il succo di limone.
Asciugare il coniglio in un tegame a fuoco vivo ed eliminare il liquido prodotto. Rosolarlo quindi con l'olio, la pancetta tagliata a dadini, un trito di timo, salvia, rosmarino e l'aglio. Irrorare con il vino bianco e sfumare. Aggiungere la cipolla, le patate e i funghi tagliati grossolanamente. Salare e pepare e cuocere per 45 minuti. Servire con fette di pane casereccio tostate e strofinate con aglio o con fette di polenta.

INGREDIENTI
per 4 persone

- 1 coniglio giovane di 1 kg circa a pezzetti
- 2 rametti di rosmarino
- 2 rametti di timo
- 1 cucchiaio di pepe in grani
- 6 bacche di ginepro
- 2 chiodi di garofano
- 3 foglie di alloro
- 4 foglie di salvia
- 1 rametto di maggiorana
- 1 limone
- 2 fette di pancetta tagliate spesse
- 1 spicchio d'aglio
- 1 cipolla
- 200 g di patate
- 200 g di funghi freschi (o 20 g di secchi)
- 1 bicchiere di vino bianco secco
- 6 cucchiai di olio extravergine d'oliva
- sale e pepe q.b.

Corona di filetto

**INGREDIENTI
per 6 persone**

1200 g di filetto
   di manzo
150 g di prosciutto
   crudo
200 g di spinaci
50 g di parmigiano
   grattugiato
2 cucchiai
   di besciamella
100 g di fontina
   o scamorza
30 g di burro
2 cucchiai di olio
   extravergine d'oliva
200 g di vino bianco
burro fuso q.b.
sale e pepe q.b.

Procedimento

Tagliare il filetto a fettine piuttosto sottili senza arrivare fino in fondo. Amalgamare il prosciutto, gli spinaci (lessati, stufati con burro e tritati), il parmigiano e la besciamella. Spennellare le fettine di carne con il burro fuso e farcirle con il composto ottenuto (tenere unite le fette con degli stecconi da spiedo).
Rosolare la carne in olio e burro; passare la teglia in forno a 190 °C per 30 minuti circa.

**CORONA
DI FILETTO**

*Servite con
verdure glassate.*

Cosciotto di agnello farcito con carciofi e pecorino

COSCIOTTO DI AGNELLO FARCITO CON CARCIOFI E PECORINO

Potete sostituire i carciofi con una verdura di stagione.

Procedimento

Disossare il cosciotto (lo può preparare il macellaio, ma per la ricetta serve anche l'osso). Preparare un trito con le erbe aromatiche e l'aglio, quindi condire il cosciotto massaggiandolo bene. Aggiustare di sale e pepe.
Pulire e tagliare i carciofi a spicchi e farli saltare velocemente in padella con l'aglio e il timo rimasti. Pulire i cipollotti e tagliarli in quattro. Farcire il cosciotto con le verdure e il pecorino a scaglie, chiuderlo e legarlo. In una teglia da forno, disporre sedano, carota e cipolla tagliati grossolanamente, l'osso del cosciotto spezzettato e al centro il cosciotto. Ungerlo bene e rosolare in forno a 200 °C per 15 minuti. Sfumare quindi con il vino, abbassare il forno a 180 °C e cuocere per 1 ora circa.

**INGREDIENTI
per 4 persone**

1 cosciotto di agnello (800 g circa)
2 rametti di timo
1 rametto di maggiorana
1 rametto di dragoncello
1 rametto di rosmarino
1 rametto di salvia
3 spicchi di aglio
4 carciofi
4 cipollotti
1 gambo di sedano
1 carota
1 cipolla
1 bicchiere di vino bianco
100 g di pecorino stagionato
olio extravergine di oliva q.b.
sale e pepe q.b.

Cosciotto di tacchinella natalizia farcito al profumo di arancia

**INGREDIENTI
per 6-8 persone**

1 coscia di tacchinella
   disossata di media
   grandezza più
   un pezzo di pelle
1 cipolla bianca
2 arance
1 rametto di timo
1 rametto
   di rosmarino
1 bicchiere
   di prosecco
3-4 mestoli
   di brodo vegetale
1 noce di burro
sale e pepe q.b.
olio extravergine
   di oliva
   per spennellare

Secondi

**COSCIOTTO
DI TACCHINELLA
NATALIZIA FARCITO
AL PROFUMO
DI ARANCIA**

**Servite con
radicchio stufato
o verdurine
glassate.**

Procedimento

Pulire la coscia e lavarla.
Per la farcia, sbucciare e tagliare la mela
a tocchetti. Insaporirla in padella
con il burro e i chiodi di garofano
per 1 minuto. Aggiungere le prugne
a pezzetti, sfumare con l'aceto, unire
il timo e spegnere la fiamma.
Far rosolare la salsiccia in padella
senza condimento, bucarla e tagliarla
a tocchetti.
Cuocere il pangrattato nel latte
fino a ottenere una panata morbida.
Mescolare la polpa di maiale
con la mortadella e la panata, aggiungere
la senape, il parmigiano, la scorza
dell'arancia, l'uovo e un pizzico di pepe.
Mescolare bene, quindi unire
il composto di mela e prugne
e la salsiccia. Aggiustare di sale.
Allargare la coscia di tacchinella
sul piano di lavoro, salare e pepare
l'interno e sistemare al centro la farcia.
Con la pelle confezionare
un meloncino (se necessario, cucire

la parte sottostante), quindi legare
con del filo. Sigillare il meloncino
in una padella che possa andare in forno
(solo dalla parte cucita). Per completare
la sigillatura spennellare con l'olio
e cuocere in forno già caldo a 220 °C
per 20 minuti circa.
Affettare la cipolla e distribuirla
nel tegame previsto per la cottura
in forno. Sistemarvi sopra 1 arancia
tagliata a spicchi e poi il cosciotto
di tacchinella. Unire i rametti
di timo e rosmarino e irrorare
con il succo della seconda arancia scaldato
insieme al prosecco.
Far evaporare il vino, coprire
con carta da forno e ripassare in forno
a 180 °C per 1 ora circa.
Dopo 20 minuti di cottura aggiustare
di sale. Irrorare di tanto in tanto
con il brodo vegetale caldo
(se necessario, rimuovere la carta 15
minuti prima di togliere dal forno).
A fine cottura, avvolgere la carne
nella carta stagnola e lasciar riposare
per 30 minuti.

per la farcia

1 mela piccola
1 noce di burro
3 chiodi di garofano
5-6 prugne secche snocciolate
1 spruzzata di aceto aromatico
2 pizzichi di timo tritato
100 g di salsiccia
20 g di pangrattato
50 g di latte
150 g di polpa di maiale tritata
100 g di mortadella tritata
1 cucchiaio di senape allo champagne
1 cucchiaio di parmigiano grattugiato
1 arancia
1 uovo
sale e pepe q.b.

per la cupola

1 confezione di pasta sfoglia
1 uovo

Togliere dal fondo di cottura gli odori
e gli spicchi di arancia, tranne uno,
quindi frullare il composto (se è troppo
liquido, addensare facendolo bollire).
Aggiungere la noce di burro
e trasferire in una salsiera (mantenuta
in caldo a bagnomaria).
Per la cupola (facoltativa, in quanto
serve solo per guarnire), tagliare
la pasta sfoglia a strisce e rivestire
esternamente uno stampo a semisfera
di 20 × 18 cm formando una grata,
spennellarla con l'uovo sbattuto
e cuocerla in forno a 200 °C
per qualche minuto.
Servire la tacchinella tagliata a fette
e ricomposta sotto la grata di sfoglia.

Costine in umido

COSTINE IN UMIDO

Le costine di maiale sono le punte delle costole di maiale e assumono nomi diversi a seconda delle zone d'Italia. Abbiamo così le spuntature a Roma, le puntine a Milano, le tracchiolelle a Napoli e in Toscana, cotte alla brace, prendono il nome di rosticciane.

Procedimento

Ammollare i funghi in acqua calda per 30 minuti.
Tagliare le costine e, se necessario, eliminare il grasso in eccesso.
Pelare la cipolla, tritarla con l'aglio e soffriggere in un tegame con l'olio, le bacche di ginepro leggermente schiacciate con la lama di un coltello e l'alloro.
Unire quindi le costine e rosolarle lentamente a fuoco medio (girarle spesso in modo che la carne si colori uniformemente e la cipolla cuoca senza bruciacchiarsi).
Aggiustare di sale e abbondante pepe e, quando la carne risulta ben rosolata, bagnare con il vino.
Sfumare, unire la passata di pomodoro, incoperchiare e proseguire la cottura per 1 ora e mezzo circa, aggiungendo se necessario del brodo caldo (tenendo presente che il sugo dovrà essere abbondante e non troppo ristretto).

**INGREDIENTI
per 4 persone**

500 g di costine
   di maiale
40 g di funghi secchi
1 cipolla grossa
2 spicchi d'aglio
5-6 bacche
   di ginepro
1 foglia di alloro
1/2 bicchiere di vino
   rosso
400 g di polpa
   di pomodoro
brodo q.b.
2 cucchiai di olio
   extravergine d'oliva
sale e pepe q.b.

Secondi

A metà cottura unire i funghi
strizzati e tagliati a pezzetti.
Servire il piatto ben caldo
con una polenta morbida.

Dadolata di vitello alle spezie

Procedimento

Fare scaldare l'olio in una casseruola e aggiungere i chiodi di garofano, lo zenzero, il coriandolo, la curcuma, il cumino, la cannella e un po' di peperoncino. Rosolare le spezie per 2 minuti, quindi unire le cipolle affettate e l'aglio. Cuocere per 1 minuto, aggiungere i pomodori pelati e tritati, coprire con il brodo e salare. Setacciare la farina con un pizzico di sale e una macinata di pepe. Passare la carne nel composto e scuotere per eliminare la farina in eccesso. Aggiungere la carne alla salsa di spezie, portare a ebollizione, incoperchiare e cuocere a fuoco dolce, mescolando di tanto in tanto, per 1 ora e mezzo.

INGREDIENTI
per 4 persone

500 g di filetto di vitello tagliato a dadi
2 chiodi di garofano
1 cucchiaino di zenzero macinato
1 cucchiaino di semi di coriandolo macinati
1 cucchiaino di semi di curcuma macinati
1/2 cucchiaino di semi di cumino
1/2 cucchiaino di cannella macinata
peperoncino in polvere q.b.
2 cipolle
4 spicchi d'aglio
300 g di pomodori
brodo q.b.
3 cucchiai di farina 0
1 cucchiaio di olio extravergine d'oliva
sale e pepe q.b.

Faraona alla melagrana

**INGREDIENTI
per 4 persone**

1 faraona
2 spicchi di aglio
2 foglie di alloro
2 scalogni
4 melegrane
1 bicchiere di vino bianco
40 g di amido di mais
brodo di carne q.b.
olio extravergine di oliva q.b.
sale e pepe q.b.

per la farcia

300 g di salsiccia
2 carote
1 barbabietola cotta
1 porro
200 g di prosciutto crudo tagliato in una sola fetta
1 uovo
50 g di pangrattato
50 g di parmigiano grattugiato
sale e pepe q.b.

Procedimento

Preparare la farcia con la salsiccia, le carote, la barbabietola e il prosciutto tagliati a dadini e il porro stufato. Unire l'uovo, il pangrattato e il parmigiano. Aggiustare di sale e pepe. Disossare la faraona, farcirla e legarla con spago da cucina. In una teglia disporre l'aglio, l'alloro, gli scalogni e le ossa spezzettate grossolanamente. Spennellare la faraona con l'olio e farla rosolare a fuoco vivo. Frullare metà dei chicchi della melagrana e irrorare la faraona con il succo. Cuocere in forno a 200 °C per 1 ora (a metà cottura sfumare con il vino). Levare la faraona dal forno e lasciarla riposare per 30 minuti al caldo avvolta nella stagnola prima di togliere lo spago. Al fondo di cottura aggiungere l'amido di mais e un po' di brodo. Passare la salsa così ricavata al colino e tenerla in caldo. Tagliare l'arrosto a fette, guarnire con chicchi di melegrane e servire con la salsa.

FARAONA ALLA MELAGRANA

La faraona può anche essere disossata, farcita e condita solo con le erbe aromatiche. Risulterà comunque molto gustosa, l'importante è salarla solo prima della cottura.

Faraona con carciofi e funghi

FARAONA CON CARCIOFI E FUNGHI

Procedimento

In un tegame, scaldare il burro, il lardo e l'olio. Unire le cipolle tritate finemente, i funghi tagliati a pezzetti e l'alloro. Salare e pepare, quindi aggiungere la faraona. Rosolare a fuoco vivo, poi abbassare la fiamma e cuocere per 40 minuti circa (se occorre, irrorare con del brodo vegetale).
Nel frattempo, pulire e spuntare i carciofi, tagliarli a spicchi e lavarli in acqua acidulata con il succo di limone (per evitare che diventino neri). Trasferirli in un tegame e cuocerli per 15 minuti nell'olio allungato con qualche cucchiaio d'acqua perché non friggano e non si induriscano. Aggiungere le olive snocciolate e tagliate a metà. Aggiustare di sale e pepe. Disporre la faraona tagliata a pezzi, irrorata con il suo fondo di cottura e con il contorno di carciofi. Servire caldissima.

INGREDIENTI
per 4 persone

1 faraona (o 1 pollo)
200 g di funghi freschi (o l'equivalente di funghi secchi fatti rinvenire in acqua tiepida)
2 cipolle
4 foglie di alloro
8 carciofi
1 limone
120 g di olive nere
80 g tra burro, lardo e olio extravergine d'oliva
40 ml di olio extravergine d'oliva
sale e pepe q.b.

Secondi

Filetti croccanti di rombo allo zabaione di zucca

**INGREDIENTI
per 4 persone**

4 filetti di rombo
3 cucchiai di semi
   di sesamo
3 cucchiai di olio
   extravergine d'oliva
1 peperone rosso
   tagliato
   sottilissimo
1 uovo intero

**per lo zabaione
di zucca**

200 g di zucca
   lessata
   e schiacciata
2 tuorli d'uovo
80 g di burro
50 g di panna fresca
1 pizzico
   di peperoncino
sale e pepe q.b.

Procedimento

Separare i filetti di rombo e salarli. Passarli nell'uovo sbattuto e nel trito di peperone e sesamo, facendolo aderire molto bene. Cuocere in olio per pochi minuti con il coperchio. Per lo zabaione di zucca, imbiondire la cipolla e unire la zucca, la panna, i tuorli, il peperoncino e, se necessario, un po' di brodo. Salare e pepare. Cuocere a bagnomaria con fiocchetti di burro. Servire in piatti individuali mettendo la salsa di lato.

**FILETTI CROCCANTI
DI ROMBO ALLO
ZABAIONE DI
ZUCCA**

Si accompagnano bene con funghetti cotti con olio, aglio e vino bianco.

Filetti di branzino all'arancia con insalata tiepida di finocchi e porri

INGREDIENTI
per 4 persone

per il branzino

2 branzini
 (750 g circa
 ciascuno)
3 arance
3 finocchi
1 porro
200 g di pangrattato
olio extravergine
 di oliva q.b.
sale q.b.

per il caramello

2 cucchiai di acqua
1 cucchiaio
 di zucchero
1 arancia

per la salsa

8 cucchiai di succo
 di arancia
2 cucchiai di miele
 di acacia
2 cucchiai di aceto
 balsamico
olio extravergine
 di oliva q.b.
sale q.b.

Procedimento

Sfilettare i due branzini dopo averli squamati ed eviscerati, eliminando le pinne dorsali. Salarli, cospargerli di olio e farli marinare. Nel frattempo, preparare sul fuoco un caramello con l'acqua e lo zucchero, quindi aggiungere la scorza dell'arancia tagliata a listarelle fini. Levare il caramello dal fuoco appena le scorze saranno dorate e versarlo su un piano di acciaio, precedentemente oleato. Lasciar solidificare. Una volta raffreddato, tritarlo finemente e unire il pangrattato.
Cospargere i filetti di pesce con il composto di caramello e pangrattato. Dorarli in una padella antiaderente con un filo di olio per 1 minuto. Toglierli dalla padella e continuare la cottura in forno a 200 °C per 3 minuti.
Tenere da parte al caldo.

Secondi

Cuocere a vapore i finocchi e il porro
tagliati alla julienne per 2 minuti,
salare e condire con un filo di olio.
Per la salsa, unire il succo di arancia, il
miele, l'aceto e l'olio fino a ottenere la
consistenza desiderata. Aggiustare di sale.
Pelare al vivo le arance. Suddividere gli
spicchi nei singoli piatti,
sistemandovi di fianco l'insalata
e i filetti di pesce.
Cospargere con la salsa e servire.

Filetti di scorfano su crema di ceci con salsa di pomodoro

INGREDIENTI
per 4 persone

600 g di filetti
   di scorfano
250 g di salsa di soia
1 scalogno
1 spicchio di aglio
1 rametto
   di rosmarino
200 g di ceci
1/2 l di brodo di pesce
fecola q.b.
olio extravergine
   di oliva q.b.
sale e pepe q.b.
olio di arachide
   per friggere

per la salsa

1 cipolla
1 spicchio di aglio
5 pomodori maturi
4-5 foglie di basilico
sale e pepe q.b.

Procedimento

Tagliare i filetti e farli marinare nella salsa di soia per 1 ora circa. Nel frattempo, far rosolare nell'olio lo scalogno tritato finemente, l'aglio e il rosmarino. Aggiungere i ceci precedentemente ammollati in acqua e bolliti. Coprire con il brodo di pesce e far cuocere. Aggiustare di sale e pepe e passare al passaverdura. Tenere in caldo. Per la salsa di pomodoro, far rosolare la cipolla e l'aglio, poi unire i pomodori a cubetti e il basilico. Aggiustare di sale e pepe, far ridurre, quindi passare al passaverdura. Scolare i filetti, passarli nella fecola e friggerli. Distribuire al centro di un piatto da portata la crema di ceci, disporvi sopra i filetti e condire con un cucchiaio di salsa di pomodoro.

Filetti di sgombro in porchetta

INGREDIENTI
per 4 persone

4 sgombri sfilettati
50 g di trito di erbe aromatiche (finocchietto selvatico, rosmarino, prezzemolo)
1 limone
2 spicchi di aglio fresco
50 g di guanciale a fettine
2 melanzane
2 patate
olio extravergine di oliva q.b.
sale e pepe q.b.

per l'emulsione

1 limone
2 cucchiai di prezzemolo
50 g di olio extravergine d'oliva

Procedimento

Condire i filetti di sgombro con il trito di erbe aromatiche, la scorza del limone, l'aglio, il sale e il pepe. Arrotolarli e confezionare gli involtini. Fasciare con le fettine di guanciale e fissare con uno stuzzicadenti. Arrostire in forno a 200 °C per 5-10 minuti. Servire gli involtini sopra un letto di melanzane e patate alla piastra (le patate vanno tagliate a fette con la buccia, condite e poi cotte sulla piastra).
Emulsionare il succo del limone, il prezzemolo tritato e l'olio e condire gli involtini.

Filetto di maiale ai broccoli su fiore di patate

FILETTO DI MAIALE AI BROCCOLI SU FIORE DI PATATE

Potete sostituire la salsa di broccoli con la salsa di pecorino romano, preparata amalgamando pecorino grattugiato e panna fresca.

Procedimento

Pelare le patate e tagliarle a fettine sottili. In una padella antiaderente scaldare l'olio, disporre le fettine di patate a fiore e cospargere con timo. Quando sono rosolate, girarle con l'aiuto di una spatola e cuocerle dall'altro lato. Pulire il filetto di maiale e ritagliare dei medaglioni spessi. Insaporire con sale, pepe e foglie di timo fresco, quindi rosolare in una padella antiaderente.
Sbollentare i broccoli e ridurli in purea. Aggiungere la besciamella, preparata secondo la ricetta di base, i tuorli e il parmigiano. Salare e pepare, quindi unire gli albumi montati a neve.
Versare il composto sopra i filetti e passare in forno ben caldo per 10 minuti circa.
Servire i filetti in piatti individuali sopra il fiore di patate.

INGREDIENTI
per 6 persone

1 filetto di maiale (600 g circa)
7 patate
timo fresco q.b.
350 g di broccoli
4 cucchiai di besciamella densa
2 tuorli
50 g di parmigiano grattugiato
2 albumi
sale e pepe q.b.

per la besciamella

70 g di latte
10 g di farina 0
10 g di burro
noce moscata q.b.
sale e pepe bianco q.b.

Secondi

Filetto di maiale all'arancia con cipollotti glassati

**INGREDIENTI
per 4 persone**

400 g di filetto
  di maiale
500 g di cipollotti
2 cucchiai
  di zucchero
2 cucchiai di aceto
  di mele
4 arance
burro q.b.
4 cucchiai di olio
  extravergine d'oliva
sale e pepe q.b.

Procedimento

Lavare i cipollotti e inciderli. Portarli
a 3/4 di cottura in acqua salata.
Preparare un caramello
con lo zucchero e immergervi
i cipollotti. Irrorare con l'aceto.
Aggiustare di sale.
Lavare la carne e ritagliare
8 medaglioni.
Preparare gli spicchi di 2 arance
al vivo e sbollentare le bucce
per qualche minuto.
Far sigillare i medaglioni
con olio e burro e caramellare
(aspettare che siano ben rosolati),
quindi salare e pepare.
Togliere il fondo di cottura, unire
i cipollotti caramellati, il succo
di 2 arance e gli spicchi delle altre
2, una parte del liquido di cottura
del filetto e una noce di burro
per amalgamare la salsa.

**FILETTO DI MAIALE
ALL'ARANCIA
CON CIPOLLOTTI
GLASSATI**

Per preparare
le arance "al
vivo" sbucciatele
con
un coltellino
e separate
gli spicchi.

Filetto di maiale farcito di prugne

**INGREDIENTI
per 4 persone**

600 g di filetto
 di maiale
3 foglie di salvia
1 rametto
 di rosmarino
1 mazzetto
 di prezzemolo
40 g di prugne
 secche della
 California
20 g di mandorle
20 g di burro
1/2 bicchiere di vino
 bianco
2 cucchiai di olio
 extravergine d'oliva
sale e pepe q.b.

Procedimento

Tritare salvia, rosmarino e prezzemolo.
Snocciolare le prugne e farcirle
con le mandorle intere.
Incidere il filetto per tutta
la lunghezza, lasciandolo unito
da un lato.
Stendere la carne, salare e pepare,
disporvi le prugne tutte in fila,
cospargere con 1/3 del trito
aromatico, arrotolare e legare.
In un tegame scaldare il burro e l'olio
con il resto del trito. Unire il filetto
e rosolarlo da ambo le parti.
Salare e pepare, irrorare con il vino
e far evaporare.
Completare la cottura in forno
a 180 °C per 25 minuti, bagnando
di tanto in tanto la carne con il fondo
di cottura.
Togliere il tegame dal forno, scolare
la carne e tagliarla a fette.

**FILETTO
DI MAIALE
FARCITO
DI PRUGNE**

Servite
con contorno
di insalatina
o verdure
glassate.

Secondi

Filetto di vitello alla Stroganoff

**INGREDIENTI
per 4 persone**

600 g di filetto
 di vitello
farina 0 q.b.
40 g di burro
1 cipolla piccola
1 scalogno
1 spicchio di aglio
1 foglia di alloro
4 cucchiai di sherry
200 g di salsa
 di pomodoro
1 cucchiaio
 di mostarda
 in polvere
2 mestoli di brodo
6 cucchiai di panna
sale e pepe
 di Caienna q.b.

Procedimento

Tagliare la carne a striscioline,
infarinarla leggermente e rosolarla
nel burro.
A cottura ultimata, trasferire la carne
in un piatto caldo e coprire.
Preparare la salsa.
Nel fondo di cottura stufare la cipolla, lo
scalogno e l'aglio tritati finemente
(se necessario aggiungere un po'
di brodo) e la foglia di alloro.
Unire lo sherry e sfumarlo;
aggiungere la salsa di pomodoro
e far addensare per qualche minuto.
Sciogliere la mostarda in un mestolo
di brodo e amalgamare al composto.
Cuocere per qualche minuto.
Aggiustare di sale e pepe, incorporare
la panna e portare a ebollizione.
Passare di nuovo la carne nella padella,
amalgamare bene con la salsa e lasciar
riposare.

Focaccette alla salvia, gorgonzola e stracchino

**INGREDIENTI
per 6 persone**

300 g di farina 0
1 tuorlo
1/2 bicchiere di vino bianco
1 cucchiaio di salvia
30 g di burro
120 g di stracchino
100 g di gorgonzola
2 cucchiai di olio extravergine d'oliva
sale q.b.

Procedimento

In una terrina, unire la farina, l'olio, il tuorlo, il vino bianco, la salvia tritata, 20 g di burro fuso e un pizzico di sale. Mescolare delicatamente aggiungendo, man mano, un po' di acqua tiepida. Quando il composto avrà raggiunto una certa consistenza, trasferirlo su un piano di lavoro infarinato. Impastare bene (il composto dovrà risultare morbido) e confezionare una pagnotta. Coprire la pasta con un canovaccio infarinato e lasciarla riposare per 45-60 minuti. Suddividere l'impasto in piccoli panetti di 40 g l'uno. Infarinare il piano di lavoro e, con un mattarello, stendere i panetti, formando dei dischi sottili del diametro di 16-18 cm l'uno. Lasciar riposare per qualche minuto.
Nel frattempo, preparare due padelle antiaderenti del diametro di 18 cm con il burro restante e porre sul fuoco.

Secondi

Quando il burro sarà caldo, cuocervi
le focaccette, una alla volta, prima
da una parte e poi dall'altra, quindi
trasferirle in un piatto caldo.
Spalmare una prima focaccetta
con il gorgonzola, sovrapporne
una seconda con lo stracchino
e chiudere con una terza
(farcirle tenendole in caldo).
Tagliare le focaccette in 4 spicchi
e servire tiepide.

Focaccia di patate

Procedimento

Per la biga o "lievitino", sciogliere il lievito nel latte tiepido (30 °C) con lo zucchero e la farina.
Far lievitare per 20 minuti circa, rimpastare e far lievitare di nuovo.
Amalgamare tutti gli ingredienti, unire la biga e far lievitare per 40 minuti.
Trasferire la pasta in uno stampo, far lievitare finché il composto sarà raddoppiato di volume e cuocere in forno a 200 °C per 35-40 minuti.

INGREDIENTI
per 6 persone

1,5 kg di farina 0
15 g di lievito di birra
9 tuorli
3 uova
450 g di purea di patate
120 g di parmigiano grattugiato
450 g di burro
1/2 bicchiere di latte
30 g di sale

per la biga

45 g di lievito di birra
180 g di latte
10 g di zucchero
200 g di farina 0

Gamberoni con salsa al curry

Secondi

**INGREDIENTI
per 2 persone**

6 gamberoni imperiali
1 cipolla bianca
brodo q.b.
1 mela
1 cucchiaio di curry
2 cucchiai di cognac
olio extravergine di oliva q.b.
sale e pepe bianco q.b.

Procedimento

Pulire i gamberoni e sgusciarli lasciando la testa.
Stufare la cipolla tagliata finemente con olio e brodo. Unire la mela a piccoli pezzi, cuocere per 5 minuti e aggiungere il curry sciolto in 2 cucchiai di brodo. Far insaporire e frullare la salsa.
In una padella saltare i gamberoni con 1 cucchiaio di olio, un pizzico di sale e pepe bianco per 2 minuti. Spruzzare di cognac e fiammeggiare.
Preparare ogni piatto disponendo i 3 gamberoni con la salsa al curry a lato.

GAMBERONI CON SALSA AL CURRY

È un piatto ideale per San Valentino. A piacere potete aggiungere una coppetta di riso all'orientale.

Insalata di pollo

Procedimento

Per il brodo, portare a ebollizione l'acqua con le verdure, quindi unire il pollo e cuocere per 20 minuti circa. Togliere la carne e lasciar raffreddare. In una padella, far rosolare le cipolle tritate finemente in poco olio, unire i peperoncini tritati e l'aglio. Insaporirvi il pane, precedentemente bagnato nel latte e strizzato, diluendo con 3-4 cucchiai di brodo. Aggiustare di sale. Nel mixer, frullare le noci con il composto di pane e cipolle. Rimettere il composto nella padella (fuori dal fuoco), unire il pollo sminuzzato, la curcuma e il parmigiano grattugiato. Mescolare e aggiungere 3-4 cucchiai di brodo per ammorbidire. In un piatto da portata, fare un letto di lattuga e disporvi le patate lessate tagliate a fette. Sopra ciascuna fetta formare delle cupolette col composto di pollo. Guarnire con olive nere e uova sode sbriciolate. Servire fresco.

INGREDIENTI
per 4 persone

2 petti di pollo
2 cipolle
4 peperoncini rossi
 (la dose è a piacere)
2 spicchi di aglio
8 fette di pane
 in cassetta
100 g di noci
1 cucchiaino
 di curcuma
100 g di parmigiano
 grattugiato
olio extravergine
 di oliva q.b.
sale q.b.

per il brodo

1 gambo di sedano
1 cipolla
1 carota

per guarnire

lattuga q.b.
4 patate
olive nere q.b.
2 uova sode

Involtini di vitello alla panna

**INGREDIENTI
per 4 persone**

500 g di fettine
   di noce di vitello
50 g di pangrattato
1 cucchiaino
   di senape cremosa
20 g di pecorino
   grattugiato
2 tuorli
2 cucchiai di vino
   bianco secco
50 g di farina 0
50 g di burro
40 ml di brandy
2 bicchieri di panna
   fresca liquida
1 mestolo di brodo
sale e pepe q.b.

Procedimento

In una ciotola, unire il pangrattato, la senape, il pecorino, i tuorli, il vino bianco, un pizzico di sale e pepe. Mescolare e distribuire il composto sulle fettine di carne.
Arrotolare le fettine su se stesse e fermarle con uno stecchino.
Infarinare leggermente gli involtini e rosolarli nel burro caldo, irrorarli con il brandy e sfumare. Salare e pepare. Bagnare con il mestolo di brodo caldo e cuocere a fuoco dolce per 40 minuti circa. 10 minuti prima di togliere dal fuoco, unire la panna, amalgamare, incoperchiare e terminare la cottura con la fiamma al minimo.
Togliere lo stecchino e servire gli involtini conditi con la salsa e contorno di purè di patate o spinaci al burro.

Involtini di vitello al parmigiano e maggiorana con salsa di aceto

INVOLTINI DI VITELLO AL PARMIGIANO E MAGGIORANA CON SALSA DI ACETO

Preparati secondo la ricetta classica, questi involtini presentano una novità nella cottura: invece di essere rosolati in padella vengono cotti al forno avvolti nella carta stagnola, con l'aggiunta di pochissimi grassi.

Procedimento

Stendere le fettine di vitello (battute) su un foglio di carta stagnola unta di olio. Aggiustare di sale e pepe, coprire con il parmigiano a scaglie e la maggiorana.
Confezionare degli involtini e arrotolarli nella carta stagnola. Cuocere in forno già caldo a 180 °C per 15 minuti circa.
Nel frattempo, a parte, far ridurre l'aceto balsamico con gli scalogni tritati, l'alloro e il pepe. Lasciar bollire finché la salsa si sarà addensata.
Servire gli involtini con la salsa e con contorno di purea di patate.

INGREDIENTI
per 4 persone

16 fettine di vitello
240 g di parmigiano a scaglie
3-4 rametti di maggiorana fresca
olio extravergine di oliva q.b.
sale e pepe q.b.

per la salsa

200 g di aceto balsamico
2 scalogni
2 foglie di alloro
4 granelli di pepe

Maiale in agrodolce

**INGREDIENTI
per 4 persone**

500 g di filetto
 di maiale macinato
2 peperoni rossi
2 carote
1 cipolla piccola
2 pomodori rossi
2 fette di ananas
 sciroppato
2 cucchiai di farina 0
olio extravergine
 di oliva
sale e pepe q.b.

Procedimento

Frullare 1 peperone, 1 carota, la cipolla e i pomodori. Cuocere il composto per 10 minuti, aggiustare di sale e aggiungere le 2 fette di ananas sciroppato.
Miscelare la farina con il maiale macinato e formare delle polpettine, salare, pepare e friggere nell'olio.
Tagliare il secondo peperone e la carota a losanghe, unirli al composto e cuocere per 5 minuti. Aggiungere le polpettine, amalgamare bene e ultimare la cottura.

Maialino al curry

**INGREDIENTI
per 4 persone**

800 g di carne
   di maiale
50 g di mandorle
1/4 di l di latte
1 cipolla grossa
1 spicchio d'aglio
1 mela verde aspra
1 cucchiaio di farina 0
1 cucchiaino di curry
3 cucchiai di olio
   extravergine d'oliva
sale e pepe q.b.

Procedimento

Tritare finemente le mandorle.
Trasferirle in un pentolino con il latte
e portare a ebollizione. Spegnere
il fuoco e lasciare in infusione.
Soffriggere la carne tagliata a tocchetti
(2 × 2 cm circa) nell'olio. Togliere
dalla padella e tenere da parte.
Tritare la cipolla e l'aglio
e aggiungerli al fondo di cottura
della carne. Farli imbiondire a fuoco
dolce, unire la mela sbucciata
e grattugiata e rosolare per qualche
minuto. Spolverizzare di farina e curry,
diluire con 2 mestoli di acqua calda
e mettere la carne nella salsa.
Salare e cuocere coperto a fuoco dolce
per 1 ora circa.
Passare il latte di mandorle al colino
fine e versarlo sulla carne. Continuare
la cottura finché la salsa si riaddensa.
Aggiustare di sale e pepe e servire
con riso bollito a parte.

Secondi

Medaglioni di vitello ai funghi porcini

**INGREDIENTI
per 4 persone**

400 g di filetto
   di vitello
2 patate grosse
1 rametto
   di rosmarino
100 g di funghi
   porcini
1 bicchiere
   di vino bianco
2 pomodori pelati
olio extravergine
   di oliva q.b.
sale e pepe q.b.
1 rametto
   di rosmarino fresco
   per guarnire

Procedimento

Scottare le patate in una pentola con acqua e sale. Pelarle, tagliarle a spicchi spessi e lunghi con un coltello affilato, quindi sbollentarli in acqua per 5 minuti. Trasferirli su un piatto e tenere da parte.
In una padella, scaldare un goccio di olio e rosolarvi il rametto di rosmarino intero, quindi toglierlo e unire le patate a spicchi. Aggiustare di sale e pepe. Far rosolare le patate girandole più volte.
Su un tagliere, pulire il filetto dal grasso e dalle nervature. Ricavare dei medaglioni dello spessore di 3 cm circa e sistemarli su un piatto.
Pulire con cura i funghi porcini con un coltellino. Strofinarli con un foglio di carta da cucina inumidito per eliminare la terra e affettarli a lamelle. Trasferirli in una ciotola e tenerli da parte.

**MEDAGLIONI
DI VITELLO
AI FUNGHI PORCINI**

I funghi porcini
non andrebbero
mai lavati,
perché perdono
l'aroma!

Nel frattempo, in una padella scaldare
a fuoco vivo un goccio di olio, quindi
unire i medaglioni di vitello
e rosolarli bene. Aggiungere i funghi
e aggiustare di sale e pepe. Far rosolare
i funghi per qualche minuto. Irrorare
con il vino bianco e far evaporare
a fuoco medio.
Tagliare i pomodori alla julienne.
Versarne una parte nella padella
e cuocere per 1 minuto, così che
i filetti si mantengano intatti.
Levare la padella dal fuoco.
Su un piatto da portata disporre
le patate a raggiera con al centro
i medaglioni e i funghi. Irrorare
il piatto con la salsa e guarnire
con il rosmarino e i filetti
di pomodoro rimasti.

Secondi

Messicanini di vitella di Carla

**INGREDIENTI
per 6 persone**

200 g di macinato misto (vitello, maiale e pollo)
100 g di pancarré
latte q.b.
noce moscata q.b.
1 uovo
1 tuorlo
50 g di parmigiano grattugiato
50 g di mortadella
500 g di fettine di vitella (dalla pezza o dalla noce) tagliate sottili
30 g di burro
farina 0 q.b.
4 foglie di salvia
1/2 bicchiere di vino bianco
1 bicchiere di brodo
2 cucchiai di olio extravergine d'oliva
sale e pepe q.b.

Procedimento

Preparare il ripieno dei messicanini con il macinato, il pancarré bagnato nel latte, la noce moscata, l'uovo intero e il tuorlo, il parmigiano e la mortadella frullata. Aggiustare di sale e pepe.
Con le fettine di vitella e la farcia confezionare dei piccoli involtini (chiudere con gli stecchini).
Far imbiondire il burro con l'olio; unire i messicanini leggermente infarinati e rosolare. Aggiungere la salvia, sfumare con il vino e spolverizzare di farina.
Unire il brodo e portare a cottura.

**MESSICANINI
DI VITELLA
DI CARLA**

Servite con radicchio alla griglia o pisellini con prosciutto.

Nocette di maiale con pane profumato

NOCETTE DI MAIALE CON PANE PROFUMATO

Potete sostituire il maiale con il vitello o l'agnello.

INGREDIENTI
per 4 persone

4 nocette di maiale
4 fette di pancarré
50 g di erbe aromatiche miste
100 g di burro
2 cucchiai di olio extravergine d'oliva
sale e pepe q.b.

Procedimento

Passare il pancarré al mixer, unire le erbe aromatiche e tritare finemente. Condire la carne con sale, pepe e olio e passarla nel pane aromatizzato premendo leggermente su entrambi i lati. Rosolare le nocette in padella a fuoco dolce con il burro per qualche minuto, quindi passarle in forno a 200 °C per 10 minuti. Servire con spinaci saltati in padella.

Nodini di pollo con peperoni agrodolci

Secondi

**INGREDIENTI
per 6 persone**

2 petti di pollo
   (800 g circa)
farina 0 q.b.
40 g di burro
1 cipollina piccola
1/2 bicchiere di vino
   bianco
   o prosecco
2 peperoni gialli
2 peperoni rossi
1 spicchio di aglio
1 cucchiaio
   di zucchero
2 cucchiai di aceto
   aromatico
2 cucchiai di olio
   extravergine d'oliva
sale e pepe q.b.

Procedimento

Tagliare i petti di pollo a striscioline
nel senso della lunghezza, formare
un nodo e infarinare senza salare.
In padella far schiumare il burro,
unire la cipolla intera e far soffriggere
per qualche minuto. Aggiungere
i petti di pollo e far rosolare.
Aggiustare di sale e pepe, versare
il vino e far evaporare. Cuocere ancora
per qualche minuto.
Tagliare i peperoni a pezzi
(4 cm di lunghezza e 2 di larghezza)
e saltarli in padella con l'olio
e l'aglio. A fine cottura unire
lo zucchero e l'aceto aromatico;
aggiustare di sale.
Servire i nodini con i peperoni
(ben caldi).

**NODINI DI POLLO
CON PEPERONI
AGRODOLCI**

**Piatto romano
tipico di
Ferragosto
presentato
in versione
divertente.
Potete
accompagnarlo
con riso pilaf.**

Orata in crosta aromatica

ORATA IN CROSTA AROMATICA

Il sale aromatico lo potete preparare in anticipo. Con la stessa tecnica si possono preparare altri tipi di pesce o anche della carne.

Procedimento

Il giorno precedente, tritare molto finemente le erbe aromatiche (ne occorrono cinque o sei cucchiai) e aggiungervi il sale. Lasciar riposare il sale aromatico per almeno 12 ore, quindi mescolarlo con la farina. Disporre il composto a fontana e incorporarvi al centro le uova. Amalgamare gli ingredienti fino a ottenere un impasto omogeneo e lasciar riposare per almeno 30 minuti. Nel frattempo, incidere le orate dalla testa all'apertura anale, eliminare pinne e squame ed eviscerarle. Lavarle sotto l'acqua corrente e asciugarle perfettamente anche all'interno. Dividere l'impasto in 2 pezzi e spianarli con il mattarello, ricavando 2 larghi ovali dello spessore di 1/2 cm scarso.
Appoggiarvi le orate al centro e chiudere la pasta, sigillando bene e cercando di dare all'involucro la forma di un pesce.

**INGREDIENTI
per 4 persone**

2 orate (600 g circa ciascuna)
1 mazzetto odoroso fresco (rosmarino, finocchio selvatico, prezzemolo, timo, maggiorana)
1 kg di sale grosso
1 kg di farina 0
5 uova

Secondi

Sistemare le orate su una teglia rivestita di carta da forno e cuocerle in forno già caldo a 200 °C
per 40 minuti.
Servire appena sfornate. Praticare un'incisione nella pasta nel senso della lunghezza e allargare l'apertura così da poter sfilettare il pesce direttamente dentro l'involucro. Così cucinato, il pesce risulta particolarmente saporito e profumato e non ha bisogno di ulteriori condimenti.

Parmigiana di melanzane

PARMIGIANA DI MELANZANE

Per cucinare questo piatto potete usare qualsiasi tipo di mozzarella, ma l'ideale è quella per pizza, che rilascia meno acqua durante la cottura e si taglia più facilmente.

Procedimento

Spuntare le melanzane e sbucciarle.
Tagliarle a fette di circa 0,5 cm
di spessore (generalmente si affettano
nel senso della lunghezza,
ma eventualmente anche a rondelle).
Sistemare le fette di melanzana
in una ciotola grande, salando ogni strato
(1 cucchiaio colmo di sale
fino in tutto: meglio non esagerare).
Coprire le melanzane con un piattino
con sopra un peso perché perdano
acqua più velocemente. Dopo 1 ora circa,
strizzare le fette tra le mani
e asciugarle tra due canovacci.
Ungere con un goccio di olio
una padella antiaderente capiente
e cuocere le melanzane finché saranno
dorate su entrambi i lati. In un pentolino,
soffriggere (senza fargli prendere colore)
l'aglio sminuzzato con 1 cucchiaio di olio.
Unire la polpa di pomodoro e,
dopo 10 minuti circa, quando la salsa
si è rappresa, spegnere la fiamma.

**INGREDIENTI
per 4 persone**

3 melanzane grosse
700 g di polpa
  di pomodoro
  in scatola
2 spicchi d'aglio
4 foglie di basilico
50 g di parmigiano
  grattugiato
250 g di mozzarella
4 cucchiai di olio
  extravergine d'oliva
sale q.b.

Secondi

Aggiungere il basilico, salare e passare
al passaverdura.
Ungere una pirofila e disporre
un primo strato di melanzane,
una fetta di fianco all'altra,
senza sovrapporle. Mettere 2 cucchiai
di salsa e stenderla uniformemente
con il dorso del cucchiaio. Cospargere
con un po' di parmigiano,
senza esagerare.
Tagliare la mozzarella a fettine
sottilissime e distribuirne qualcuna
sopra la salsa, lasciandole
sufficientemente distanziate.
Procedere nello stesso modo
fino a esaurimento degli ingredienti.
L'ultimo strato dev'essere di salsa
(un po' più abbondante questa volta),
ma senza i formaggi.
Distribuire l'olio rimasto
sulla superficie e cuocere la parmigiana
in forno già caldo a 200 °C
per 45 minuti circa.

Petto di faraona con ricotta ed erba cipollina

INGREDIENTI
per 4 persone

4 petti di faraona
80 g di ricotta
1 cucchiaino
  di erba cipollina
1 cucchiaio di panna
  liquida
1 albume
100 g di burro
sale e pepe q.b.
1 cucchiaino
  di erba cipollina
  per guarnire

per la citronette

1 limone
30 g di olio
  extravergine d'oliva
sale q.b.

Procedimento

Fare un impasto con la ricotta, l'erba cipollina, la panna, l'albume leggermente montato, un pizzico di sale e di pepe.
Riempire una tasca da pasticceria e farcire i petti di faraona sotto la pelle o all'interno, praticando un'incisione con un coltello dalla lama stretta e lunga. In una padella, scaldare il burro e rosolare i petti da ambo i lati. Aggiustare di sale e pepe e terminare la cottura in forno a 180 °C per 5 minuti.
Tagliare i petti farciti a fette, disporli nei piatti e condire con la citronette (preparata sciogliendo il sale nel succo del limone ed emulsionando il tutto nell'olio) e l'erba cipollina tritata finemente.

Petto di tacchino all'uva

INGREDIENTI
per 4 persone

800 g di petto
   di tacchino
sherry secco q.b.
150 g di prosciutto
   cotto
1 panino (mollica)
1 rametto
   di rosmarino
1 spicchio d'aglio
4 foglie di salvia
1 cucchiaio
   di prezzemolo
1 limone
1/2 bicchiere
   di panna fresca
   liquida
1 cucchiaio
   di parmigiano
   grattugiato
vino bianco q.b.
1 grappolo d'uva
burro q.b.
olio extravergine
   d'oliva q.b.
sale e pepe q.b.

Procedimento

Qualche ora prima di cuocerlo, lavare il petto di tacchino, asciugarlo, avvolgerlo in carta da cucina bagnata nello sherry e far riposare su un piatto in frigorifero. In una ciotola, sminuzzare il prosciutto, aggiungere la mollica di pane bagnata nel latte, un trito di rosmarino, aglio, salvia e prezzemolo, la scorza grattugiata del limone e la panna. Amalgamare e unire il parmigiano. Salare e pepare. Farcire con il composto il petto di tacchino tagliato a tasca. Legarlo e cuocerlo per 40 minuti circa in olio e burro irrorando di tanto in tanto con il vino bianco. Aggiustare di sale. Pochi minuti prima di togliere dal fuoco, aggiungere i chicchi d'uva.

Pollo al limone

POLLO AL LIMONE

È ottimo anche alla griglia.

Procedimento

Fiammeggiare il pollo (che
il macellaio avrà aperto sulla schiena),
togliere le eventuali pennette
e lavarlo. Asciugare tamponando
con carta da cucina, quindi
appiattirlo premendo con forza
sullo sterno (in modo da romperlo).
Trasferirlo su un piatto largo in modo
che la pelle rimanga sotto e irrorarlo
con il succo di limone e l'olio.
Aggiungere gli scalogni affettati
e spruzzare con qualche goccia
di tabasco. Coprire il piatto
con una pellicola d'alluminio
e marinare in frigorifero per almeno
2 ore, o meglio per tutta la notte.
Al momento di cuocerlo, sgocciolare
il pollo dalla marinata, eliminando
anche lo scalogno, salarlo
da entrambe le parti, insaporirlo
con un pizzico di pepe, quindi
sistemarlo sulla placca (con la pelle
all'esterno) e cuocere in forno già caldo

**INGREDIENTI
per 4 persone**

1 pollo ruspante
 (1200 g circa)
1 limone grosso
 e succoso
2 scalogni
tabasco q.b.
2 cucchiai di olio
 extravergine d'oliva
sale e pepe q.b.

a 200 °C per 45 minuti circa. Girare il pollo due volte e bagnarlo di tanto in tanto con il liquido della marinatura. A fine cottura, passarlo per qualche minuto al grill per dorare la pelle.

Pollo al vino

Procedimento

In un tegame, rosolare per qualche minuto la pancetta tagliata a dadini con 2 cucchiai di olio e metterla da parte. Nello stesso tegame, cuocere a fuoco dolce per 20 minuti le carote tagliate a bastoncini lunghi 2 cm e spessi un dito e le cipolle tritate. Metterle da parte.
Rosolare a fiamma vivace i pezzi di pollo con 2 cucchiai di olio, spolverizzarli di farina e cuocere per 5 minuti, quindi aggiungere le carote e le cipolle soffritte.
Bagnare con il vino e trasferire la preparazione in un tegame da forno, aggiungere il mazzetto aromatico, accertarsi che il vino copra tutta la carne (se necessario, aggiungere brodo o altro vino), incoperchiare e cuocere in forno a 170 °C per 40 minuti (se si tratta di un pollo giovane e di batteria, occorre 1 ora circa).

INGREDIENTI
per 4 persone

- 1 pollo grosso (tagliato in 8-10 pezzi)
- 2 fette di pancetta tagliate spesse
- 2 carote
- 2 cipolle
- 2 cucchiai di farina 0
- 1/2 l di vino rosso
- 1 mazzetto di erbe aromatiche (timo, alloro, prezzemolo legati insieme)
- 40 g di burro
- 20 cipolline
- 200 g di funghi champignon
- 4 fette di pane in cassetta raffermo
- 4 cucchiai di olio extravergine d'oliva
- sale e pepe q.b.

Secondi

Nel frattempo, cuocere nel burro
le cipolline pelate (intere) a fuoco molto
dolce e coperte. Nella stessa padella
saltare poi i funghi mondati
e tagliati grossolanamente.
Levare il pollo dal forno, quindi
filtrare e sgrassare la salsa (tenere
le carote intere e frullare invece
le cipolle). Rimettere il pollo
nel tegame, coprirlo con la salsa,
le cipolle frullate, le carote, i dadini
di pancetta, le cipolline e i funghi.
Salare, pepare, incoperchiare
e rimettere in forno a 160 °C
per 20 minuti. Servire con le fette
di pane in cassetta tagliate a triangolo
e tostate.

Pollo con salsa allo zenzero

POLLO CON SALSA ALLO ZENZERO

Servite con la salsa su un letto di ruchetta condita con sale e un goccio di olio e guarnite con pomodorini rossi tagliati a metà.
È ottimo anche freddo.

Procedimento

La sera precedente, marinare il pollo tagliato a piccoli pezzi e spellato in una ciotola con il vino bianco, il succo di limone, lo zenzero grattugiato e il mazzetto odoroso.
Asciugare il pollo e impanarlo con la farina, le uova e il pangrattato (facendo in modo che il composto aderisca bene).
Friggere in olio di arachide profondo e trasferire su carta assorbente.
Per la salsa allo zenzero, frullare nel mixer lo zenzero, l'aceto aromatico, la salsa di soia e l'olio extravergine di oliva.

INGREDIENTI per 6 persone

1 pollo
   (oppure 2 petti di pollo e 2 cosce disossate)
2 bicchieri di vino bianco
1 limone (succo)
1 cucchiaio di zenzero fresco grattugiato
1 mazzetto odoroso (timo, maggiorana, dragoncello)
100 g di farina 0
2 uova
pangrattato q.b.
olio di arachide per friggere q.b.
sale e pepe q.b.

per la salsa allo zenzero

2 cucchiai di zenzero fresco
2 cucchiai di aceto aromatico
2 cucchiai di salsa di soia
4 cucchiai di olio extravergine d'oliva
sale e pepe q.b.

Polpette fritte di baccalà e patate

INGREDIENTI
per 6 persone

500 g di baccalà
   spugnato
500 g di patate
1-2 tuorli
farina 0 q.b.
1 uovo
200 g di emmental
   grattugiato grosso
olio di arachide
   per friggere
sale e pepe q.b.

Procedimento

Bollire le patate e il baccalà.
Scolare il composto e passarlo
nel tritacarne, unire 1 tuorlo
e, se necessario, il secondo.
Aggiustare di sale e pepe.
Confezionare le polpette e passarle
prima nella farina, quindi nell'uovo
e infine nel formaggio.
Friggere in olio di arachide profondo.

Polpettine ai quattro profumi

Procedimento

In una ciotola, mescolare la carne con il formaggio, l'uovo e il sale, quindi dividere il composto in 4 parti uguali.
Per le polpette al pomodoro secco, aggiungere al composto di carne l'aglio, il prezzemolo tritato, la noce moscata e confezionare delle polpettine grandi come una piccola noce. Dissalare il pomodoro secco e tritarlo finemente. In una padella, scaldare l'olio e unirvi il pomodoro e le polpettine infarinate. Far rosolare per 5 minuti, quindi aggiungere una tazzina di acqua. Cuocere per altri 5 minuti.
Per le polpettine agli asparagi, tagliare le punte e tenerle da parte. Tritare i gambi molto finemente e aggiungerli al composto di carne. In una padella, scaldare l'olio e unirvi le punte degli asparagi e le polpettine infarinate. Far rosolare per 5 minuti, quindi aggiungere il parmigiano e spegnere.

INGREDIENTI
per 50 polpettine (circa)

400 g di carne macinata non magrissima (il grasso mantiene morbide le polpette)
100 g di parmigiano grattugiato
1 uovo
sale q.b.

al pomodoro secco

1 spicchio di aglio
1 cucchiaino di prezzemolo
1 pizzico di noce moscata
1 pomodoro secco sotto sale
olio di arachide per friggere

agli asparagi

4 asparagi
1 cucchiaio di parmigiano grattugiato
olio di arachide per friggere

alla cipolla

1 cucchiaio di cipolla
1 pomodoro secco
   sotto sale
pepe q.b.
olio di arachide
   per friggere

al curry

2 pizzichi di curry
1 tazzina colma
   di latte di cocco
olio di arachide
   per friggere

Per le polpettine alla cipolla, aggiungere al composto di carne la cipolla tritata molto finemente e confezionare delle polpettine lunghe e strette (4 cm circa). In una padella, scaldare l'olio con il pomodoro secco dissalato e tritato fine. Unire le polpettine infarinate e far rosolare per 5 minuti, quindi aggiungere una tazzina di acqua e pepare. Cuocere per altri 5 minuti.
Per le polpettine al curry, aggiungere al composto di carne un pizzico di curry, confezionare le polpettine e infarinarle. In una padella, scaldare l'olio e far rosolare. Aggiungere un secondo pizzico di curry all'olio e, dopo 5 minuti, la tazzina di latte di cocco. Cuocere per altri 2-3 minuti. Disporre le polpettine, con relativi stecchini, in 4 piatti da portata.

Polpettine di alici

Procedimento

Pulire bene le alici, lavarle e tritarle finemente con il coltello o nel mortaio. Incorporarvi l'uovo, la farina, il formaggio e il prezzemolo tritato. Aggiustare di sale e pepe.
Friggere le polpettine in olio caldo, scolarle e disporle su fogli di carta paglia.
Servire guarnendo con spicchi di limone.

**INGREDIENTI
per 4 persone**

800 g di alici fresche
1 uovo
40 g di farina 0
50 g di parmigiano grattugiato
1 cucchiaino di prezzemolo
olio extravergine di oliva q.b.
sale e pepe q.b.
2 limoni per guarnire

Polpettine di carne

Secondi

INGREDIENTI
per 4 persone

400 g di carne
   macinata
   non magrissima
   (il grasso mantiene
   morbide le polpette)
100 g di parmigiano
   grattugiato
1 uovo
1 spicchio di aglio
1 cucchiaino
   di prezzemolo
1 pizzico di noce
   moscata
farina 0 q.b.
1 tazzina di acqua
olio q.b.
1 pizzico di sale

Procedimento

In una ciotola, mescolare la carne con il formaggio, l'uovo, l'aglio, una parte del prezzemolo tritato, la noce moscata e il sale. Lavorare con cura e confezionare delle polpettine non troppo grandi. Passarle nella farina.
Scaldare l'olio in padella e mettere a rosolare le polpette per 5 minuti circa, quindi aggiungere l'acqua. Cuocere per altri 5 minuti e spolverizzare di prezzemolo.
Disporre le polpettine, con relativi stecchini, in un vassoio abbastanza capiente da contenerle tutte.

Polpettine di pollo e ricotta al prosciutto

Procedimento

Lavorare il pollo con la ricotta, il prezzemolo, un pizzico di sale, l'uovo, il pangrattato e il parmigiano. Con il composto confezionare tante piccole polpette di forma allungata; avvolgere ciascuna in una fetta di prosciutto (eventualmente fermare con uno stecchino).
Rosolare le polpette in una padella con l'olio e il rosmarino, spruzzare con il vino bianco e cuocere per 10 minuti a fuoco basso rigirandole con una paletta.

**INGREDIENTI
per 4 persone**

200 g di petto
  di pollo macinato
250 g di ricotta
1 mazzetto
  di prezzemolo
1 uovo
30 g di pangrattato
40 g di parmigiano
  grattugiato
80 g di prosciutto
  crudo affettato
  molto sottile
1 rametto
  di rosmarino
1/2 bicchiere di vino
  bianco
olio extravergine
  di oliva q.b.
sale q.b.

Secondi

Polpettone con le prugne

INGREDIENTI
per 4 persone

500 g di manzo
100 g di salsiccia
1 uovo
20 g di mollica
   di pane
latte q.b.
pangrattato q.b.
20 prugne secche
   senza nocciolo
2 cucchiai di farina 0
burro q.b.
marsala q.b.
olio extravergine
   d'oliva q.b.
3 mestoli di brodo
sale e pepe q.b.

Procedimento

In una terrina, unire il manzo tritato, la salsiccia sbriciolata, l'uovo e la mollica ammollata nel latte e strizzata (se l'impasto dovesse risultare troppo morbido, aggiungere del pangrattato). Salare e pepare.
Stendere l'impasto su un foglio di carta da forno unta d'olio, disporvi le prugne intere snocciolate e arrotolare.
Infarinare il polpettone e rosolarlo nel burro, spruzzarlo con il marsala, bagnarlo con il brodo e cuocerlo, coperto, per 1 ora circa.
Servirlo caldo a fette, condito con il fondo di cottura.

POLPETTONE CON LE PRUGNE

Per evitare che il polpettone si sbricioli o si rompa, cuocetelo in forno avvolto in una pellicola di alluminio leggermente unta.

Polpettone freddo con ricotta

INGREDIENTI
per 4 persone

500 g di polpa
   di vitello
300 g di petto
   di pollo
100 g di ricotta
2 uova
2 fette di pancarré
latte q.b.
2 cucchiai
   di parmigiano
   grattugiato
1 pizzico di noce
   moscata
1 pizzico di
   cardamomo
80 g di prosciutto
   cotto
1 zucchina
sale e pepe q.b.

per la vinaigrette

1 cucchiaio
   di aceto di mele
4 cucchiai di olio
   extravergine d'oliva
sale e pepe q.b.

Procedimento

Passare al tritacarne il vitello
e il pollo. Raccogliere la carne
macinata in una ciotola e incorporare
la ricotta. Impastare con le uova,
il pancarré bagnato nel latte
e ben strizzato, il parmigiano,
la noce moscata e il cardamomo.
Salare e pepare.
Allargare con le mani l'impasto
sul tagliere. Farcire con il prosciutto cotto
e la zucchina (scottata in acqua bollente)
tagliati a bastoncini.
Chiudere l'impasto, avvolgerlo
nella carta da forno e legarlo.
Cuocere in forno a 200 °C
per 40 minuti.
Servire freddo, a fette, accompagnato
con salsa vinaigrette.
Per la salsa vinaigrette, mescolare
l'olio, l'aceto di mele, un pizzico
di sale e pepe.

Rotolini di sogliola e gamberi in tempura con salsa di vino rosso

INGREDIENTI
per 4 persone

8 gamberoni
8 filetti di sogliola
olio extravergine
  di oliva q.b.
sale e pepe q.b.
olio di arachide
  per friggere

per la salsa

1 cipolla media
2 chiodi di garofano
1/2 stecca di cannella
200 g di vino rosso
2 bicchieri
  di brodo vegetale
olio di oliva q.b.
sale e pepe q.b.

per la tempura

100 g di acqua molto
  fredda
100 g di birra
100 g di farina 0
100 g di fecola
  di patate

Procedimento

Per la salsa, far rosolare per qualche minuto in poco olio la cipolla tritata, i chiodi di garofano e la cannella. Aggiungere il vino rosso e far ridurre di 1/3. Unire il brodo e cuocere per 15 minuti circa. Togliere le spezie e frullare. Aggiustare di sapore e densità.
Per la tempura, mescolare l'acqua, la birra, la farina e la fecola fino a ottenere una pastella consistente. Conservare in frigorifero fino al momento dell'utilizzo. Sgusciare i gamberi, immergerli nella pastella e friggerli nell'olio a 180 °C per alcuni minuti. Scolare e asciugare su carta assorbente. Salare leggermente. Arrotolare i filetti di sogliola e fermarli con 1-2 stecchini perché non si aprano durante la cottura. Cuocere a vapore per 5 minuti. Nappare con la salsa di vino rosso i piatti da portata, disporvi sopra i rotolini di sogliola e i gamberi fritti e condire, a piacere, con un filo di olio e pepe.

Rotolo di coniglio in pasta croccante

**INGREDIENTI
per 4 persone**

2 lombatine
di coniglio
disossate (filetti)
3 scalogni
1 falda di peperone
rosso
1/2 bicchiere
di vino bianco secco
100 g di panna liquida
1 zucchina
1 cucchiaino di timo
olio extravergine
  di oliva q.b.
sale e pepe q.b.

per la pasta

150 g di farina 0
75 g di acqua
1 cucchiaio di olio
  extravergine d'oliva
sale q.b.
1 uovo
  per spennellare

Procedimento

Per la pasta, disporre la farina a fontana sulla spianatoia. Versarvi al centro l'olio, l'acqua appena intiepidita e un pizzico di sale. Lavorare a lungo ed energicamente fino a ottenere un composto sodo ma elastico. Lasciar riposare sotto una pentola capovolta e riscaldata. Nel frattempo, tritare gli scalogni e farli appassire in un goccio di olio con la falda di peperone tagliata a dadini piccoli. Irrorare il soffritto con 1/2 bicchiere di vino, far evaporare e aggiungere la panna. Aggiustare di sale e pepe. Far addensare, unire la zucchina tagliata a dadini e spegnere il fuoco. Insaporire i filetti di coniglio con sale, pepe e timo fresco. Arrotolarli e, senza legarli, rosolarli in padella con un goccio di olio caldo.
Stendere la pasta con il mattarello, poi sollevarla dalla spianatoia infarinata, passarvi sotto le mani chiuse a pugno e,

Secondi

con le nocche, continuare a tirarla così
da assottigliarla e renderla quasi
trasparente (se l'operazione dovesse
risultare troppo complicata, tirare
la pasta solo con il mattarello).
Stenderla su un canovaccio infarinato
e spennellarla lungo i bordi
con l'uovo sbattuto.
Distribuire al centro la dadolata
di verdure, sistemarvi sopra i rotolini
di coniglio (uno vicino all'altro) quindi,
aiutandosi con il canovaccio,
arrotolare la pasta chiudendo la carne
all'interno.
Spuntare il rotolo alle estremità, quindi
trasferirlo su una teglia
rivestita di carta da forno. Spennellare
con l'olio e infornare a 220 °C
per 20 minuti circa. Ungere di nuovo
con olio a metà cottura.
Servire caldo o freddo con contorno
di spinaci saltati.

Saltimbocca alla romana

**INGREDIENTI
per 4 persone**

400 g di vitello
 (8 fettine
 dello spessore
 di 5 mm circa)
16 fette di prosciutto
 crudo tagliate sottili
8 foglie di salvia
40 g di burro
1 bicchiere di vino
 bianco
sale e pepe q.b.

Procedimento

Con un coltello affilato eliminare i nervetti e il grasso dalle fettine di vitello.
Tagliare le fette di prosciutto della stessa grandezza di quelle di carne.
Lavare e asciugare le foglie di salvia. Disporre su ciascuna fettina di vitello 1 fettina di prosciutto, 1 foglia di salvia e una seconda fettina di prosciutto. Arrotolare e fermare con uno stuzzicadenti.
Sciogliere in un tegame 30 g di burro, unire i saltimbocca, salarli ed eventualmente peparli. Cuocerli per 1 minuto da ciascun lato. Toglierli dal tegame e tenerli in caldo. Aggiungere al sugo il resto del burro e il vino e cuocere a fuoco vivo finché non si addensa. Versarlo sui saltimbocca e servire subito. A piacere, accompagnare con patate, piselli e carote.

Secondi

Seppie ripiene

**INGREDIENTI
per 4 persone**

1 kg di seppie
2 panini raffermi
2 uova
1 cucchiaio
  di prezzemolo
1 spicchio d'aglio
1 acciuga sotto sale
1 cucchiaio di capperi
pecorino pugliese
  q.b.
3 cucchiai di olio
  extravergine d'oliva
sale e pepe q.b.

Procedimento

Preparare un impasto con il pane raffermo bagnato nell'acqua, le uova, il prezzemolo e l'aglio tritati, l'acciuga lavata e diliscata a pezzettini, i capperi, un pizzico di sale e pepe e una spolverizzata generosa di pecorino. Farcire le seppie (precedentemente private della pelle e dell'osso interno e lavate) e chiudere bene l'imboccatura con stecchini o spago da cucina. Trasferire in una teglia con l'olio e cuocere in forno a 180 °C per 45 minuti.

SEPPIE RIPIENE

Potete sostituire le seppie con un grosso totano, a detta di molti più saporito, soprattutto se servito a grosse fette condite con l'olio di cottura.

Sformato soffice di baccalà

INGREDIENTI
per 4 persone

1 kg di baccalà
 salato
5 uova
1 cucchiaio
 di prezzemolo
sale e pepe q.b.

per la besciamella

60 g di farina 0
30 g di burro
1/2 l di latte
1 pizzico
 di noce moscata
sale e pepe bianco
 q.b.

Procedimento

Per la besciamella, fondere il burro, aggiungere la farina e tostare per qualche secondo. Diluire con il latte caldo, mescolando perché non si formino grumi, e continuare la cottura per qualche minuto (senza mai smettere di mescolare). Profumare con un pizzico di noce moscata, aggiustare di sale e pepe, quindi togliere la besciamella dal fuoco. Montare gli albumi a neve e tenerli da parte.
Privare il baccalà della pelle e delle spine, lessarlo, tritarlo e trasferirlo in una ciotola. Aggiungere i tuorli e lavorare per qualche minuto (anche nel frullatore). Quando il composto è ben amalgamato, unire la besciamella, gli albumi, il prezzemolo tritato e un pizzico di sale e pepe.

Secondi

Versare in una pirofila imburrata (26 cm di diametro) e cuocere in forno già caldo a 160 °C per 30 minuti e a 170 °C per 20 minuti circa.

Spiedini di carne con riso pilaf

SPIEDINI DI CARNE CON RISO PILAF

L'ideale sarebbe far marinare la carne il giorno prima.

Procedimento

In una terrina, unire la carne di manzo, vitello e maiale tagliata a cubetti di 2,5 cm di lato con la salsa Worcestershire, il tabasco, il succo del limone, la paprica e la soia. Aggiustare di sale e pepe. Mescolare bene e far marinare per almeno 2-3 ore. Tagliare il peperone a cubetti, sfogliare la cipolla e sbollentare le foglie più grandi in acqua salata quindi tagliarle a cubettini. Preparare gli spiedini alternando i tipi di carne e frapponendo i cubetti di peperone e cipolla. Cuocere sulla griglia per 15 minuti. Servire gli spiedini su un letto di riso pilaf e irrorare con il fondo di cottura. Per il riso pilaf, sciacquare il riso abbondantemente. In un tegame più largo che alto far rosolare la cipolla nell'olio con i chiodi di garofano, unire il riso e far tostare.

INGREDIENTI
per 4 persone

200 g di carne magra di manzo
200 g di carne di vitello
200 g di carne magra di maiale
10 gocce di salsa Worcestershire
6 gocce di tabasco
1/2 limone
1 cucchiaio di paprica dolce
1 cucchiaio di salsa di soia
1 peperone
1 cipolla
sale e pepe q.b.

per il riso pilaf

300 g di riso basmati o comune
1/2 cipolla
2-3 chiodi di garofano
600 g di brodo di carne
1 noce di burro
1 cucchiaio di olio extravergine d'oliva

Secondi

Coprire con il brodo. Aromatizzare a piacere con zafferano, spezie o erbe aromatiche. Incoperchiare e cuocere in forno a 170 °C per 18 minuti. Versare in un piatto da portata, unire il burro e sgranare i chicchi.

Spiedini di gamberi e zucchine

SPIEDINI DI GAMBERI E ZUCCHINE

INGREDIENTI
per 4 persone

20 code di gambero
300 g di zucchine
    romane
4 fette di pancarré
1 cucchiaio
    di prezzemolo
1 spicchio di aglio
olio extravergine
    di oliva q.b.
sale e pepe q.b.

Procedimento

Sgusciare le code di gambero e tagliare le zucchine in 20 fettine sottili con la mandolina. Passare le fette di pancarré al mixer con il prezzemolo, l'aglio, un filo di olio, sale e pepe. Avvolgere le code di gambero con le fette di zucchine.
Infilare 5 rotolini in 4 stecchini. Passare gli spiedini nel composto di pane facendo aderire bene. Scaldare la griglia e quando è rovente sistemarvi gli spiedini. Cuocerli per 10 minuti e servirli ben caldi.

Spinacino di vitella ripieno di carciofi

Secondi

INGREDIENTI
per 6 persone

1 spinacino di vitella
  tagliato a tasca
  (600 g circa)
5 carciofi moretti
2 rametti
  di mentuccia
2 spicchi di aglio
1 uovo
3 cucchiai
  di parmigiano
  grattugiato
1 cucchiaio
  di mollica
  di pancarré
1 bicchiere di vino
  bianco
200-300 g di brodo
  vegetale
olio extravergine
  di oliva q.b.
sale e pepe q.b.

Procedimento

Pulire 3 carciofi e tagliarli a spicchi sottili. Saltare in padella con olio, mentuccia e 1 spicchio di aglio; far raffreddare e unire l'uovo, il parmigiano e la mollica di pane. Salare e pepare.
Con l'impasto ottenuto farcire lo spinacino e chiuderlo con degli stecchini oppure cucirlo con spago da cucina.
In un tegame scaldare 2 cucchiai di olio con il secondo spicchio di aglio vestito e unire lo spinacino. Far sigillare bene, aggiungere il vino bianco, far evaporare e, se necessario, finire la cottura con brodo vegetale. Aggiungere i carciofi rimasti tagliati a fettine. Cuocere per 30 minuti circa. Togliere lo spinacino e frullare l'intingolo. Far raffreddare e tagliare a fette. Servire con la salsa di carciofi.

SPINACINO DI VITELLA RIPIENO DI CARCIOFI

È ottimo con contorno di pommes duchesse.

Stinco di manzo brasato al barbera

**INGREDIENTI
per 8 persone**

2 kg di stinco
    di manzo
1,5 l di barbera
4 rametti di timo
2 spicchi di aglio
farina 0 q.b.
1 cipolla
1 carota
1 costa di sedano
500 g di verza
150 g di cipolline
200 g di cimette
    di broccoletti
100 g di pancetta
1 cucchiaino
    di zucchero
olio extravergine
    di oliva q.b.
sale e pepe q.b.

Procedimento

Far marinare lo stinco per una notte con il barbera, il timo e l'aglio. Toglierlo dalla marinata, asciugarlo, spolverizzarlo di farina, salarlo, peparlo, quindi farlo colorire a fuoco vivo con un filo di olio caldo.
Unire la cipolla, la carota e il sedano tagliati a cubetti, far insaporire per 10 minuti circa, quindi aggiungere il vino e le erbe della marinata. Abbassare la fiamma e cuocere per 3 ore e mezzo circa. Nel frattempo, sfogliare, mondare e scottare la verza in acqua bollente salata insieme alle cipolline e ai broccoletti. Scolare le verdure e farle stufare a fuoco basso per 20 minuti circa con la pancetta tagliata a listarelle, un pizzico di sale e pepe e un goccio di olio. A fine cottura filtrare il fondo, aggiungervi lo zucchero e addensarlo a fuoco vivo. Irrorare lo stinco con la salsina e servirlo sul letto di verdure stufate.

Stinco di vitello al forno

**INGREDIENTI
per 8 persone**

1 stinco di vitello
 (2 kg circa)
1 grossa noce
 di burro
1 costa di sedano
1 carota
1 cipolla
2 spicchi di aglio
1 rametto
 di rosmarino
1/2 cucchiaino
 di timo
1/2 bicchiere di vino
 bianco secco
2 cucchiai di olio
 extravergine d'oliva
sale e pepe q.b.

Procedimento

Lavare e asciugare lo stinco. Spalmare con il burro e insaporire con abbondante sale e pepe. Adagiare in una teglia con l'olio e cuocere in forno già caldo a 180 °C per 1 ora abbondante, girandolo spesso in modo che assuma una doratura uniforme. Mondare il sedano, la carota e la cipolla e tritare insieme agli spicchi di aglio, alle foglie di rosmarino e al timo. Levare la teglia dal forno, togliere lo stinco e distribuire sul fondo il trito di verdure. Spolverizzare di sale e pepe e rosolare per qualche minuto le verdure sul fuoco, mescolando continuamente. Rimettere lo stinco nella teglia e infornare nuovamente. Proseguire la cottura per altre 2 ore. Di tanto in tanto aggiungere qualche cucchiaio di vino e bagnare la carne con il fondo di cottura. A cottura ultimata, lasciare lo stinco nel forno tiepido fino al momento

Secondi

**STINCO DI VITELLO
AL FORNO**

La lunga cottura, che scioglie il collagene (molto abbondante in questo taglio di carne), favorisce il formarsi di una salsa glassata particolarmente appetitosa e saporita, ma per gustarla al meglio dev'essere tutto ben caldo, compresi i piatti.

di servire. Versare nel mixer
il contenuto della teglia e frullare
fino a ottenere una salsa omogenea
e fluida. Conservarla in una piccola
casseruola, aggiustare di sale e servirla
caldissima insieme alla carne.
Adagiare lo stinco su un grande
piatto da portata e affettarlo in tavola
(tenerlo fermo con un forchettone
e, con un coltello sottile e molto
affilato, ricavare delle fette sottili
nel senso della lunghezza).

Stracotto al barolo con polenta

INGREDIENTI
per 4 persone

1 kg di scamone
  (punta di culatta)
100 g di pancetta
1 l di barolo
2 cipolle medie
1 carota
1 costa di sedano
2 spicchi di aglio
4 foglie di alloro
4 foglie di salvia
1 cucchiaio
  di concentrato
  di pomodoro
olio extravergine
  di oliva q.b.
sale e pepe q.b.

per il roux
15 g di farina 0
15 g di burro

Procedimento

Lardellare la carne con la pancetta, salarla, peparla e legarla. Farla marinare nel vino con le verdure e gli aromi tritati grossolanamente per almeno 12 ore in un luogo fresco. Levare la carne dalla marinatura, scaldare l'olio in una brasiera, rosolarvi la carne, aggiungere la marinata con le verdure e bollire a fuoco vivo finché metà del liquido sarà evaporata.
Abbassare la fiamma, aggiungere il pomodoro e far sobbollire.
A parte, preparare il roux cuocendo insieme il burro e la farina, diluirlo con un po' di fondo di cottura e versarlo nella brasiera, aggiungendo, se necessario, dell'acqua.
Cuocere per almeno 2 ore (quando uno spiedino entra nella carne senza il minimo sforzo e il sugo ha assunto una consistenza quasi cremosa lo stracotto è pronto).

A cottura ultimata, filtrare il fondo
di cottura con un colino, tagliare
la carne a fette dello spessore
di 1 cm, cospargerle con il fondo
e servire caldo.
Accompagnare con polenta o purea
di patate.

Secondi

Terrina di verdure

**INGREDIENTI
per 4 persone**

7 zucchine verdi medie
2 peperoni gialli
2 peperoni rossi
1 spicchio di aglio
timo q.b.
origano q.b.
200 g di ricotta
50 g di pecorino grattugiato
30 g di parmigiano grattugiato
2 ciuffi di basilico
200 g di panna
50 g di pinoli
10 g di gelatina alimentare
olio extravergine di oliva q.b.
sale e pepe q.b.

Procedimento

Scaldare il forno a 220 °C, affettare 5 zucchine con la mandolina e sbianchirle (bollirle per 1 minuto scarso e trasferirle immediatamente in acqua e ghiaccio). Una volta raffreddate, farle asciugare su un canovaccio.
Arrostire i peperoni in forno. Appena anneriscono, spellarli e tagliarli a listarelle sottili senza mischiare i colori.
Tagliare le zucchine alla julienne e saltarle in padella con olio, aglio e timo, insaporendo con sale e pepe. Ammollare 2 g di gelatina e scioglierla nelle zucchine a fiamma spenta. Saltare separatamente i peperoni rossi e gialli con aglio, olio, origano, sale e pepe e, come per le zucchine, unire 2 g di gelatina in quelli rossi e 2 g in quelli gialli.
Setacciare la ricotta, amalgamarvi il pecorino, il parmigiano, il basilico tritato, i pinoli tostati, la panna

**TERRINA
DI VERDURE**

È perfetta per una cena fredda. La potete servire a fette su crostoni di pane tostato. È di grande effetto, dà molto colore alla tavola e potete prepararla in anticipo.

montata con sale e pepe e 4 g di gelatina
sciolta in 2 cucchiai di panna.
Mescolare il tutto ricavando una mousse.
Rivestire uno stampo rettangolare
di pellicola e foderare con le zucchine.
Fare quindi uno strato sottile
di mousse, uno di peperoni gialli,
uno di mousse, uno di peperoni rossi,
uno di mousse e uno di zucchine.
Terminare con la mousse e chiudere
con le zucchine. Lasciar riposare
in frigorifero per almeno 3 ore
prima di servire.
Guarnire il piatto da portata
con insalatina novella condita
con una vinaigrette tradizionale,
rapanelli e pomodori tagliati
a dadini.

Tortelli alla piastra con spinaci

**INGREDIENTI
per 6 persone**

per la pasta

300 g di farina 0
4 cucchiai di vino
 bianco
10 g di strutto
 o 1 cucchiaio
 di olio extravergine
 d'oliva
1 pizzico di sale

per la farcia

600 g di spinaci
100 g di ricotta
3 cucchiai di grana
 o parmigiano
 grattugiato
1 uovo
1 pizzico di noce
 moscata
1 rametto
 di prezzemolo
1 rametto
 di maggiorana
sale e pepe q.b.

Procedimento

Per la pasta, amalgamare tutti gli ingredienti fino a ottenere un composto liscio e compatto (eventualmente aggiungere dell'altro vino, se quello indicato non fosse sufficiente). Lasciar riposare la pasta per 30 minuti.
Lavare e lessare gli spinaci senza aggiungere acqua, quindi tritarli e unirli al resto degli ingredienti della farcia.
Stendere la pasta in uno strato non troppo sottile e ricavare dei dischi. Farcire metà dei dischi con il ripieno e, dopo averne spennellato i bordi con acqua, chiuderli con la metà restante, pressando gli orli con i rebbi di una forchetta.
Cuocere sulla piastra (testo da piadina, di ferro) calda da ambo le parti.
Sono ottimi anche freddi.

TORTELLI ALLA PIASTRA CON SPINACI

A piacere, nell'impasto potete aggiungere pezzetti di nocciole e pinoli.

Trancio di branzino al sale di olive nere e tortino di patate

Procedimento

Passare al mixer le olive e il sale grosso, quindi unirvi gli albumi. Con un cucchiaio distribuire il composto sulla pelle dei branzini formando una crosta di 1/2 cm. Sistemarli in una padella antiaderente con un velo di olio.
Cuocere a fuoco basso per 15 minuti in modo da ottenere una cottura indiretta, dovuta al riscaldamento del sale. Prima di servire intaccare la crosta di sale con un cucchiaio e una forchetta.
Per il fumetto di pesce, in una casseruola far rosolare le verdure, quindi unire le lische, sfumare con il vino e coprire con acqua molto fredda. Portare a ebollizione a fuoco basso. Cuocere per 20 minuti, schiumare e filtrare con un colino fine.
Per il tortino, sbucciare le patate, tornirle a forma cilindrica e affettarle sottilmente con la mandolina.

**INGREDIENTI
per 4 persone**

4 tranci di branzino con la pelle (150 g circa ciascuno)
100 g di olive nere snocciolate
sale grosso
2 albumi
olio extravergine di oliva q.b.
sale e pepe q.b.

per il fumetto di pesce

1 carota
1 cipolla piccola
1 spicchio di aglio
1 rametto di timo
4 grani di pepe nero
4 ciuffi di prezzemolo
lische di branzino, rombo, sogliola
1/2 bicchiere di vino bianco secco

Secondi

per il tortino

4 patate grosse
10 foglie di origano
  fresco
olio extravergine
  di oliva q.b.
sale e pepe q.b.

**per la maionese
di pesce**

100 g di fumetto
  di pesce
150 g di olio
  extravergine d'oliva

per guarnire

1 mazzetto di origano
  fresco
50 g di pomodori

In uno stampino alternare uno strato di patate a uno di foglie di origano e terminare con le patate. A ogni strato aggiustare di sale e pepe. Cuocere in una padella con un filo di olio. Quando il tortino è dorato da un lato, girarlo con una spatola e rosolarlo dall'altro. A parte, preparare la maionese emulsionando il fumetto di pesce con l'olio. Sistemare i tranci di branzino al centro del piatto. Aggiungere il tortino di patate e distribuirvi tutt'intorno i pomodori tagliati a cubetti e la maionese.
Guarnire con foglie di origano fresco.

Trota ripiena al forno

**INGREDIENTI
per 4 persone**

1 trota grossa
 (600-700 g)
40 g di pane
 grattugiato
2 cucchiai
 di parmigiano
 grattugiato
3 filetti d'acciuga
1 spicchio d'aglio
1 ciuffo di prezzemolo
1 limone
olio extravergine
 d'oliva q.b.
sale e pepe q.b.

Procedimento

Pulire e lavare la trota.
In una terrina, unire il pane grattugiato, il parmigiano, le acciughe tritate con l'aglio e il prezzemolo. Salare e pepare e amalgamare con 2 cucchiai di olio. Farcire il pesce con il composto, trasferirlo su una teglia unta di olio, salarlo, peparlo e cuocerlo in forno a 180 °C per 30 minuti irrorandolo con il succo del limone (il pesce è cotto quando la carne si stacca con facilità dalla spina).

Verdure fritte al sesamo

Secondi

**INGREDIENTI
per 4 persone**

verdure di stagione

per la pastella

100 g di farina Manitoba
50 g di farina di mais
3 g di lievito per dolci
1 albume
50 g di sesamo
acqua fredda q.b.

Procedimento

Per la pastella, amalgamare tutti gli ingredienti e conservare in frigorifero fino al momento di utilizzarla.
Passarvi le verdure tagliate alla julienne, friggere, asciugare e servire subito.

**VERDURE FRITTE
AL SESAMO**

Vitello all'olio di Sergio

VITELLO ALL'OLIO DI SERGIO

Guarnite con fettine di limone e foglioline di prezzemolo.

Procedimento

Strofinare energicamente la carne con abbondante sale e sistemarla in un tegame con il fondo spesso. Irrorare con l'olio (meglio se non eccessivamente saporito) e il succo del limone filtrato. Coprire il tegame con un foglio di carta da forno, chiudere con il coperchio e appoggiarvi sopra un grosso peso. Cuocere a fuoco minimo (senza scoprire) per 3 ore quindi togliere il coperchio, alzare il fuoco e rosolare la carne da ogni parte. Tagliare a fette e irrorare con l'intingolo profumato che sarà rimasto nel tegame (se occorre, allungare con il brodo bollente).

INGREDIENTI per 8 persone

1500 g di noce di vitello
1 bicchiere e mezzo di olio extravergine di oliva
1 limone
1-2 cucchiai di brodo
sale fino q.b.

Secondi

Vitello tonnato

INGREDIENTI
per 4 persone

1 pezzo di noce
  di vitello
  (800 g circa)
1/2 bicchiere
  di vino bianco
1 foglia di alloro
1 spicchio di aglio
1 cipolla piccola
1 carota
1 costa di sedano
olio extravergine
  di oliva q.b.
sale e pepe q.b.

per la salsa tonnata

300 g di maionese
30 g di capperi
50 g di tonno sottolio
1 acciuga

per la maionese

1 uovo
2 tuorli
250 g di olio di mais
1 limone
1 pizzico di sale
  e pepe

per guarnire

1 mazzetto
  di prezzemolo riccio
1 manciata di pinoli
2 pomodorini
  tagliati in 4

Procedimento

In una casseruola, far rosolare nell'olio per qualche minuto la noce di vitello, irrorare con il vino, salare, pepare, quindi unire l'alloro, l'aglio, la cipolla, la carota e il sedano tagliati a pezzetti. Incoperchiare e cuocere in forno a 180 °C per 1 ora circa (se occorre, bagnare con del brodo). Levare la carne dal fondo di cottura e lasciar raffreddare. Passare il fondo al mixer con i capperi, il tonno e le acciughe, e per ultima unire la maionese.
Tagliare la carne a fette, cospargere con la salsa e servire.
Per chi volesse preparare la maionese, lavorare nel frullatore l'uovo e i tuorli (a temperatura ambiente) e il sale. Aggiungere l'olio poco alla volta.
Per avere una maionese più sapida, sostituire 1/3 dell'olio di arachide con olio extravergine di oliva.

VITELLO TONNATO

Questa è la ricetta della cucina classica. Oggi, per il vitello tonnato si utilizza spesso la carne bollita. Potete scegliere quella che preferite.

Il nome "maionese" deriva da Puerto Mahón, nell'isola di Minorca, dove un cuoco militare, non avendo a disposizione altri ingredienti, improvvisò questa salsa. Il suo valore calorico è notevole, perché è essenzialmente costituita di grassi animali e vegetali (780 kcal per 100 g).

Unire il succo del limone e aggiustare di sale e pepe bianco.
Se si desidera conservare la maionese per 2-3 giorni, aggiungere 2 cucchiai di aceto bianco caldo.

Salse derivanti dalla maionese

Salsa inglese: maionese e senape.
Salsa tartara: maionese, uova sode tritate, cetriolini, capperi, prezzemolo e cipolle.
Salsa tirolese: maionese, purea di pomodoro e prezzemolo tritato.
Salsa verde: maionese, purea di spinaci, prezzemolo e dragoncello.
Salsa Bagration: maionese, purea di acciughe e caviale.
Salsa tonnata: maionese, tonno sottolio e capperi.

Secondi

Zampone in sfoglia con spinaci e imbrecciata umbra

**INGREDIENTI
per 4 persone**

1 zampone
250 g di spinaci
50 g di burro
200 g di pasta sfoglia
sale e pepe q.b.

per l'imbrecciata

400 g circa di legumi misti e cereali (farro, orzo, lenticchie, ceci, fagioli, mais, grano)
1 mazzetto odoroso (2 spicchi di aglio, sedano, timo, maggiorana)
1 cipolla
1 costa di sedano
1 carota
1 pizzico di maggiorana
1 pizzico di peperoncino
100 g di grasso di prosciutto o pancetta
2-3 pomodori rossi
olio extravergine di oliva q.b.
sale e pepe q.b.

Procedimento

Togliere la pelle allo zampone e avvolgerne la pasta in un canovaccio, quindi far bollire a fuoco basso in una casseruola per 3 ore e mezzo circa.
Pulire gli spinaci, sbollentarli in acqua salata e saltarli con il burro in una padella di ferro.
Levare la pasta di zampone dal canovaccio, ricoprirla con gli spinaci e trasferirla in frigorifero a raffreddare.
Avvolgere quindi l'impasto con la pasta sfoglia e cuocere in forno già caldo a 230 °C per 30 minuti circa.
Per l'imbrecciata umbra, far bollire il misto di cereali e legumi (esistono in commercio confezioni già assortite) con il mazzetto odoroso.
Preparare un soffritto con la cipolla, il sedano, la carota, la maggiorana, il peperoncino e il grasso di prosciutto. Unire i pomodori tagliati a tocchetti e i legumi

ZAMPONE IN SFOGLIA CON SPINACI E IMBRECCIATA UMBRA

Se cuocete lo zampone il giorno prima, avrete meno difficoltà ad avvolgerlo nella pasta sfoglia.

Piatto della tradizione eugubina, l'imbrecciata veniva preparata per la cena di Capodanno, perché, secondo la tradizione, i cereali e i legumi portano abbondanza e un raccolto fertile. Può essere cucinata il giorno precedente e poi scaldata prima di servirla.

aggiungendo, se necessario,
del brodo vegetale. Cuocere
per 15 minuti. Servire insieme
allo zampone con dadini di pane tostato
e un filo di olio.

Zucchine mussaka

Secondi

INGREDIENTI
per 4 persone

1 kg di zucchine
500 g di carne trita
    mista (manzo,
    maiale e agnello)
1 cipolla
50 g di burro
3 pomodori maturi
50 g di pangrattato
3 uova
1 cucchiaio
    di prezzemolo
300 g di besciamella
100 g di parmigiano
    grattugiato
olio extravergine
    d'oliva q.b.
sale e pepe q.b.

Procedimento

Tagliare le zucchine a fette, friggerle (poche alla volta) nell'olio e sgocciolarle su carta da cucina. Affettare la cipolla e rosolarla nel burro con la carne trita. Aggiungere i pomodori spellati e spezzettati, salare, pepare e cuocere con il coperchio a fuoco dolce per 30 minuti circa. Togliere dal fuoco, far raffreddare, unire metà del pangrattato, 1 uovo sbattuto, il prezzemolo e mescolare. Imburrare una teglia da forno, cospargere il fondo con il resto del pangrattato e coprire con metà zucchine. Condire con il ragù di carne e fare un secondo strato di zucchine. Sbattere le uova rimaste, incorporarvi la besciamella e tre quarti del parmigiano e stendere sulle zucchine. Terminare con uno strato di ragù, il parmigiano rimasto e cuocere in forno già caldo a 180 °C per 45 minuti.

ZUCCHINE MUSSAKA

Piatti unici

Piatti unici

Cappon magro

INGREDIENTI
per 4 persone

1/2 kg di pesce
 bianco pulito
 e sfilettato
1/2 cipolla
1 costa di sedano
2 carote
100 g di fagiolini
1/2 cavolfiore piccolo
200 g di patate
2 carciofi
1/2 barbabietola
1 focaccia secca
 o gallette
50 g di funghi
 sottolio
1 limone
aceto q.b.
olio extravergine
 di oliva q.b.
sale e pepe q.b.

Procedimento

Cuocere i pesci al vapore (per un tempo variabile tra i 5 e i 15 minuti, a seconda delle dimensioni dei filetti) sopra un liquido aromatizzato con la cipolla, il sedano e 1 carota. Lasciar intiepidire il pesce su un vassoio coperto con un foglio di alluminio, in modo che non si asciughi troppo.
Mondare e lavare il resto delle verdure, quindi lessarle separatamente al dente in acqua bollente salata.
Per la salsa, sfogliare, lavare, asciugare e tritare molto finemente il prezzemolo, quindi aggiungervi tutti gli altri ingredienti frullati insieme. Condire con un goccio di olio e aceto, aggiustare di sale e passare il composto al setaccio: la salsa deve avere una consistenza piuttosto densa.
Condire le verdure, lessate e tagliate a tocchetti regolari, con olio

e un goccio di aceto. Condire il pesce
con olio e limone e la focaccia
con un filo di olio e un pizzico di sale.
In un piatto da portata piuttosto largo,
sistemare la focaccia, farcire
con le verdure miste, irrorare
con la salsa e, da ultimo, distribuirvi
parte del pesce. Condire con altra
salsa e completare con alcuni
funghetti sottolio tagliati a fettine.
Ripetere l'operazione, partendo
con le verdure, fino a esaurire tutti
gli ingredienti.
Guarnire con le ostriche aperte
(o altri frutti di mare), gli scamponi
e i gamberoni (sgusciati e cotti
al vapore per qualche minuto)
disposti a raggiera.

per la salsa

150 g di prezzemolo
50 g di olive verdi
25 g di capperi
25 g di filetti
    di acciuga sottolio
40 g di pinoli
1 uovo sodo
1 tuorlo sodo
1 spicchio di aglio
mollica di 1/2 panino
    raffermo bagnata
    in acqua e aceto
1 cucchiaino di aceto
    bianco
olio extravergine
    di oliva q.b.
sale e pepe q.b.

per guarnire

ostriche
    o altri frutti di mare
10 scamponi
10 gamberoni medi

Gâteau di patate

**INGREDIENTI
per 4 persone**

1,5 kg di patate
200 g di mascarpone
3 uova
3 tuorli
100 g di prosciutto cotto
100 g di parmigiano grattugiato
200 g di provola affumicata
200 g di fiordilatte
pangrattato q.b.
100 g di burro
sale e pepe q.b

Procedimento

Lessare le patate, sbucciarle, passarle al setaccio e trasferirle in una ciotola. Unire il mascarpone e, continuando a mescolare, aggiungere le uova e i tuorli sbattuti, metà del prosciutto tagliato a listarelle, metà del parmigiano, metà della provola e del fiordilatte tagliati a dadini. Aggiustare di sale e pepe.
Imburrare e spolverizzare di pangrattato una pirofila, coprire il fondo con metà del composto preparato e disporvi sopra il prosciutto, la provola e il fiordilatte rimasti.
Coprire con il restante impasto, cospargere con il parmigiano, spolverizzare di pangrattato, aggiungere qualche fiocchetto di burro e cuocere in forno a 200 °C per 30 minuti (la superficie dovrà risultare ben dorata).
Levare dal forno e lasciar riposare per 10-15 minuti prima di servire.

Polpettone vegetariano

INGREDIENTI
per 4 persone

1 kg di patate farinose
200 g di carote
200 g di piselli
200 g di fagiolini
2 uova
80 g di parmigiano grattugiato
farina 0 q.b.
1 noce di burro
10 foglie di lattuga
80 g di asiago
sale e pepe q.b.

Procedimento

Lessare e pelare le patate. Schiacciarle e raccoglierle in una terrina, regolare di sale e pepe e lasciar intiepidire.
Nel frattempo, lessare le verdure al dente e tagliarle a tocchetti.
Aggiungere alle patate le uova precedentemente sbattute, il parmigiano e le verdure.
Dare al composto la forma di un polpettone e infarinarlo.
In una teglia, sciogliere il burro e farvi rosolare il polpettone per qualche minuto (da tutte le parti).
Cuocere in forno a 180 °C per 20 minuti.
Sbollentare le foglie di lattuga, cospargere il polpettone di asiago a scaglie e coprire con le foglie di lattuga.
Ripassare in forno per altri 10 minuti.
Servire caldo.

Piatti unici

Sartù di riso alla napoletana

**INGREDIENTI
per 4 persone**

500 g di riso
250 g di carne tritata
200 g di pane raffermo
　o di pangrattato
6 uova
4 salsicce
200 g di ragù di carne
1 kg di piselli freschi
50 g di burro
200 g di provola
100 g di salame
100 g di pancetta
100 g di parmigiano
　grattugiato
sale q.b.
olio di arachide
　per friggere

Procedimento

Impastare la carne tritata, il pane raffermo e 2 uova e confezionare delle polpette molto piccole. Friggerle nell'olio.
Far cuocere le salsicce con il ragù. Bollire 2 uova in acqua e, una volta sode, raffreddarle, sgusciarle e tagliarle a spicchi.
In un tegame, cuocere i piselli con un po' di acqua e il burro. Aggiustare di sale.
Tagliare a dadini la provola e il salame.
Lessare il riso in abbondante acqua salata e scolarlo molto al dente, considerando che dovrà continuare a cuocere in forno. Condirlo con il ragù, il parmigiano e 2 uova sbattute con un po' di sale (serviranno a legare il tutto).
In una ciotola, riunire i piselli, le uova sode, la provola, il salame e la salsiccia sbriciolata o tagliata a fettine. Mescolare bene la farcia.

**SÀRTU DI RISO
ALLA NAPOLETANA**

Se volete rendere il piatto più leggero, sostituite al ragù di carne della salsa di pomodoro ristretta.

293

Nel frattempo, ungere e spolverizzare
di pangrattato uno stampo piuttosto alto,
a forma di cilindro. Versarvi una parte
del riso e foderarlo come fosse una scatola,
aiutandosi con le mani
e premendo il riso contro le pareti.
Riempire il vuoto al centro
con la farcia, abbondantemente
cosparsa di ragù (se lo stampo fosse molto
alto, fare uno strato di riso tra due
di ripieno). Chiudere lo stampo
con uno strato di riso, cospargere
di pangrattato e qualche fiocchetto
di burro, quindi cuocere in forno
a 180° C per 30-40 minuti.
Appena la crosta sarà dorata, versare
su un piatto da portata facendo molta
attenzione e servire subito.

Tiella di riso con cozze alla barese

Piatti unici

**INGREDIENTI
per 4 persone**

500 g di riso superfino
1,5 kg di cozze
4 spicchi di aglio
70 g di prezzemolo
600 g di cipolle
800 g di patate
700 g di pomodori maturi
6 cucchiai di pecorino grattugiato
olio extravergine di oliva q.b.
sale e pepe q.b.

Procedimento

Lavare bene le cozze. In una padella, unire 1 spicchio di aglio, qualche cucchiaio di olio e far rosolare. Aggiungere le cozze e incoperchiare. Cuocere per 5 minuti finché le cozze si aprono.
Sminuzzare il prezzemolo e l'aglio, tagliare le cipolle a fettine sottilissime e affettare sottilmente le patate.
Tagliare i pomodori a cubetti.
Scaldare il forno a 180 °C circa.
Ungere un tegame (possibilmente di coccio) e fare uno strato con metà cipolle, prezzemolo, pomodori e pecorino. Aggiustare di sale.
Stendere un secondo strato, possibilmente uniforme, con metà patate e tutto il riso mondato.
Distribuire sopra il riso le cozze e cospargere con il restante prezzemolo, le cipolle, i pomodori, le patate e un goccio di olio.
Unire poco alla volta dell'acqua fredda leggermente salata

(quanto basta per coprire tutti
gli ingredienti) e cuocere
in forno a 180 °C per 45 minuti circa
(se necessario, aggiungere dell'altra acqua
bollente).

Verdure

Caponata alla siciliana

**INGREDIENTI
per 6 persone**

1 kg di melanzane
100 g di sedano
1 cipolla
100 g di salsa
  di pomodoro
30 g di capperi
200 g di olive verdi
  snocciolate
50 g di aceto
1 cucchiaio
  di zucchero
olio extravergine
  di oliva q.b.
sale e pepe q.b.

Procedimento

Tagliare le melanzane a cubetti e metterle in acqua salata per circa 30 minuti, quindi friggerle in olio bollente. Tagliare il sedano, precedentemente sbollentato, a cubetti.
Affettare la cipolla e farla soffriggere nell'olio, unire la salsa di pomodoro, il sedano, i capperi e le olive. Far insaporire.
Aggiungere l'aceto con lo zucchero e le melanzane fritte; aggiustare di sale e pepe.

Involtini di verdure grigliate

INGREDIENTI
per 6 persone

2 melanzane
2 zucchine
2 peperoni (1 rosso e 1 giallo)
600 g di ricotta
5-6 steli di erba cipollina
80 g di pecorino
300 g di salsa di pomodoro
5 foglie di basilico
olio extravergine di oliva q.b.
sale e pepe q.b.

Procedimento

Tagliare le verdure a fette sottili e grigliarle.
Amalgamare la ricotta con sale, pepe ed erba cipollina tritata.
Farcire le verdure con il composto e confezionare degli involtini.
Sistemare gli involtini in una teglia, cospargere con la salsa di pomodoro, il pecorino grattugiato e il basilico tritato.
Gratinare in forno finché sono dorati.

Verdure

Patate sabbiose

**INGREDIENTI
per 6 persone**

1200 g di patate
150 g di pancetta
3 cucchiai
  di pangrattato
1 rametto di timo
olio extravergine
  di oliva q.b.
sale e pepe q.b.

Procedimento

Sbucciare le patate, tagliarle
a tocchetti e sbollentarle per 3 minuti.
In una teglia rosolare la pancetta
a dadini in un velo di olio di oliva.
Unire le patate, rigirando il tutto
più volte, e cospargere con foglioline
di timo e pangrattato.
Mescolare bene e infornare;
dopo 10 minuti girare
e salare le patate.
Cuocere ancora per 20 minuti.

Pommes duchesse

POMMES DUCHESSE

Potete farle diventare verdi, rosse o arancioni unendo una purea di spinaci, di barbabietole o di carote.

INGREDIENTI
per 6 persone

500 g di patate
50 g di burro
4 tuorli
70 g di parmigiano grattugiato
noce moscata q.b. (in alternativa erbe aromatiche)
sale e pepe q.b.

Procedimento

Lavare bene le patate e lessarle in acqua fredda salata. Ancora calde, sbucciarle, passarle nello schiacciapatate e far restringere la purea nel tegame di cottura per qualche minuto. Unire il burro, i tuorli, uno alla volta, il parmigiano, un pizzico di noce moscata (in alternativa delle erbe aromatiche sminuzzate grossolanamente con il coltello), il sale e il pepe. Riempire una tasca da pasticciere e formare delle piccole piramidi. Spennellare con 1 tuorlo d'uovo e cuocere in forno a 200 °C fino a quando saranno dorate.

Verdure

Pomodori con il riso

**INGREDIENTI
per 6 persone**

12 pomodori
   di media
   grandezza non
   troppo maturi
12 cucchiai di riso
2 spicchi di aglio
10 foglie di basilico
1 mazzetto
   di prezzemolo
1 cucchiaino
   di origano
500 g di salsa
   di pomodoro
80 g di olio
   extravergine di oliva
sale e pepe q.b.

Procedimento

Lavare i pomodori e tagliare la calotta, togliere una parte di polpa e salare all'interno.
Riunire in una terrina il riso, l'aglio, il basilico e il prezzemolo tritati, l'origano, 2 cucchiai di olio, 3 cucchiai di salsa di pomodoro (diluita con qualche cucchiaio di acqua) e un pizzico di sale e pepe.
Mescolare bene.
Spennellare l'interno dei pomodori con l'olio e riempirli per 2/3 di riso.
Chiuderli utilizzando la calotta a mo' di coperchio, versarvi tutt'intorno (fino a metà altezza) la salsa di pomodoro, irrorare con altro olio e aggiustare di sale e pepe.
Cuocere in forno ben caldo per 40 minuti circa.

**POMODORI
CON IL RISO**

Ricetta della cucina ebraica romana, che mi è stata data dalla signora Graziella.

A piacere si possono unire patate tagliate a cubettoni e cipolle a fette.

Scarola ripiena

SCAROLA RIPIENA

È ottima sia calda che fredda.

Procedimento

Lavare le scarole e lasciarle scolare, condire con sale, pepe e olio. Preparare il ripieno unendo tutti gli ingredienti (lavare bene l'uvetta e i capperi). Riempire le scarole con la farcia e legare saldamente con dello spago.
Salare, pepare e cuocere con olio in un tegame dove stiano strette le une alle altre (devono essere ben cotte e l'ideale sarebbe farle attaccare leggermente al tegame).

**INGREDIENTI
per 6 persone**

6 piccole scarole piuttosto verdi
4 cucchiai di uvetta
4 cucchiai di pinoli
2 cucchiai di capperi sotto sale
100 g di olive nere di Gaeta
6 filetti di acciuga
olio extravergine di oliva q.b.
sale e pepe q.b.

Sformatini al cavolfiore con fonduta di pecorino

INGREDIENTI
per 6 persone

1 cavolfiore
  (1 kg circa)
250 g di besciamella
50 g di parmigiano
  grattugiato
2 uova
noce moscata q.b.
burro q.b.
sale e pepe q.b.

per la fonduta

100 g di parmigiano
  grattugiato
  o pecorino
50 g di latte
2 tuorli
sale e pepe q.b.

Procedimento

Lessare il cavolfiore. Unire la besciamella, il parmigiano e le uova e mescolare. Salare, pepare e aggiungere un pizzico di noce moscata. Imburrare degli stampini e versarvi il composto. Cuocere a bagnomaria in forno per 15 minuti circa.
Per la fonduta, versare il parmigiano nel latte e cuocere finché il formaggio sarà sciolto. Spegnere il fuoco e unire i tuorli. Aggiustare di sale e pepe. Cospargere gli sformatini con la fonduta e servire caldi.

Sformatini di patate al finocchio

Procedimento

Lessare le patate in acqua salata, pelarle e tagliarle a fette.
In una padella far imbiondire la cipolla affettata nell'olio; aggiungere le patate e i semi di finocchio. Salare e pepare. Saltare e nel contempo schiacciare le patate. Far abbrustolire leggermente.
Distribuire il composto ancora caldo in piccoli stampi imburrati.
Cuocere a bagnomaria in forno per 10 minuti prima di servire.

INGREDIENTI
per 6 persone

600 g di patate
1 cipolla di media grandezza
1 cucchiaio di semi di finocchio
burro q.b.
4 cucchiai di olio extravergine di oliva
sale e pepe q.b.

Torta di cipolle nella verza

**INGREDIENTI
per 6 persone**

150 g di carote
1 kg di cipolle
 bianche
200 g di champignon
6 foglie di verza
 grandi
2 uova
20 g di latte
1 pizzico di timo
1 cucchiaio di olio
 extravergine di oliva
sale e pepe q.b.

Procedimento

In una padella far cuocere le carote tagliate a dadini. Cuocere per 5 minuti, quindi aggiungere le cipolle tritate finemente. Salare e pepare. Coprire e cuocere a fuoco medio per 15 minuti. Aggiungere i funghi tagliati a dadini e cuocere per altri 10 minuti. Nel frattempo scottare le foglie di verza, cuocerle per 4 minuti, scolarle e distribuirle su un canovaccio. Con una forchetta sbattere le uova, aggiungere il latte e aggiustare di sale e pepe. Foderare uno stampo a cerniera con le foglie di verza, assicurandosi che sbordino abbastanza da chiudere il ripieno. Unire il composto di uova e latte al trito di cipolle, mescolare e spolverizzare di timo. Versare nello stampo, ricoprire con le foglie di verza e con un foglio di carta stagnola. Cuocere a bagnomaria nel forno a 220 °C per 50 minuti circa.

Verdure

**TORTA
DI CIPOLLE
NELLA VERZA**

In questa ricetta la pasta brisée è sostituita dalle foglie di verza.

Servite con salsa di pomodoro.

Verdura mista in tempura

VERDURA MISTA IN TEMPURA

Potete sostituire le verdure con pesci a carne bianca conditi con salsa al mirin.

Procedimento

Preparare in anticipo la pastella unendo
tutti gli ingredienti
e conservarla in frigorifero.
Pulire le verdure e tagliarle,
senza salarle, coprirle con un telo
e tenerle in fresco.
In una padella profonda scaldare
l'olio, versarvi la pastella e i cubetti
di ghiaccio.
Friggere iniziando con le verdure
meno forti di sapore. È molto
importante metterne poche alla volta
(3-4 pezzi), perché l'olio non perda
di calore. Versare il fritto
su carta paglia e salare.

**INGREDIENTI
per 6 persone**

2 zucchine
1 melanzana
100 g di sedano
　bianco
100 g di funghi
　coltivati
1 peperone
1 cipolla rossa
100 g di radicchio
100 g di ravanelli
3-4 cubetti
　di ghiaccio
olio di arachide
　per friggere
sale q.b.

per la pastella

150 g di farina 0
150 g di fecola
　di patate
150 g di acqua
150 g di birra

Pane, pizza, focacce e torte salate

Angelica salata

INGREDIENTI
per 4 persone

per la biga

135 g di farina 0
1/2 panetto di lievito
 di birra
4 cucchiai di acqua

per la pasta

400 g di farina 0
3 cucchiai
 di formaggio
 grattugiato
 (parmigiano
 o pecorino)
2 uova
120 ml di latte
120 g di burro
1 cucchiaino di sale

per la farcia

300 g di zucchine
1 cipolla
1 rametto di timo
1 rametto di menta
150 g di caprino
50 g di burro
2 cucchiai di olio
 extravergine d'oliva

per spennellare

1 uovo
latte q.b.

Procedimento

Per la biga, sciogliere il lievito nell'acqua tiepida, unire la farina e far lievitare al caldo per 30 minuti circa.
Per la pasta, impastare la farina con il formaggio, le uova, il latte intiepidito, il burro ammorbidito, il sale, quindi unire la biga e lavorare amalgamando bene.
Far lievitare la pasta coperta per 1 ora, poi trasferirla sulla spianatoia infarinata e stenderla in un rettangolo di 2-3 mm di spessore senza lavorarla.
Per la farcia, rosolare la cipolla tagliata alla julienne nell'olio, quindi unire le zucchine a rondelle, il timo e la menta. Togliere dal fuoco e aggiungere il caprino.
Spennellare la sfoglia con il burro fuso e disporvi la farcia. Arrotolare dal lato più lungo quindi avvolgere la pasta a mo' di torciglione e chiudere a ciambella.
Trasferire in una teglia da forno.

Far lievitare coperta per 30-40 minuti (deve quasi raddoppiare di volume), spennellare con l'uovo sbattuto col latte e cuocere in forno a 180 °C per 30 minuti circa (la ciambella deve risultare ben dorata).

Pane, pizza, focacce e torte salate

Babà salato

**INGREDIENTI
per 6 persone**

500 g di farina
25 g di lievito di birra
1 bicchiere di latte
100 g di burro fuso
250 g di patate
2 uova
200 g di fontina
   o caciocavallo
150 g di salame
2 cucchiai
   di parmigiano
   grattugiato
200 g di prosciutto
   cotto

Procedimento

Impastare la farina con il lievito sciolto nel latte e il burro. Unire le patate, lessate e schiacciate, e il resto degli ingredienti tagliati a piccoli pezzi.
Far lievitare per circa 1 ora.
Rimpastare e versare in una teglia a cerniera per ciambelle. Far lievitare per circa 2 ore.
Cuocere in forno caldo a 180 °C per 45 minuti circa.

BABÀ SALATO

Servite con affettati; è ottimo con purea di melanzane.

Corona fantasia

CORONA FANTASIA

A piacere, guarnite con agrifoglio. Potete utilizzare la corona come centrotavola natalizio con in mezzo delle candele rosse.

Procedimento

Sciogliere il lievito con acqua tiepida. Aggiungere parte della farina e il sale, quindi la farina restante lavorando energicamente. Dividere l'impasto in tre parti e unire il sapore scelto (diverso per ogni panetto). Lasciar riposare in tre ciotole unte di olio per 1 ora e mezzo circa fino a che gli impasti saranno raddoppiati di volume. Rovesciare su un piano di lavoro e confezionare una treccia con i tre composti. Disporre in uno stampo a cerniera formando un anello, spennellare con acqua e far lievitare per 45-50 minuti. Scaldare il forno a 220 °C, infornare e abbassare subito a 180-200 °C. Cuocere per 20-30 minuti.

INGREDIENTI
per 6 persone

220 g di acqua
5 g di lievito di birra
500 g di farina 00
50 g di olio extravergine di oliva
8 g di sale

ingredienti a scelta

120 g di olive verdi snocciolate
120 g di olive nere snocciolate
120 g di noci sgusciate
80 g di sesamo tostato
50 g di semi di papavero

Pane, pizza, focacce e torte salate

Pan brioche

**INGREDIENTI
per 8 persone**

20 g di zucchero
500 g di farina 00
25 g di lievito
    di birra
100 g di latte
4 uova
100 g di burro
1 cucchiaio di semi
    di papavero
    o di sesamo
8 g di sale

Procedimento

Unire lo zucchero alla farina, sciogliere il lievito nel latte e amalgamare il tutto con 3 uova, il sale e il burro a tocchetti.
Far lievitare per 1 ora circa, fino a che l'impasto sarà raddoppiato di volume.
Rimpastare e dare una forma a piacere.
Spennellare con 1 uovo sbattuto e spolverizzare di semi di papavero o di sesamo.
Far lievitare fino a che l'impasto sarà raddoppiato di volume.
Cuocere in forno a 180 °C per 25 minuti circa.
Quando si sentirà il profumo, il pane sarà cotto.

PAN BRIOCHE

Con lo stesso impasto potete confezionare dei piccoli panini, unendo all'interno un pezzetto di pomodoro secco, un'oliva verde snocciolata, un pezzetto di formaggio o di mortadella. Spennellate sempre con l'uovo sbattuto e spolverizzate di semi di sesamo (non tostato), di papavero o di girasole.

Pane alle olive

**INGREDIENTI
per 8 persone**

25 g di lievito
   di birra
225 g di acqua
500 g di farina 00
200 g di olive verdi
100 g di olio
   extravergine di oliva
15 g di sale

Procedimento

Sciogliere il lievito nell'acqua tiepida e unirlo alla farina. Salare e aggiungere le olive verdi tritate e l'olio. Far riposare fino a che il composto sarà raddoppiato di volume.
Confezionare due filoni e far lievitare. Cuocere in forno a 220 °C per 40 minuti circa.

Pane, pizza, focacce e torte salate

Pane alle patate

INGREDIENTI

500 g di farina 0
250 g di patate
1 panetto di lievito
   di birra
1 cucchiaino di sale

Procedimento

Bollire le patate con la buccia in abbondante acqua, quindi scolarle, pelarle e passarle allo schiacciapatate. Sciogliere il lievito con 2 cucchiai di acqua tiepida e unire 2 cucchiai di farina. Far riposare il panetto al caldo per 30 minuti circa, finché sarà ben gonfio.
Disporre la farina a fontana sulla spianatoia e incorporarvi dapprima il lievito e le patate schiacciate, poi, man mano che si impasta, 2 bicchieri di acqua. Aggiungere il sale solo dopo aver amalgamato bene il lievito (in modo che i due ingredienti non vengano a contatto) e continuare a lavorare il composto per 30 minuti circa. Far lievitare per 3 ore, quindi impastare velocemente per interrompere la lievitazione. Formare una ciambella, infarinarla abbondantemente e sistemarla

PANE ALLE PATATE

Questo tipo di pane viene prodotto, con caratteristiche diverse, in varie regioni italiane. In genere, si impiegano 1/3 di patate e 2/3 di farina. È possibile utilizzare metà dose di lievito allungando i tempi di lievitazione.

sulla placca foderata con carta da forno e spolverizzata di farina. Far lievitare di nuovo l'impasto finché sarà raddoppiato di volume, quindi cuocere in forno a 200 °C per 30-40 minuti. Togliere la ciambella dal forno e farla raffreddare avvolta in due canovacci.

Pane bianco

Pane, pizza, focacce e torte salate

INGREDIENTI
per 6 persone

800 g di farina 0
80 g di olio di semi
  di mais
20 g di sale

per la biga

25 g di lievito
  di birra
1/2 l di acqua
200 g di farina
  di grano duro
30 g di zucchero

Procedimento

Sciogliere il lievito nell'acqua tiepida con la farina di grano duro e lo zucchero. Far lievitare per circa 30 minuti al caldo (questa preparazione si chiama "lievitino" o "biga").
Disporre la farina 0 a fontana, unire l'olio e il sale e per ultimo il composto lievitato. Lavorare sino a ottenere un composto liscio ed elastico.
Far riposare per 30 minuti coperto.
Dare una forma a piacere e far lievitare fino a che il composto sarà raddoppiato di volume. Cuocere in forno caldo a 200 °C per 30 minuti circa.

Panini veloci allo yogurt e sambuco

INGREDIENTI
per 8 persone

450 g di farina 00
2 vasetti di yogurt bianco (da 125 g)
30 g di fiori di sambuco
1 bustina di lievito per torte salate
2 cucchiai di olio extravergine di oliva
2 cucchiaini colmi di sale

Procedimento

Disporre la farina a fontana e sistemarvi al centro il resto degli ingredienti. Impastare il tutto e lasciar riposare per 5-10 minuti. Nel frattempo ungere una padella antiaderente con un goccio di olio extravergine di oliva usando della carta da cucina.
Dividere il composto in 20 palline delle stesse dimensioni. Stendere con il mattarello ogni pallina in dischetti dello spessore di circa 1 cm. Cuocere le focaccine a fuoco moderato, 3 minuti per parte, nella padella ben calda.

Pane, pizza, focacce e torte salate

Pizza napoletana di Elisabetta

**INGREDIENTI
per 6 persone**

per la pasta
600 g di farina 00
400 g di farina Manitoba
600-650 g di acqua
25 g di lievito di birra
1 cucchiaio di zucchero
2 cucchiai di olio extravergine di oliva
25 g di sale

per la farcitura
mozzarella
parmigiano
polpa di pomodoro a pezzetti
olio extravergine di oliva
olio di arachide

Procedimento

Impastare le farine con 500 g di acqua e il lievito sbriciolato o anche sciolto in poca acqua; unire l'olio e lo zucchero.
Sciogliere il sale in 100 g di acqua e aggiungerlo a metà lavorazione.
Lavorare la pasta per 15 minuti circa: deve risultare molto morbida.
Far lievitare per circa 1 ora e mezzo o 2.
Formare dei panetti di 200 g circa, senza manipolare troppo la pasta, infarinandoli abbondantemente, e lasciarli lievitare ancora per 1 ora.
Stenderli su carta da forno, farcire con abbondante mozzarella, poco pomodoro a pezzettoni, olio (metà di oliva e metà di arachide) e parmigiano, infornare su refrattaria (testo) preriscaldata per 20 minuti a 250-270 °C e cuocere per 7-8 minuti.

PIZZA NAPOLETANA DI ELISABETTA

Vi consiglio di comprare la mozzarella il giorno prima, così sarà meno acquosa.

Torta al testo

TORTA AL TESTO

Potete farcire
la torta con
salumi e
formaggio
o, meglio
ancora, con
salsicce
e verdura fresca.

**INGREDIENTI
per 6 persone**

500 g di farina 00
2 uova
50 g di strutto
60 g di pecorino
  di Norcia
  o parmigiano
1 pizzico
  di bicarbonato
o 1 bustina
  di lievito per torte
  salate
5 cucchiai di olio
  extravergine di oliva
acqua q.b.
sale q.b.

Procedimento

Disporre la farina a fontana sulla spianatoia e versare nel centro tutti gli ingredienti. Unire qualche cucchiaio di acqua tiepida e impastare il tutto, fino a ottenere un impasto morbido. Con il mattarello stendere la pasta in una forma circolare dello spessore di circa 2 cm.
Trasferire delicatamente la pasta sopra il testo (precedentemente arroventato sopra la brace o sul fornello di casa) e bucherellarla con una forchetta.
Porre il testo a contatto con la fonte di calore; dopo pochi minuti staccare i bordi della torta e capovolgerla di nuovo sul testo.
Lasciar cuocere la torta per 20 minuti circa, quindi toglierla dal testo, tagliarla a spicchi e farcirla a piacere. Va servita calda.

Torta salata allo yogurt

INGREDIENTI
per 6 persone

3 vasetti di farina 00
1 bustina di lievito
   per torte salate
1 manciatina di erbe
   aromatiche
   a piacere
   (salvia, erba
   cipollina,
   timo, prezzemolo)
3 uova
1 vasetto di yogurt
1 vasetto di pecorino
   grattugiato
noce moscata q.b.
1 vasetto di olio
   di semi di mais
sale e pepe q.b.

Procedimento

Sciacquare e asciugare un vasetto di yogurt e utilizzarlo come unità di misura per gli ingredienti. Setacciare la farina con il lievito. Tritare finemente le erbe aromatiche. In una terrina, sbattere le uova con una forchetta e unire lo yogurt e l'olio. Aggiungere la farina, poca alla volta, le erbe aromatiche, il formaggio, un pizzico di noce moscata e di sale e una spruzzata di pepe. Amalgamare il tutto e versare l'impasto in una tortiera (24 cm di diametro) imburrata e infarinata. Cuocere in forno a 180 °C per 40 minuti circa.

Dolci

Dolci

Biscotti di Fiano

**INGREDIENTI
per 6 persone**

3 uova
9 cucchiai
 di zucchero
25 cucchiai
 di farina 00
1 bicchiere di olio
 extravergine d'oliva
1 limone (scorza)
1 bustina di vanillina
1 bustina di lievito
 per dolci

Procedimento

Amalgamare tutti gli ingredienti,
confezionare un filone e tagliare
i biscotti.
Cuocere in forno a 180 °C
con un pentolino di acqua
(per mantenere l'umidità del forno).

**BISCOTTI
DI FIANO**

Ricetta
di Mariavittoria.
La dose è per circa
15 biscotti.

Biscotto alla cannella

INGREDIENTI
per 4 persone

500 g di farina 00
400 g di burro
600 g di zucchero
  di canna
120 g di zucchero
  semolato
4 albumi
20 g di cannella
  in polvere
30 ml di latte
12 g di lievito
  in polvere per dolci
1 pizzico di sale

Procedimento

Amalgamare il burro ammorbidito con 400 g di zucchero di canna e lo zucchero semolato, unire gli albumi, la cannella, il sale e infine il latte e la farina miscelata con il lievito. Impastare velocemente, confezionare un rotolo e passarlo nello zucchero restante.
Fare raffreddare in frigorifero, tagliare il rotolo a rondelle, trasferire in una teglia rivestita di carta da forno e cuocere in forno a 180-200 °C per 7-10 minuti.

Dolci

Bomboloni fritti alla crema di Ross

**INGREDIENTI
per 6 persone**

25 g di lievito di birra
125 g di latte
125 g di acqua
250 g di farina Manitoba
250 g di farina 0
150 g di zucchero semolato
80 g di burro morbido
1 limone non trattato
1 pizzico di sale

Procedimento

Sciogliere il lievito nel latte e nell'acqua tiepidi. Setacciare le farine con il sale, aggiungere metà dello zucchero, il burro e la scorza grattugiata del limone. Impastare bene e far lievitare il tutto coperto, in un luogo caldo per 2 ore. Rimpastare e stendere la pasta in una sfoglia di circa 1 cm di spessore. Confezionare dei dischi di circa 7-8 cm di diametro. Rimpastare i ritagli e ripetere l'operazione fino a esaurimento della pasta. Far lievitare, coprendo con un canovaccio per 1 ora circa. Friggere a fuoco basso in abbondante olio fino a quando i bomboloni risulteranno ben dorati (in modo che cuociano anche all'interno). Scolare su carta assorbente e poi farcire con crema pasticcera preparata secondo la ricetta base. Passare nello zucchero e servire tiepidi.

BOMBOLONI FRITTI ALLA CREMA DI ROSS

Se dopo il rimpasto la farina non si stende bene, aspettate 10 minuti e rimpastate. Farcite con crema pasticcera.

Budino di cioccolato

Procedimento

Mescolare il cacao, la maizena, lo zucchero, i tuorli e un pizzico di sale. Incorporare poco alla volta il latte, mescolando continuamente per evitare la formazione di grumi. Unire il burro, la panna e portare a ebollizione (senza mai smettere di mescolare) a fiamma dolce.
In un tegamino, caramellare lo zucchero nell'acqua. Togliere dal fuoco, aggiungere il rum, mescolare e rivestire uno stampo da budino.
Versare nello stampo la crema di cioccolato e far riposare in frigorifero per almeno 3 ore.

INGREDIENTI
per 4 persone

100 g di cacao amaro
80 g di maizena
150 g di zucchero
2 tuorli
1/2 l di latte
50 g di burro
100 g di panna
    fresca liquida
1 pizzico di sale

per il caramello

100 g di zucchero
3 cucchiai di acqua
1 bicchierino di rum

Camille alle carote di Pinella

**INGREDIENTI
per 4-6 persone**

300 g di farina 00
1 bustina di lievito
    per dolci
200 g di carote
2 uova
200 g di zucchero
100 g di latte
zucchero a velo q.b.
60 g di mandorle
    macinate
90 g di olio di semi
    di mais
1 pizzico di sale

Procedimento

Setacciare la farina con il lievito
e il sale. Grattugiare le carote
e lasciarle scolare. Lavorare le uova
con lo zucchero e quando sono
montate aggiungere le carote, l'olio,
il latte, la farina e le mandorle
macinate mescolando dal basso verso
l'alto senza smontare il composto.
Versare l'impasto nei pirottini di carta
(o in uno stampo da plum-cake)
e cuocere in forno a 170 °C fino a che
le camille saranno dorate.
Lasciar raffreddare e spolverizzare
di zucchero a velo.

Caramelle di pere e noci

Procedimento

Sbucciare la pera e tagliarla a cubetti, quindi amalgamarla con tutti gli altri ingredienti.
Con la pasta sfoglia confezionare delle caramelle e farcirle con il ripieno ottenuto.
Cuocere in forno a 200 °C per 12-13 minuti.

**INGREDIENTI
per 4 persone**

250 g di pasta sfoglia

per la farcia

1 pera
200 g di formaggio grattugiato (metà parmigiano e metà pecorino)
4 uova
35 g di pangrattato
80 g di panna liquida
50 g di noci sminuzzate
sale e pepe q.b.

Dolci

Castagnole di Elvira

**INGREDIENTI
per 6 persone**

3 uova
2 tuorli
50 g di zucchero
65 g di liquore
   a piacere
1 bustina di lievito
   per dolci
400 g di farina 00
30 g di olio di semi
   di mais
olio di arachide
   per friggere

Procedimento

Sbattere le uova con lo zucchero, unire il liquore, l'olio, il lievito e la farina. Far amalgamare per 10 minuti.
Lasciar riposare la pasta per 15 minuti circa. Friggere in olio profondo non troppo caldo versando il composto con due cucchiai.

**CASTAGNOLE
DI ELVIRA**

**Servite
con zucchero
a velo e una
spruzzata
di alchermes.**

Chiacchiere al limone

CHIACCHIERE AL LIMONE

Ricordatevi che per gustarle al meglio, le chiacchiere dovranno essere ben caramellate.

Ingredienti per 6 persone

- 100 g di lievito di birra
- 1 bicchiere di latte
- 700 g di farina 00
- 4 uova
- 100 g di burro
- 3 limoni
- 300 g (circa) di zucchero
- olio di arachide per friggere

Procedimento

Sciogliere il lievito nel latte tiepido. Impastare con la farina, le uova e il burro. Lasciar riposare la pasta finché sarà lievitata (30 minuti circa). Dividere l'impasto in tre parti e stendere a sfoglia. Cospargere con zucchero aromatizzato con la scorza dei limoni grattugiati. Piegare la sfoglia come si fa per le fettuccine e tagliarla dello spessore di 1 cm. Formare dei ventaglietti e friggere nell'olio.

Dolci

Ciambella americana

INGREDIENTI
per 4 persone

300 g di farina 00
6 uova
300 g di zucchero
1 limone
1 bustina di cremore di tartaro
200 g di acqua
125 g di olio di mais

Procedimento

Montare i tuorli con lo zucchero, quindi unire la scorza del limone grattugiata. Montare gli albumi a neve ferma e aggiungere il cremore di tartaro. Unire i tuorli, la farina, l'acqua, l'olio e infine gli albumi montati a neve. Imburrare uno stampo a ciambella e infarinarlo. Cuocere in forno a 180 °C per 45 minuti.

Ciambella con i fichi

Procedimento

Sciogliere lentamente il burro nel latte, aromatizzare con la vanillina e far raffreddare.
Sbucciare e tagliare i fichi a metà e spruzzarli con il succo di limone.
Montare le uova con lo zucchero, unire la miscela di burro e latte e la farina setacciata insieme al lievito e al sale. Aggiungere le mandorle in polvere e mescolare bene.
Versare il composto in uno stampo a ciambella, imburrato e infarinato, livellare, disporre i fichi e cospargere con le mandorle a scaglie.
Cuocere in forno a 180 °C per 40 minuti circa. Sfornare, sformare e spennellare con la gelatina di albicocche calda.

INGREDIENTI
per 4 persone

400 g di farina 00
150 g di burro
100 ml di latte
1 bustina di vanillina
8 fichi piccoli
 con la buccia
1/2 limone
3 uova
200 g di zucchero
1 bustina di lievito
 in polvere per dolci
80 g di mandorle
 in polvere
3 cucchiai
 di mandorle
 a scaglie
3 cucchiai di gelatina
 di albicocche
3 pizzichi di sale

Ciambella di pere e cioccolato

INGREDIENTI
per 4 persone

2-3 pere (a seconda della dimensione)
140 g di zucchero
3 uova
75 g di cacao amaro
75 g di farina 00
75 g di fecola di patate
100 g di burro
1 bustina di lievito per dolci
100 g di latte

Procedimento

Montare gli albumi a neve ben ferma e mettere da parte. Sbattere i tuorli con lo zucchero, quindi aggiungere il cacao, la farina, la fecola, il burro fuso lasciato raffreddare, il lievito e infine gli albumi. Imburrare uno stampo a ciambella di 26 cm di diametro, versarvi il composto e incorporarvi le pere tagliate a tocchetti. Cuocere in forno a 180 °C per 30 minuti.
A piacere, spolverizzare di zucchero a velo.

Ciambella romagnola

INGREDIENTI

250 g di farina 00
75 g di burro
2 uova
100 g di zucchero
1 bustina di lievito
  in polvere per dolci
1 limone
1 arancia
50 ml di latte (circa)
1 pizzico di sale

Procedimento

Sulla spianatoia, disporre la farina a fontana, incorporare al centro il burro ammorbidito, le uova, lo zucchero, il lievito, il succo e la scorza grattugiata degli agrumi e il sale. Impastare con molta cura e, se il composto dovesse risultare troppo duro, ammorbidire con il latte (l'impasto deve avere una consistenza collosa). Ricavare un filoncino, formare una ciambella e trasferirla su una placca foderata con carta da forno. Cuocere in forno a 180 °C per 25-30 minuti circa.

Ciambelle dolci alle patate di Assunta

Dolci

**INGREDIENTI
per 6 persone**

4 patate di media
 grandezza
1 kg di farina 00
150 g di zucchero
130 g di burro
 morbido
4 uova
2 limoni (scorza)
2 bicchierini
 di liquore
 molto aromatico
 (Strega)
2 bustine di vanillina
50 g di lievito di birra
latte q.b.
zucchero semolato
 per guarnire
olio di semi oppure
 di oliva per friggere

Procedimento

Lessare le patate, sbucciarle e passarle nello schiacciapatate.
In una ciotola capiente versare la farina, disporla a fontana e unirvi al centro le patate e il resto degli ingredienti.
Per ultimo aggiungere il lievito sciolto in qualche cucchiaio di latte tiepido.
Lavorare fino a ottenere un impasto morbido ed elastico leggermente più consistente di quello degli gnocchi.
Confezionare delle ciambelle e far lievitare, coprendo con un panno, fino a che saranno raddoppiate di volume. Friggere in abbondante olio a temperatura media e spolverizzare di zucchero semolato.

CIAMBELLE DOLCI ALLE PATATE DI ASSUNTA

Se l'impasto dovesse risultare troppo appiccicoso, aggiungete qualche cucchiaio di farina.

Ciambelline al vino

INGREDIENTI
per 50 ciambelline

1 kg di farina 00
400 g di zucchero
250 g di vino bianco
2 bustine di lievito
    per dolci
2 limoni grattugiati
1 arancia grattugiata
250 g di olio
    extravergine d'oliva
1 pizzico di sale

Procedimento

Disporre la farina in una terrina e, poco alla volta, amalgamare tutti gli altri ingredienti mescolando con un cucchiaio di legno.
Trasferire l'impasto sulla spianatoia e continuare a lavorare con le mani. Formare dei filoncini come per gli gnocchi e tagliarli a tocchetti di 14 cm circa. Chiuderli a ciambella, trasferirli sulla teglia rivestita di carta da forno e cuocere in forno caldo a 180 °C per 20-25 minuti circa.

Dolci

Ciambellone soffice all'acqua

**INGREDIENTI
per 6 persone**

3 uova
240 g di zucchero
130 g di acqua
1 bustina di vanillina
250 g di farina 00
1 bustina di lievito
 per dolci
1 pugnetto di uvetta
 (facoltativo)
1 cucchiaio di cacao
 amaro
120 g di olio di semi
 di mais o di oliva
 leggero

Procedimento

Mettere le uova nel robot e sbatterle con lo zucchero fino a che diventano spumose. Aggiungere l'olio, l'acqua, la vanillina, la farina e infine il lievito (a piacere anche l'uvetta infarinata). Imburrare uno stampo a ciambella (come quello per il budino) e versarvi 3/4 del composto. A quello che rimane aggiungere il cacao, mescolare e versare nello stampo sopra al composto bianco. Disegnare dei cerchi concentrici con un coltello per produrre l'effetto marmorizzato.
Cuocere in forno caldo per 40 minuti circa (controllare la cottura con uno stecchino).

**CIAMBELLONE
SOFFICE
ALL'ACQUA**

Se alla fine il composto risulterà piuttosto liquido, non aggiungete altra farina: è questo il segreto della sua morbidezza.

Clafoutis primaverile alle ciliegie

**INGREDIENTI
per 8 persone**

10 tuorli
250 g di zucchero
1 bicchiere di latte
150 g di farina 00
250 g di panna
1200 g di ciliegie
burro per imburrare

Procedimento

Lavorare i tuorli con lo zucchero.
Unire il latte, la farina e la panna.
Amalgamare il tutto.
Foderare una tortiera con carta
da forno, imburrare, unire le ciliegie
snocciolate e versarvi
sopra il composto.
Cuocere in forno a 180 °C
per 40 minuti circa.

Dolci

Crema ambrosia

**INGREDIENTI
per 4 persone**

150 g di zucchero
1 cucchiaino
   di maizena
750 g di acqua
1 uovo
1 tuorlo
1 pizzico di vaniglia
1 pizzico di cannella
1 arancia
1 limone
1 bicchierino di rum
50 g di uvetta
foglie di menta
   e fragole
      per guarnire

Procedimento

In una casseruola mescolare lo zucchero con la maizena. Diluire con l'acqua (versandola un po' alla volta e rimestando, per evitare che si formino dei grumi), così da ottenere uno sciroppo. Mettere il recipiente sul fuoco e mescolare per 3 minuti.
Sbattere l'uovo intero con il tuorlo, la vaniglia e la cannella; unire il succo e le scorze grattugiate dell'arancia e del limone e il rum.
Aggiungere al composto lo sciroppo tiepido e proseguire la cottura, continuando a mescolare, finché la crema non si sarà leggermente consolidata, quindi unire l'uvetta. Versare in coppe, lasciar raffreddare e guarnire con foglie di menta e fragole.

CREMA AMBROSIA

Servite la crema con lingue di gatto e granella di nocciole.

Crema caramellata ai fiori di lavanda

INGREDIENTI
per 4 persone

250 g di latte
250 g di panna fresca
10 g di fiori
  di lavanda
90 g di zucchero
4 tuorli
zucchero di canna q.b.

Procedimento

Portare a bollore il latte insieme alla panna e ai fiori di lavanda. Lasciar raffreddare il composto. Mescolare lo zucchero con i tuorli, quindi aggiungere il composto di latte e filtrare con un colino fine. Versare in formine di ceramica o stampini di alluminio (tipo crème caramel). Cuocere a bagnomaria in forno a 100 °C per 40-45 minuti circa, quindi trasferire la crema in frigorifero e lasciar raffreddare. Prima di servire, cospargere di zucchero di canna e far caramellare al grill.

Dolci

Crema catalana

**INGREDIENTI
per 4 persone**

100 g di zucchero
5 tuorli
1/2 l di panna fresca liquida
1 stecca di vaniglia

per il caramello

100 g di zucchero di canna
3 cucchiai di acqua

Procedimento

In una ciotola d'acciaio, lavorare insieme (con la frusta) lo zucchero e i tuorli. Nel frattempo, in un pentolino scaldare la panna con la stecca di vaniglia. Unirvi quindi il composto di zucchero e tuorli, versare in stampini individuali e cuocere a bagnomaria in forno a 140-150 °C per 1 ora circa.
Fare raffreddare, preparare nel frattempo un caramello con lo zucchero di canna e l'acqua e versarlo sulla crema.

Crème brûlé al lime e menta

INGREDIENTI
per 4 persone

100 g di zucchero
4 tuorli
500 g di panna liquida
1 lime
10 foglie di menta
zucchero
   di canna q.b.

CRÈME BRÛLÉ AL LIME E MENTA

Per esaltare il profumo della menta spezzettatela con le mani e mai con il coltello, perché il metallo fa ossidare le erbe aromatiche. In commercio esistono coltelli con la lama di ceramica utili a questo scopo.

Procedimento

In una ciotola, frustare lo zucchero con i tuorli.
Nel frattempo, scaldare in una pentola la panna con la scorza del lime e le foglie di menta spezzettate. Aggiungere quindi i tuorli precedentemente sbattuti con lo zucchero e versare il composto negli stampini. Cuocere a bagnomaria in forno a 140-150 °C per 1 ora circa. Lasciar raffreddare e caramellare con zucchero di canna.

Crostata al cioccolato e rum

**INGREDIENTI
per 6 persone**

per la pastafrolla

125 g di burro
100 g di zucchero
　a velo
1 limone
2 tuorli
250 g di farina 00
sale q.b.

**per la crema
al cioccolato**

200 g di cioccolato
　fondente amaro
40 g di burro
zucchero a velo q.b.
1 uovo
120 g di panna
　fresca
30 g di rum

Procedimento

Preparare la pastafrolla e lasciar riposare in frigorifero per 1 ora. Foderare uno stampo rotondo di 18 cm di diametro. Cuocere "in bianco" a 170 °C per 15 minuti circa. Per la crema, sciogliere a bagnomaria il cioccolato fondente con il burro e lo zucchero. Far raffreddare e unirvi l'uovo, leggermente sbattuto, la panna e il rum. Versare nel guscio di pastafrolla e cuocere in forno a 160 °C per 15 minuti. Servire dopo qualche ora.

Crostata alla crema pasticcera e carciofi

CROSTATA ALLA CREMA PASTICCERA E CARCIOFI

Una crostata atipica, ma il gusto amarognolo dei carciofi si sposa bene con il dolce della crema.

INGREDIENTI
per 4 persone

3 carciofi
1 stecca di vaniglia
1 cucchiaio
 di zucchero

per la pastafrolla

300 g di farina 00
150 g di burro
150 g di zucchero
2 tuorli
1 uovo
1 pizzico di lievito
 in polvere
1 pizzico di sale

per la crema pasticcera

500 g di latte
1 limone
150 g di zucchero
4 tuorli
70 g di farina 00
1 bustina di vanillina
1 pizzico di sale

Procedimento

Per la pastafrolla, lavorare il burro con lo zucchero e il sale. Unire le uova e amalgamare, quindi aggiungere la farina e il lievito. Lasciar riposare al fresco per 30 minuti.
Per la crema, portare a ebollizione il latte con la scorza del limone, metà dello zucchero e un pizzico di sale. Lavorare i tuorli con lo zucchero restante, quindi versare la farina. Aggiungere il composto al latte e cuocere mescolando con un cucchiaio di legno. Alla fine mettere la vanillina. Lasciar raffreddare. Foderare una teglia di pasta. Versare la crema pasticcera, lisciarla e coprire con i carciofi puliti, tagliati a spicchietti e lessati in acqua con lo zucchero e la vaniglia. Con i ritagli di pasta formare la griglia sulla crostata e cuocere in forno a 180 °C per 30 minuti (dopo 15 minuti coprire con l'alluminio per evitare che i carciofi si secchino).

Dolci

Crostata al limone e mandorle

**INGREDIENTI
per 4 persone**

300 g di pastafrolla
50 g di mandorle
   a filetti
8 uova
300 g di zucchero
   a velo
50 g di mandorle
   in polvere
150 g di burro fuso
4 limoni

Procedimento

Foderare una tortiera
con la pastafrolla. Cospargere il fondo
con le mandorle a filetti.
A parte, frustare le uova
con lo zucchero a velo, aggiungere
le mandorle in polvere e infine unire
il burro fuso, la scorza e il succo
dei limoni. Distribuire il composto
sulle mandorle.
Cuocere in forno a 185 °C
per 25-30 minuti circa.

**CROSTATA
AL LIMONE
E MANDORLE**

È ottima
accompagnata
con salsa
di lamponi.

Dolce integrale al miele

Procedimento

Tritare le noci insieme alla cannella
e al chiodo di garofano.
Ammollare l'uva sultanina e setacciare
la farina con il lievito.
Sbattere le uova finché non risulteranno
spumose, quindi unire lo zucchero,
il miele, il succo e la scorza grattugiata
di limone, il brandy, l'olio e lavorare
delicatamente. Unire la farina e infine
le noci e l'uva sultanina strizzata.
Versare il composto in una tortiera
imburrata e infarinata e cuocere
in forno a 180 °C per 40 minuti.

INGREDIENTI

150 g di farina
   integrale
50 g di gherigli
   di noce
1 chiodo di garofano
1 pizzico di cannella
50 g di uva sultanina
1 bustina di lievito
   in polvere per dolci
2 uova
80 g di zucchero
   di canna
6 cucchiai di miele
1 limone
1 bicchierino
   di brandy
2 cucchiai di olio
   extravergine d'oliva
1 pizzico di sale

Dolcetti al vin santo con uvetta e pinoli

INGREDIENTI
per 6 persone

500 g di farina 00
200 g di vin santo
200 g di zucchero
200 g di uvetta
80 g di pinoli
200 g di olio di mais
1 bustina di lievito per dolci
1 pizzico di sale
zucchero a velo q.b per guarnire

Procedimento

Impastare tutti gli ingredienti velocemente.
Con le dita prendere piccole quantità del composto e disporle in una teglia rettangolare foderata con carta da forno.
Infornare a 180 °C per 15 minuti circa.
Spolverizzare di zucchero a velo.

Frittelle di cioccolato

INGREDIENTI
per 8 persone

550 g di farina 00
100 g di latte
140 g di zucchero
40 g di burro
1 bustina di lievito
   per dolci
1 baccello di vaniglia
60 g di gocce
   di cioccolato
1 pizzico di sale
olio di arachide
   per friggere

Procedimento

In una ciotola, impastare velocemente tutti gli ingredienti, coprire con la pellicola e lasciar riposare per 30 minuti circa.
Con l'aiuto di un cucchiaio o con le mani unte di olio confezionare delle palline e friggerle in abbondante olio.

Dolci

Frittelle di farina di castagne

**INGREDIENTI
per 4 persone**

250 g farina
   di castagne
1/4 di l di latte
1 rametto
   di rosmarino
1/2 arancia
4 cucchiai di rum
1 cucchiaio
   di zucchero
zucchero a velo q.b.
olio di arachide q.b.
   per friggere
1 pizzico di sale

Procedimento

Frullare il latte con le foglioline
di rosmarino, la scorza di arancia
grattugiata, il rum, lo zucchero
e il sale. In una ciotola, setacciare
la farina di castagne, incorporarvi
il latte aromatizzato e lavorare
fino a ottenere una pastella densa
e senza grumi (se necessario, aggiungere
altra farina di castagne).
Friggere a cucchiaiate in olio profondo
e servire le frittelle calde,
spolverizzando di zucchero a velo.

**FRITTELLE
DI FARINA
DI CASTAGNE**

Frittelle di mele

INGREDIENTI
per 4 persone

125 g di farina 00
2 mele acidule (150 g ciascuna)
1 uovo
1 cucchiaio di zucchero
1 bicchiere di latte
1/2 bustina di lievito in polvere per dolci
1 limone
olio di arachide q.b. per friggere
cannella in polvere q.b.
zucchero a velo q.b.
1 cucchiaino di olio extravergine d'oliva
1 pizzico di sale

Procedimento

Sbattere l'uovo con lo zucchero, il latte, il sale e l'olio. Setacciare la farina con il lievito e incorporarla alla pastella. Lasciar lievitare a temperatura ambiente per 30 minuti circa.
Sbucciare le mele, eliminando delicatamente il torsolo con lo scavino. Tagliarle a dischetti dello spessore di 1 cm e irrorare subito con il succo di limone. Passare i dischetti di mela nella pastella e friggere in olio bollente da ambo i lati, finché saranno ben dorati. Spolverizzare le frittelle di cannella e zucchero a velo e servire con gelato o salsa di vaniglia.

Lingue di gatto

INGREDIENTI
per 50-60 biscotti

125 g di farina 00
100 g di burro
100 g di zucchero
   a velo
3-4 albumi
1 pizzico di sale

Procedimento

Mescolare la farina con il sale.
A parte, lavorare il burro
con lo zucchero, unire gli albumi
e quindi la farina.
Lasciar riposare in frigorifero
per 30 minuti.
Confezionare i biscotti
con una tasca da pasticceria
e un beccuccio liscio.
Cuocere in forno a 170 °C
per 10 minuti circa.
(È importante staccare i biscotti
dalla teglia quando sono ancora caldi.)

LINGUE DI GATTO

Con lo stesso impasto potete confezionare delle cialde in cui servire il gelato.

Mattonella alle pesche

MATTONELLA ALLE PESCHE

Se preferite una crema inglese più consistente, unite 1/2 cucchiaio di fecola.

Procedimento

Sbucciare le pesche, tagliarle a fette piuttosto spesse, dividere ogni fetta a metà e mettere da parte.
Preriscaldare il forno a 180 °C.
Lavorare il burro con lo zucchero, quindi unire i tuorli e gli albumi montati a neve ben ferma, continuando a mescolare con un movimento rotatorio dall'alto verso il basso.
Amalgamare poco alla volta la farina setacciata.
Grattugiare la scorza di limone e unirla al composto insieme all'acqua di fiori d'arancio. Stemperare il lievito nel latte e amalgamare il tutto.
Versare il composto in una tortiera imburrata e infarinata. Inserire i pezzi di pesca spingendoli con le dita quasi sul fondo della tortiera.
Cuocere in forno per 45 minuti.
Sfornare, far raffreddare, quindi spolverizzare di zucchero a velo.
Per la crema inglese, in una casseruola stemperare metà dello zucchero

INGREDIENTI
per 4 persone

300 g di farina 00
5 pesche mature
150 g di burro
150 g di zucchero semolato
4 uova
1 limone non trattato
1 fialetta di acqua di fiori d'arancio
1 bustina di lievito in polvere per dolci
3 cucchiai di latte
zucchero a velo q.b.

per la crema inglese alla pesca

180 g di zucchero
500 g di latte
1 baccello di vaniglia
4 tuorli
1 bicchierino di liquore alla pesca

Dolci

nel latte e far bollire per qualche minuto
con il baccello di vaniglia.
Montare i tuorli con lo zucchero
rimasto e incorporarvi pian piano
il latte caldo. Rimettere il tutto
nella casseruola e cuocere a fuoco dolce
mescolando con una spatola di legno:
la crema è pronta quando si forma
un velo sulla spatola. Passare al colino,
versare la crema in un recipiente freddo
e continuare a mescolare finché si sarà
completamente raffreddata.
Aromatizzare con il liquore alla pesca.

Muffin alle banane

MUFFIN ALLE BANANE

L'impasto di questi dolci va lavorato molto velocemente.

Procedimento

Frullare l'uovo e la banana, quindi unire lo zucchero, il burro fuso, la farina e il lievito.
Versare il composto in stampi imburrati e infarinati e cuocere in forno a 180 °C per 30 minuti circa.
Spolverizzare di zucchero a velo.

INGREDIENTI per 4 persone

100 g di farina 00
1 uovo piccolo
1 banana
70 g di zucchero
50 g di burro
1 cucchiaino di lievito in polvere per dolci
zucchero a velo q.b.

Panini dolci al latte

INGREDIENTI
per 40 panini

500 g di farina 0
20 g di zucchero
1 cubetto di lievito
  di birra
220 g di latte
2 uova
20 g di olio
  extravergine d'oliva
1/2 cucchiaino
  di sale

Procedimento

Sciogliere lo zucchero e il lievito
nel latte. Unire i tuorli, l'olio,
la farina e il sale e impastare a lungo.
Far lievitare per 1 ora circa,
finché la pasta sarà raddoppiata
di volume. Confezionare poi delle palline,
adagiarle sulla teglia da forno
e far lievitare per 20 minuti.
Spennellare con l'albume e cuocere
in forno a 180 °C per 25 minuti circa.

Panmattino

PANMATTINO

Per una ricca colazione del mattino di Natale.

Procedimento

Nella ciotola dell'impastatrice, unire 80 g di farina con 15 g di lievito sciolto nell'acqua tiepida. Lavorare con la frusta a gancio per ottenere un panetto molto morbido (si può impastare anche a mano, lavorando energicamente per diversi minuti). Incidere il panetto con un taglio a croce e lasciarlo a lievitare nella ciotola in un luogo tiepido (28 °C circa), finché risulterà raddoppiato di volume.
Unire la restante farina (320 g), il burro ammorbidito, i tuorli, l'uovo, il miele, lo zucchero, il sale, la vanillina e il lievito rimasto (3 g) sbriciolato. Lavorare l'impasto finché sarà molto elastico e morbido (eventualmente aggiungere 2 cucchiai di acqua tiepida). Lasciar lievitare per 3-4 ore, quindi lavorare brevemente il composto formando una palla. Trasferirla in uno stampo da pandoro, ben imburrato e infarinato.

INGREDIENTI
per 12 persone

400 g di farina 00
18 g di lievito di birra
50 g di acqua
70 g di burro
4 tuorli
1 uovo
1 cucchiaio di miele
60 g di zucchero
1 bustina di vanillina
400 g di panna
   liquida
essenza di arancia
   q.b.
1 cucchiaio
   di liquore all'arancia
1 arancia rossa
1 pizzico di sale

per guarnire

15-20 piccole
   meringhe
zucchero a velo q.b.
20 chicchi
   di uva brinata
20 arance candite

Dolci

Lasciar lievitare per la terza volta, finché la pasta avrà quasi riempito lo stampo, quindi cuocere in forno a 175 °C per 1 ora circa. Una volta cotto, sfornare il dolce e lasciarlo raffreddare.
Montare la panna, aromatizzarla con qualche goccia di essenza di arancia e il liquore all'arancia, quindi colorarne 1/5 circa con alcune gocce di succo di arancia. Confezionare ora l'albero di Natale. Tagliare il dolce (che assomiglierà a un pandoro) in senso orizzontale in 8 fette di 1/2 cm circa di spessore, in modo che resti una base piuttosto alta. Sistemare la base nel piatto da portata, cospargerla con parte della panna montata e disporvi sopra, l'una sull'altra, le 8 fette cosparse di panna con le punte sfalsate. Decorare l'albero con le meringhe (le palline), la panna colorata (i fili dorati), applicandola con una tasca da pasticceria con la punta piccola e liscia,

e una spolverata di zucchero
a velo (la neve).
A piacere, guarnire il piatto con uva
brinata, ciuffi di panna e arance
candite.

Panna cotta alla piemontese

INGREDIENTI
per 8 persone

1/4 l di latte
200 g di zucchero
1 baccello di vaniglia
1/2 l di panna fresca
   liquida
8 albumi
1 pizzico di sale

Procedimento

Fare scaldare il latte con 100 g di zucchero e il baccello di vaniglia, quindi unire la panna, gli albumi sbattuti brevemente e il sale.
Caramellare la metà restante di zucchero e versare in 8 stampini (come per il crème caramel).
Aggiungervi il composto e cuocere a bagnomaria in forno a 180 °C per 45 minuti (attenzione che l'acqua non bolla altrimenti la crema perde consistenza).
Fare raffreddare in frigorifero per almeno 3 ore e servire (è consigliabile preparare il dolce il giorno prima).

PANNA COTTA ALLA PIEMONTESE

Non sbattete troppo a lungo gli albumi perché incorporerebbero aria e otterreste un dolce con i buchi.

Plum-cake con sorpresa di prugne

INGREDIENTI
per 4 persone

300 g di farina 00
60 g di farina di riso
200 g di burro
180 g di zucchero
1 limone non trattato
1 cucchiaino
  di essenza
  di limone
4 uova
1 bustina di lievito
  in polvere per dolci
6 prugne
3 cucchiai di gelatina
  di albicocche
2 pizzichi di sale

Procedimento

In una ciotola, montare il burro ammorbidito con lo zucchero, unire la scorza grattugiata di limone e l'essenza. Senza smettere di mescolare, aggiungere, uno alla volta, le uova, unendo il successivo solo quando il precedente è stato assorbito dall'impasto. Aggiungere le farine, il lievito e il sale setacciati e mescolare. Versare il composto in uno stampo imburrato e infarinato e livellare la superficie. Dividere le prugne in quattro e affettare ciascun quarto senza staccare le fettine. Spruzzare le prugne con un goccio di succo di limone e disporle sull'impasto facendo una leggera pressione. Cuocere in forno già caldo a 160 °C per 30 minuti, quindi aumentare la temperatura a 180 °C e continuare la cottura ancora per 20 minuti. Sfornare, dopo 10 minuti sformare e spennellare con la gelatina di albicocche calda.

Dolci

Quadrotti di panpepato

**INGREDIENTI
per 4 persone**

350 g di farina 00
350 g di miele
80 g di burro
150 g di zucchero
   semolato
   (o di canna)
100 g di cedro
   candito
200 g di mandorle
1 arancia
1 limone
3 cucchiaini di spezie
   in polvere (cannella,
   chiodi di garofano,
   anice, 1 pizzico
   di noce moscata)
2 cucchiaini di lievito
   in polvere per dolci
1 cucchiaio di cacao
   amaro
2 uova
1 pizzico di sale

per la glassa

100 g di zucchero
   a velo
3 cucchiai di succo
   di limone o acqua

oppure

100 g di cioccolato
   fondente fuso

Procedimento

Scaldare il miele (la qualità del miele è indispensabile per la buona riuscita del dolce), il burro e lo zucchero finché quest'ultimo non si sarà completamente sciolto, quindi fare raffreddare.
In una ciotola capiente, mescolare la farina, il cedro candito e le mandorle tritate finemente, la scorza grattugiata degli agrumi, le spezie, il lievito e il cacao. Incorporare la preparazione a base di miele e le uova e lavorare l'impasto prima con una frusta elettrica e successivamente con le mani (la consistenza finale dev'essere più o meno quella di una pastafrolla). Coprire la ciotola con un foglio di pellicola trasparente e lasciare riposare in frigorifero per 1 ora. Foderare una teglia rettangolare (almeno 20 × 30 cm) con carta da forno, disporvi l'impasto e livellarlo con le mani bagnate

**QUADROTTI
DI PANPEPATO**

Anche se l'esecuzione è stata corretta, appena sformato questo dolce è troppo asciutto. È ottimo servito un paio di giorni dopo la preparazione. Conservate i quadrotti in una grande scatola di latta (se li disponete a strati, separate ciascuno strato con della carta da forno, perché le eventuali briciole non rovinino la glassatura): ne guadagneranno in morbidezza e sapore.

(è troppo appiccicoso per usare
un mattarello).
Cuocere in forno a 175 °C (160 °C
se è ventilato) per 25-30 minuti
(attenzione alla cottura: il dolce
non deve biscottare). Lasciar intiepidire
e sformare.
Per la glassa, lavorare lo zucchero
con il succo di limone. Stendere
il composto sul dolce
e successivamente ricavarne
dei quadrotti. Guarnire a piacere
con zuccherini colorati, confettini
argentati e scorzette di arancia candita.

Dolci

Rose del deserto

INGREDIENTI
per 4 persone

200 g di farina 00
200 g di mandorle
150 g di zucchero
200 g di burro
2 uova
100 g di fecola
1 bustina di vanillina
1 bustina di lievito
    in polvere per dolci
cornflakes q.b.
zucchero a velo q.b.

Procedimento

Tritare le mandorle, aggiungere
lo zucchero, il burro, le uova, la farina
setacciata con la fecola, la vanillina,
il lievito e impastare.
Formare con il composto delle piccole
palline, passarle nei cornflakes
e disporle su una placca foderata
con carta da forno.
Cuocere in forno a 180 °C
per 10 minuti e spolverizzare
di zucchero a velo.

Schiacciata all'uva

> **INGREDIENTI**
>
> 500 g di farina 0
> 1 grappolo di uva
>   nera
> 20 g di lievito di birra
> 100-150 g
>   di zucchero
> 1 pizzico di semi
>   di anice o finocchio
> 2 cucchiai di olio
>   extravergine d'oliva

Procedimento

Preparare la pasta 2 ore prima della cottura, amalgamando alla farina il lievito sciolto in 2 cucchiai di acqua tiepida e l'olio e lavorandola fino a ottenere un composto elastico. Trasferire il composto in una terrina, coprire con un canovaccio umido e far lievitare al caldo per per 40 minuti. Trasferire un po' più di metà dell'impasto in una teglia unta di olio e stenderlo come una pizza. Sistemarvi sopra metà dei chicchi d'uva, a una distanza di 2-3 cm l'uno dall'altro, e spolverizzare con metà dello zucchero e dei semi di anice. Stendere la pasta rimasta in una sfoglia più sottile, quindi coprire il primo strato facendo combaciare bene i bordi. Cospargere con i chicchi d'uva, lo zucchero e i semi di anice rimasti. Cuocere in forno a 180 °C per 1 ora circa, finché la superficie risulterà dorata.

Dolci

Semifreddo agli amaretti

**INGREDIENTI
per 4 persone**

200 g di amaretti
1 tazzina di caffè ristretto
1 bicchierino di cognac
5 uova
4 cucchiai di zucchero
300 g di panna fresca liquida

Procedimento

In una ciotola, sbriciolare gli amaretti, aggiungere il caffè e il cognac e mescolare il tutto.
A parte, montare i tuorli con lo zucchero e unire il composto agli amaretti. Aggiungere quindi gli albumi montati a neve ben ferma e la panna montata. Mescolare con cura e versare il composto in uno stampo. Lasciare in freezer per almeno 3 ore. Sformare e guarnire a piacere con panna montata, amaretti e scaglie di cioccolato.

**SEMIFREDDO
AGLI AMARETTI**

Per staccare più facilmente il dolce dallo stampo, passate la base sotto l'acqua calda.

Sformatini di cioccolato con salsa di amarene

INGREDIENTI
per 4 persone

60 g di cioccolato fondente (con almeno 65% di cacao)
50 g di burro
50 g di zucchero
20 g di farina 00
2 uova

per la salsa

150 g di amarene
1 bicchiere di vino aleatico

Procedimento

Sciogliere a bagnomaria il cioccolato con il burro. Unire lo zucchero, la farina, i tuorli delle uova e gli albumi montati a neve. Cuocere in forno a 200 °C per 10 minuti circa in stampini individuali precedentemente imburrati.
Per la salsa, frullare le amarene con il vino e far addensare per pochi minuti a fuoco vivo. Servire gli sformatini su piatti accompagnandoli con la salsa.

Sigari dolci

**INGREDIENTI
per 4 persone**

per la pasta

100 g di farina
 di castagne
200 g di latte
1 cucchiaio
 di zucchero
1 cucchiaio di cacao
 amaro
1 cucchiaio di olio
 extravergine d'oliva

per la farcia

150 g di ricotta
2 cucchiai di zucchero
1 cucchiaio di cacao
 amaro
1 cucchiaio di rum

Procedimento

Nel frullatore, amalgamare tutti gli ingredienti per ottenere una pastella liscia e piuttosto liquida. In una padella, scaldare un goccio di olio e versarvi piccole quantità di pastella in modo da ricavare delle crêpe di 10 cm circa di diametro. Cuocerle una alla volta da entrambi i lati e procedere fino a esaurimento della pastella.
A parte, preparare la farcia amalgamando tutti gli ingredienti. Farcire le crêpe con un cucchiaio di composto. Arrotolarle su se stesse cercando di dare la forma di un sigaro.
Sistemarle su un vassoio e servire con cioccolato fuso.

SIGARI DOLCI

Potete sostituire il cacao con dei frutti di bosco o delle pere cotte con sciroppo di zucchero.

Spuma alle fragole con biscottini al cocco

SPUMA ALLE FRAGOLE CON BISCOTTINI AL COCCO

Alle fragole potete sostituire qualunque tipo di frutta, variando la dose di zucchero a seconda di quanto è dolce il frutto scelto.

Procedimento

Pulire le fragole e tagliarle a tocchetti. Cuocerle con lo zucchero per qualche minuto, aggiungere qualche goccia di succo di limone e passare al frullatore.
Ammollare la gelatina in acqua fredda e unirla al composto.
Montare la panna e amalgamarla alla purea di frutta quando questa si è raffreddata.
Versare in stampini monodose e tenere in frigorifero per almeno 3 ore.
Servire con ciuffetti di panna, foglie di menta e biscottini al cocco.
Per i biscottini al cocco, lavorare tutti gli ingredienti in una ciotola fino a ottenere un impasto morbido. Riempire una tasca da pasticceria con la punta liscia e larga e confezionare i biscottini su una teglia rivestita con carta da forno. Cuocere in forno a 180 °C per 15 minuti circa.

INGREDIENTI
per 4 persone

250 g di fragole
80 g di zucchero
1 limone
4 g di gelatina in fogli
    (2 fogli)
250 g di panna fresca
foglie di menta
    per guarnire

per i biscottini

25 g di farina 00
250 g di cocco rapé
200 g di zucchero
3 uova

Torta al cioccolato deliziosa di Cri

INGREDIENTI
per 6 persone

250 g di cioccolato
    fondente amaro
120 g di burro
4 uova
120 g di zucchero
    a velo
25 g di fecola
25 g di farina 00
1 bicchierino
    di liquore Strega
mandorle
    a scaglie q.b.
burro per imburrare

Procedimento

Sciogliere a bagnomaria il cioccolato
con il burro. Sbattere i tuorli
con metà dello zucchero e gli albumi
montati a neve con l'altra metà.
Unire il cioccolato, i tuorli,
le due farine e il liquore
quindi amalgamarvi
delicatamente gli albumi.
Imburrare una teglia di 24 cm
di diametro, versarvi il composto
e cospargere di mandorle a scaglie.
Infornare a 180 °C per 20 minuti.

Torta di carote

TORTA DI CAROTE

Glassate a piacere con zucchero. Servite con panna montata e cioccolato.

INGREDIENTI
per 6 persone

6 uova
200 g di zucchero
300 g di farina
 di mandorle
90 g di farina 00
1 bustina di lievito
 per dolci
300 g di carote
1 limone

Procedimento

Montare i tuorli con lo zucchero, unire le due farine e il lievito. Amalgamare bene e aggiungere le carote grattugiate (anche nel mixer) e il limone (grattugiato e poi spremuto).
Montare gli albumi a neve ferma e unire al composto mescolando sempre dal basso verso l'alto.
Versare in una teglia di 24 cm di diametro imburrata e infornare a 180 °C per 30 minuti circa.
Controllare la cottura con uno stecchino.

Torta di mele e noci

**INGREDIENTI
per 6 persone**

3 mele renette
3 uova
200 g di zucchero
375 g di farina 00
1 cucchiaino
  di bicarbonato
1 bustina di vanillina
100 g di noci
100 g di olio di semi
  di mais
1 pizzico di sale

Procedimento

Sbucciare le mele e tagliarle a fettine sottili.
Unire le uova, lo zucchero e l'olio. Lavorare bene, quindi aggiungere la farina, il bicarbonato, la vanillina e il sale. Incorporare le mele e le noci frantumate.
Infornare a 180 °C per 40 minuti circa. Controllare la cottura con uno stecchino.

Torta di pere e cioccolato

TORTA DI PERE E CIOCCOLATO

Avvolta nella pellicola di alluminio, si conserva per 4-5 giorni.

Procedimento

Far sciogliere il cioccolato e il burro
a bagnomaria.
Lavorare lo zucchero con le uova
e i tuorli in una ciotola fino a quando
saranno perfettamente amalgamati.
Aggiungere la farina setacciata
e quindi il cioccolato e il burro sciolti.
Imburrare uno stampo di 26 cm
di diametro e versarvi il composto.
Far cuocere in forno a 180 °C
per 10 minuti.
Nel frattempo, sbucciare le pere
e tagliarle a spicchi.
Levare la torta dal forno
e con un cucchiaio incidere a raggiera
la superficie, quindi inserirvi
gli spicchi di pera.
Rimettere in forno e cuocere a 180 °C
per 30 minuti (deve restare morbida
al centro).
Lasciar raffreddare e servire con panna
montata.

**INGREDIENTI
per 8 persone**

200 g di farina 00
400 g di cioccolato
 fondente
160 g di burro
260 g di zucchero
6 uova
4 tuorli
3 pere grosse

Torta paradiso

INGREDIENTI

250 g di farina 00
500 g di burro
450 g di zucchero
  fine
230 g di fecola
  di patate
1 limone
10 tuorli
8 uova
1 bustina di lievito
  in polvere per dolci
25 g di zucchero
  vanigliato
1 pizzico di sale

Procedimento

Ammorbidire il burro lavorandolo con le mani, trasferirlo in una terrina calda e, con l'aiuto di una frusta, ridurlo in crema insieme allo zucchero fine. Aggiungere quindi 20 g di fecola e la scorza di limone grattugiata.
In una terrina a parte, sbattere i tuorli, aggiungere le uova e il sale e lavorare il composto per 10 minuti. Setacciare la farina con la fecola rimasta, incorporare il lievito e setacciare di nuovo.
Unire, mescolando, al composto di burro quello di uova e la farina. Versare l'impasto in uno stampo imburrato e infarinato e cuocere in forno a 170 °C per 45 minuti. Sfornare il dolce, sformarlo, farlo raffreddare e spolverizzarlo di zucchero vanigliato.

Tortine paradiso di Pinella

Procedimento

Tagliare il burro a pezzetti e montarlo a crema con le fruste. Aggiungere pian piano lo zucchero a velo e continuare a montare il composto finché diventa sofficissimo. Sbattere le uova intere con una forchetta e aggiungerle a piccolissime dosi alla crema di burro. Ripetere l'operazione con i tuorli. Aggiungere la scorza del limone grattugiata. Setacciare la farina con la fecola, la vanillina e il lievito, quindi con una spatola o un cucchiaio di legno unire al composto mescolando dal basso verso l'alto per non smontarlo.
Imburrare e infarinare una teglia rettangolare, versarvi il composto e cuocere in forno a 175-180 °C per 20-30 minuti. Far raffreddare e spolverizzare di abbondante zucchero a velo.

**INGREDIENTI
per 6 persone**

250 g di burro molto morbido
250 g di zucchero a velo
2 uova
6 tuorli
1-2 limoni
150 g di farina 00
150 g di fecola
1 bustina di vanillina in polvere
10 g di lievito per dolci

per la farcia

200 g di panna fresca
2 cucchiaini colmi di miele

Dolci

A piacere, il dolce può essere anche farcito. In questo caso tagliare in due la torta, montare la panna e, appena prima che sia pronta, aggiungere il miele mescolando finché è ben amalgamato. Distribuire sulla torta uno strato abbondante di panna, chiudere con la metà rimasta e premere con le mani per far aderire bene le due parti.
Lasciar riposare in frigorifero per 2 ore circa perché la panna si solidifichi. Togliere dal frigorifero. Rifilare i bordi con un coltello affilato, tracciare delle linee di taglio per le tortine quindi spolverizzare di abbondante zucchero a velo.

Tortino caldo al cioccolato

**INGREDIENTI
per 4 persone**

40 g di farina 00
150 g di cioccolato
    fondente al 70%
40 g di burro
4 uova
100 g di zucchero
lamponi q.b.
    per guarnire

Procedimento

Sciogliere il cioccolato e il burro a bagnomaria. Intanto, lavorare i tuorli con 50 g di zucchero e poi unirvi il cioccolato fuso. Aggiungere la farina setacciata e alla fine gli albumi montati a neve con i restanti 50 g di zucchero.
Versare il tutto in stampini imburrati e infarinati e cuocere in forno a 180 °C per 12 minuti circa.
Servire con i lamponi frullati.

Tozzetti di zia Maria

INGREDIENTI
per 40 tozzetti

2 uova
25 g di burro
25 g di citrato
100 g di zucchero
130 g di nocciole
   tostate o mandorle
1/2 limone
   grattugiato (scorza)
250 g di farina 00
1/2 bustina di lievito
   per dolci

Procedimento

Impastare tutti gli ingredienti
e confezionare dei filoncini.
Cuocere in forno a 180 °C
per 20 minuti circa.
Levare dal forno, tagliare i filoncini
ancora caldi in tozzetti e far tostare
in forno a 180 °C per altri 10 minuti.

Treccia ripiena di ricotta e prugne

Procedimento

In una ciotolina, sciogliere il lievito nel latte tiepido con 50 g di farina e 1 cucchiaino di zucchero. Mescolare, coprire la ciotolina e far lievitare per 30 minuti circa (finché il composto sarà raddoppiato di volume).
Sciogliere il burro, unire l'uovo, lo zucchero restante, la vanillina, il panetto lievitato e il resto della farina. Lavorare la pasta e far lievitare per 1 ora e mezzo (finché sarà raddoppiata di volume).
Per la farcia, amalgamare la ricotta, l'uovo, l'amido, lo zucchero e le prugne tagliate a piccoli pezzi. Stendere la pasta a rettangolo, dividerla in 3 parti lasciando la parte superiore unita, quindi cospargere la striscia centrale con il pangrattato e distribuirvi sopra la farcia.

INGREDIENTI
per 4 persone

per la pasta

300 g di farina 00
25 g di lievito di birra
120 g di latte
40 g di zucchero
50 g di burro
1 uovo
1 bustina di vanillina
pangrattato q.b.

per la farcia

300 g di ricotta
1 uovo
3 cucchiai rasi
  di amido di mais
50 g di zucchero
4 prugne fresche
  abbastanza grosse
  e non acquose

per la glassa

1 limone
zucchero a velo q.b.

Dolci

Intrecciare le strisce laterali così da coprire il ripieno.
Cuocere in forno a 200 °C per 35 minuti.
Preparare una glassa con succo di limone e zucchero a velo, spalmarla sulla treccia e servire.

Triangoli alle carote ripieni di marmellata di prugne

Procedimento

Sbucciare le carote, tagliarle alla julienne con l'apposito attrezzo (in modo che siano sottilissime), unire il resto degli ingredienti e impastare velocemente.
Lasciar riposare in frigorifero per 30 minuti.
Tirare la pasta a uno spessore di 2 mm e ricavarne dei quadrati di 10 × 10 cm. Distribuirvi al centro un cucchiaino di farcia e piegare a triangolo. Spennellare con l'uovo sbattuto e il latte. Cuocere in forno a 200 °C per 12 minuti circa.
Levare dal forno e spolverizzare di zucchero a velo.
Lasciar raffreddare su una gratella.

INGREDIENTI
per 4 persone

per la pasta
280 g di carote
400 g di farina 00
1 bustina di lievito
 per dolci
1 uovo
200 g di zucchero
 vanigliato
250 g di burro
1 uovo e 1 cucchiaio
 di latte
 per spennellare

per la farcia
250 g di marmellata
 di prugne
1/2 cucchiaio
 di succo di limone
2 cucchiai
 di zucchero
 vanigliato

Dolci

Zeppole

INGREDIENTI
per 8 persone

125 g di farina 00
190 g di acqua
50 g di burro
3 uova
1 pizzico di sale
olio di arachide
    per friggere
amarene sciroppate
    e zucchero a velo
    per guarnire

per la crema pasticcera

500 g di latte
1 limone
    o 1 stecca
    di vaniglia
3 tuorli
100 g di zucchero
60 g di farina 00

Procedimento

In un tegame, unire l'acqua, il burro e il sale. Portare a ebollizione e versare la farina. Far cuocere per 2 minuti. Togliere dal fuoco e lasciar raffreddare, trasferendo l'impasto in un nuovo recipiente. Unire le uova, uno per volta, e mescolare. Con una tasca da pasticceria con bocchetta spizzettata di 1 cm di diametro circa formare delle minuscole ciambelline e friggerle in olio caldo e profondo, possibilmente in due padelle: la prima meno calda della seconda, perché all'inizio devono lievitare e successivamente colorirsi. Scolare le zeppole quando sono ben dorate e porvi al centro un ciuffo di crema pasticcera. Guarnire con mezza amarena sciroppata e spolverizzare di zucchero a velo. Per la crema pasticcera, portare a ebollizione il latte con la scorza del limone (o la stecca di vaniglia) e metà dello zucchero.

ZEPPOLE

Per evitare che le zeppole si impregnino troppo di olio, prima di friggerle cuocetele in forno a 160 °C circa (su una teglia) per 5-10 minuti. Provare per credere!

Le zeppole possono essere confezionate in varie dimensioni, ma devono essere rigorosamente fritte!

385

Lavorare i tuorli con lo zucchero restante,
quindi unire la farina.
Aggiungere il composto al latte
e portare a ebollizione mescolando
in continuazione con un cucchiaio
di legno.

Conserve

Composta di fichi con mandorle

**INGREDIENTI
per 4 vasetti
da 200 g**

1 kg di fichi piccoli e sodi
700 g di zucchero semolato
1 limone
100 g di mandorle pelate
50 g di cognac

Procedimento

Tagliare i fichi a metà, unire lo zucchero e la scorza del limone. Lasciare in infusione per 1 ora circa. Cuocere finché lo zucchero si sarà scurito, unire le mandorle e sfumare con il cognac.
Versare la composta bollente in vasetti sterilizzati facendo il sottovuoto (scaldare il vasetto di vetro, infilare un cucchiaio, versare la marmellata ancora calda, togliere il cucchiaio e sigillare subito). Capovolgere i vasetti e coprirli con un panno di lana. Far raffreddare. Conservare in luogo fresco e buio.

COMPOSTA DI FICHI CON MANDORLE

È particolarmente indicata per accompagnare i formaggi piccanti, come il gorgonzola e il formaggio di Fossa.

Confettura di cipolle rosse di Tropea

**INGREDIENTI
per 4 vasetti
da 200 g**

1 kg di cipolle rosse di Tropea
75 g di vino rosso non troppo corposo
2 cucchiai di miele
70 g di burro
10 foglie di menta fresca

Procedimento

Mondare con molta cura le cipolle e tagliarle.
Frullare con il vino rosso e cuocere in una pentola di terracotta finché il vino non sarà completamente evaporato. Le cipolle dovranno assumere una consistenza cremosa.
Aggiungere il miele, il burro e la menta. Amalgamare il tutto.
Versare la confettura calda in vasetti sterilizzati. Sigillarli, capovolgerli e coprirli con un panno di lana. Far raffreddare.
Conservare in luogo fresco e buio.

Crema al limoncello di Tea

**INGREDIENTI
per 4 vasetti
da 200 g**

4 limoni
1 l di alcol a 95°
1 l di latte intero
1 kg di zucchero
1 bicchiere di grappa
1 bustina di vaniglia

Procedimento

Sbucciare i limoni e lasciare la scorza in infusione nell'alcol per 8 giorni. Scaldare il latte sul fuoco senza portare a bollore (80 °C), unire lo zucchero, la grappa e la vaniglia. Far raffreddare e unire l'alcol filtrato. Conservare in frigorifero.

Marmellata di mandarini

INGREDIENTI
per 4 vasetti
da 200 g

1300 g di mandarini
  con la buccia
  sottile
600 g di zucchero
1 limone
1 bustina di vanillina
liquore all'arancia q.b.

Procedimento

Lasciar spurgare i mandarini in acqua per 2 giorni (cambiando l'acqua 2 o 3 volte nel corso della giornata). Asciugare, tagliare a julienne togliendo tutti i semi e far scolare. Dopo averli pesati (dovranno essere 1 kg), unire lo zucchero, il succo del limone e la vanillina. Far marinare per 30 minuti. Cuocere per 1 ora circa dall'inizio della bollitura (se necessario proseguire finché il composto sarà ben asciutto e biondo). Sterilizzare i vasetti e passarvi un liquore all'arancia. Versare la marmellata calda in vasetti sterilizzati. Sigillarli, capovolgerli e coprirli con un panno di lana. Far raffreddare.
Conservare in luogo fresco e buio.

Marmellata di zucca e zenzero

**INGREDIENTI
per 4 vasetti
da 200 g**

700 g di zucca pulita
300 g di zucchero
1 pezzetto
   di zenzero fresco
   (4 cm circa)

Procedimento

Tagliare la zucca a pezzetti, metterla in una casseruola con lo zucchero e lo zenzero tagliato sottilissimo o grattugiato. Cuocerla a fuoco molto basso e quando è quasi completamente disfatta, prima che lo zucchero si caramelli e l'acqua evapori, frullare il composto.
Una volta addensata, versare la marmellata calda in vasetti sterilizzati. Sigillarli, capovolgerli e coprirli con un panno di lana. Far raffreddare.
Conservare in luogo fresco e buio.

Conserve

MARMELLATA DI ZUCCA E ZENZERO

Se la zucca dovesse essere molto dura unite un goccio di acqua.

Peperoni in agrodolce di Filomena

PEPERONI IN AGRODOLCE DI FILOMENA

Una conserva semplice e gradevole che mi è stata suggerita da Filomena.

Procedimento

Tagliare i peperoni a falde grandi.
Far bollire l'aceto, lo zucchero, l'olio
e il sale. Unire i peperoni
e dopo che il liquido ha ripreso a bollire,
cuocere per 2 minuti.
Far raffreddare i peperoni nel liquido
di cottura, quindi versarli in barattoli
sterilizzati accertandosi che siano coperti
con l'agrodolce.
Sigillare e conservare in luogo fresco
e buio.

**INGREDIENTI
per 6 vasetti
da 200 g**

2 kg di peperoni
  rossi e gialli
2 l di aceto bianco
1 bicchiere
  di zucchero
1 bicchiere di olio
  di semi di mais
1 bicchiere di sale

Tonno sott'olio

INGREDIENTI
per 2 vasetti
da 1000 g

1 kg di tonno
   o palamide
120 g di sale grosso
1 limone tagliato
1 bicchiere di aceto
odori vari (sedano,
   carota, aglio, timo,
   alloro, prezzemolo)
olio di arachide q.b.

Procedimento

Pulire il tonno. Metterlo in pentola
insieme al resto degli ingredienti
e coprire con acqua. Cuocere per 3 ore.
Far freddare nel liquido di cottura.
Metterlo ad asciugare su un telo
per 12 ore circa, in un luogo fresco.
Pulire con cura i tranci e sistemarli
in un barattolo, precedentemente
sterilizzato in acqua bollente.
Pigiare bene il pesce e coprire
con olio di arachide.
Sigillare il barattolo e far bollire
a bagnomaria per 1 ora circa.

Basi per torte dolci e salate

Basi per torte dolci e salate

Pan di Spagna

INGREDIENTI
per 4 persone

3 uova
120 g di zucchero
130 g di farina 00
1/2 limone (scorza)
1 pizzico di sale

Procedimento

In una ciotola a bagnomaria tiepido
sbattere le uova e lo zucchero
con una frusta (mantenendo il calore
moderato) finché diventano bianche.
Togliere dal fuoco e continuare
a sbattere con la frusta finché
il composto si sarà completamente
raffreddato e gonfiato.
Setacciare sale e farina e amalgamare
piano piano alle uova, servendosi
di una spatola di legno. Continuando
a mescolare lentamente, unire
la scorza grattugiata del limone.
Foderare di carta da forno
uno stampo del diametro di 20-22 cm
e versarvi il composto.
Cuocere in forno a 200 °C
per 35 minuti.

PAN
DI SPAGNA

Pasta brisée

**INGREDIENTI
per 4 persone**

500 g di farina 00
125 g di burro
2 uova
acqua q.b.
1 pizzico di sale

PASTA BRISÉE

Potete sostituire le uova con 125 g di acqua.

Procedimento

Passare al setaccio la farina e disporla a fontana. Al centro mettere le uova, il burro a pezzetti e un pizzico di sale. Impastare fino a ottenere una pasta omogenea; se necessario aggiungere un po' di acqua.
Lasciate riposare per almeno 1 ora in frigorifero.

Basi per torte dolci e salate

Pastafrolla

**INGREDIENTI
per 4 persone**

100 g di burro
100 g di zucchero
1 limone (scorza)
1 uovo
200 g di farina 00
1 pizzico di sale

Procedimento

Lavorare il burro con lo zucchero, la scorza del limone e il sale. Unire l'uovo e amalgamare, quindi aggiungere la farina.

VARIANTI

Pastafrolla al cacao

Alla ricetta di base unire 1 tuorlo d'uovo e sostituire a 30 g di farina 30 g di cacao amaro.

Pastafrolla di mandorle

Alla ricetta di base unire 100 g di farina di mandorle e 2 tuorli e sostituire lo zucchero con 150 g di zucchero a velo.

PASTAFROLLA

Per una buona riuscita lavorare la pasta molto velocemente.

Pasta lievitata per pizza

PASTA LIEVITATA PER PIZZA

La pasta così preparata è indicata per confezionare pizzette fritte (tipo napoletane), panzerotti, pizze rustiche e pizza napoletana.

Procedimento

Sciogliere il lievito in 250 g di acqua e latte. Amalgamare la farina con lo zucchero, l'olio e il sale. Unire il lievito e impastare molto bene (se necessario aggiungere ancora del liquido e l'uovo). Formare un panetto e far lievitare per 30 minuti circa, a seconda della stagione.

INGREDIENTI per 4 persone

- 25 g di lievito di birra
- 250 g di acqua e latte (in uguali proporzioni)
- 500 g di farina 00
- 1 cucchiaino di zucchero
- 1 cucchiaio di olio extravergine di oliva
- 1 cucchiaino di sale
- 1 uovo (facoltativo)

Basi per torte dolci e salate

Pasta per bignè

**INGREDIENTI
per 4 persone**

40 g di acqua
50 g di latte
35 g di burro
50 g di farina 00
2 uova
1 pizzico di sale

Procedimento

Versare l'acqua, il latte, il burro
e il sale in un tegame e portare
a ebollizione. Aggiungere la farina
e mescolare con un cucchiaio di legno
fino a ottenere una palla unica,
che si stacchi dai bordi del tegame.
Trasferire il composto in una ciotola
e far intiepidire.
Unire una alla volta le uova sbattute
e lavorare molto bene.
Confezionare i bignè con la tasca
da pasticceria nel formato desiderato
e cuocere a 200 °C per 15-20 minuti
senza mai aprire il forno.

Indice delle ricette

Antipasti

Acciughe sposate, 13
Agliata di tonno, 14
Anelli di calamari in carpione, 15
Asparagi tonnati, 16
Babà alle noci e pancetta, 17
Barchette ai carciofi, 19
Barchette di sedano al mascarpone, 21
Bastoncini al prosciutto e funghi, 22
Bignè rustici, 24
Biscotti salati alla salvia, 25
Bomboloni alla mortadella, 26
Budino di porri con vellutata di zucca gialla, 27
Calzoni siciliani di Olimpia, 28
Cannoncini ai funghi, 29
Capesante agli spinaci e burro di prezzemolo, 30
Cappello del gendarme, 31
Carciofi al parmigiano, 33
Carciofi ripieni, 34
Cestino di parmigiano con fave e calamaretti, 35
Coppetta di pane con cipolle al formaggio, 36
Crocchette di baccalà, 37
Crocchette di gamberi, 38
Crocchette di pesce agli agrumi, 39
Crocchette di pollo e cicoria, 40

Crocchette di verza e riso, 41
Croissant di mazzancolle, 42
Crostini ai pinoli e mortadella, 43
Erbazzone, 44
Fagottini di pasta fillo con pere e noci, 45
Fagottini infornati alle erbe selvatiche, 46
Fiori di zucca farciti con ricotta e maggiorana su salsa
   di peperoni, 47
Fiori di zucchina fritti alla romana, 48
Focaccine agli asparagi, 49
Formaggio francese in crosta, 50
Frittata di patate senza uova, 51
Frittelle di alici, 52
Frittelle di patate, 53
Frittelle di verdure al peperoncino, 54
Frittelle lievitate con zucchine, alici e parmigiano, 55
Froscia di Pasqua, 56
Gelatina di peperoni, 57
Ghiotta di Natale, 59
Girandole saporite con ricotta e cipolla, 60
Gulasch di polipo, 61
Insalata di pollo in agrodolce, 62
Involtini di melanzane, 63
Melanzane ripiene, 64
Minipie con cotechino, 65

Mozzarella in carrozza, 66
Muffin al prosciutto, 67
Olive alla Nonna Papera, 68
Pane al limone, 69
Panzerotti salati, 70
Panzerotto alla napoletana, 71
Pasticcio reale in crosta con salsa di ribes, 73
Patata soffiata con funghi di bosco, crema al parmigiano
  e pesto di tartufo nero, 76
Pâté di fegatini di pollo in salmì di Bea, 77
Pâté di tacchino e tonno, 78
Petto di pollo alla mostarda di Cremona, 80
Pizza di scarola, 81
Pizzette di sfoglia, 82
Polpette di patate e speck di Elena, 83
Ricci di patate al gorgonzola, 84
Rustici di frittate miste, 85
Sformatini di carciofi, 86
Sformato di parmigiano, 87
Sformato di spinaci e acciughe, 88
Sorprese fatte in casa di Maria Letizia, 89
Strudel di verdure con salsa di yogurt all'aneto, 90
Terrina di manzo con salsa di mirtilli rossi, 92
Torta di carciofi e camembert, 95
Torta di carciofi e cipolle al taleggio, 97

Torta di funghi, 99
Torta di polpo, 100
Torta di verdure, 102
Torta di zucchine, 104
Torta pasqualina, 105
Torta rovesciata di pere salata, 108
Torta rustica di carote, 109
Tortino al peperone rosso, 110
Tortino di baccalà, 111
Verza ripiena, 113

Primi

Acqua cotta di primavera, 117
Agnolotti di asparagi e pollo, 119
Anello di polenta bianca, 120
Bavette acciughe e limone, 121
Bigoli con le seppie in nero, 123
Calamarata, 124
Cannelloni alle erbe di campo, 125
Cappelletti in brodo di gallina, 126
Cartocci di orecchiette al forno con zucchine e pomodori, 127
Conchiglioni farciti ai funghi con crema di zucchine, 128
Crêpe al gorgonzola e radicchio trevisano, 129
Fagottini di melanzane, 131
Fazzoletti di scarola al profumo di arancia, 132
Garganelli con la mollica, 133
Garganelli con ragù e fagioli borlotti, 134
Girandola di crêpe con spinaci e pollo, 136
Gnocchetti di olive nere e scampetti al basilico, 137
Gnocchetti di ricotta con pomodoro e mozzarella, 139
Gnocchetti rossi di patate al sugo di pesce azzurro, 140
Gnocchi con sugo all'amatricianaalla moda di Anna, 141
Gnocchi di semolino, 143
Lasagna con funghi, 144
Lasagnette croccanti alle verdure al profumo di timo e maggiorana, 146

Malfatti ai fiori di zucca, 148
Minestra di fagioli cannellini in crosta, 149
Pappardelle con pesto di zucchine e calamari, 150
Passatelli con fonduta al tartufo bianco, 152
Passatelli di spinaci con fonduta, 153
Pasta e patate, 154
Pennette all'etrusca, 155
Peperoni al forno ripieni di ditalini di farro, 156
Piramide di bucatini e carciofi con salsa di carne, 157
Ravioli di baccalà e patate, 158
Ravioli di orata con salsa di molluschi e crostacei, 159
Ravioli svestiti al gorgonzola, 160
Riso integrale alla cantonese, 161
Risotto alle arance, 162
Sedani con tonno e carote al limone, 163
Spaghetti alle cozze, 164
Spaghetti con vongole, zucchine e pomodorini, 165
Spätzle alla caprese, 166
Stracci alle polpette, 167
Timballetti di anelli alla siciliana, 168
Timballo d'orzo con funghi, 170
Tortellacci di radicchio, 171
Tortelli d'agnello e carciofi con fonduta di parmigiano, 172
Zuppa di vongole, ceci e piccole verdure, 174

Secondi

Anatra agli agrumi, 177
Arrosto agli agrumi, 179
Arrosto ai profumi di Provenza, 181
Arrosto semplice, 183
Baccalà in umido con prugne secche, 184
Bocconcini di coniglio marinati, 185
Bocconcini di pollo con indivia e pancetta, 186
Branzino al finocchio selvatico, 187
Branzino allo zabaione di pomodoro, 188
Brasato di manzo con anello di polenta, 190
Brioche vegetariana, 193
Calamari ripieni di patate e provola con salsa ai carciofi, 195
Calamari saltati con crema di porri e carciofi croccanti, 196
Carbonata di manzo alla birra, 197
Carré di vitello in crosta di patate, 198
Ciambella di pasta bignè salata, 200
Cinghiale in agrodolce, 201
Coniglio all'aceto, 202
Coniglio in porchetta all'eugubina, 203
Coniglio in tegame alla paesana, 204
Corona di filetto, 205
Cosciotto di agnello farcito con carciofi e pecorino, 206
Cosciotto di tacchinella natalizia farcito al profumo
  di arancia, 207

Costine in umido, 210
Dadolata di vitello alle spezie, 212
e olive taggiasche, 269
Faraona alla melagrana, 213
Faraona con carciofi e funghi, 214
Filetti croccanti di rombo allo zabaione di zucca, 215
Filetti di branzino all'arancia con insalata tiepida
  di finocchi e porri, 216
Filetti di scorfano su crema di ceci con salsa di
  pomodoro, 218
Filetti di sgombro in porchetta, 219
Filetto di maiale ai broccoli su fiore di patate, 220
Filetto di maiale all'arancia con cipollotti glassati, 221
Filetto di maiale farcito di prugne, 222
Filetto di vitello alla Stroganoff, 223
Focaccette alla salvia, gorgonzola e stracchino, 224
Focaccia di patate, 226
Gamberoni con salsa al curry, 227
Insalata di pollo, 228
Involtini di vitello alla panna, 229
Involtini di vitello al parmigiano e maggiorana con salsa
  di aceto, 230
Maiale in agrodolce, 231
Maialino al curry, 232
Medaglioni di vitello ai funghi porcini, 233

Messicanini di vitella di Carla, 235
Nocette di maiale con pane profumato, 236
Nodini di pollo con peperoni agrodolci, 237
Orata in crosta aromatica, 238
Parmigiana di melanzane, 240
Petto di faraona con ricotta ed erba cipollina, 242
Petto di tacchino all'uva, 243
Pollo al limone, 244
Pollo al vino, 246
Pollo con salsa allo zenzero, 248
Polpette fritte di baccalà e patate, 249
Polpettine ai quattro profumi, 250
Polpettine di alici, 252
Polpettine di carne, 253
Polpettine di pollo e ricotta al prosciutto, 254
Polpettone con le prugne, 255
Polpettone freddo con ricotta, 256
Rotolini di sogliola e gamberi in tempura con salsa di vino rosso, 257
Rotolo di coniglio in pasta croccante, 258
Saltimbocca alla romana, 260
Seppie ripiene, 261
Sformato soffice di baccalà, 262
Spiedini di carne con riso pilaf, 264
Spiedini di gamberi e zucchine, 266

Spinacino di vitella ripieno di carciofi, 267
Stinco di manzo brasato al barbera, 268
Stinco di vitello al forno, 269
Stracotto al barolo con polenta, 271
Terrina di verdure, 273
Tortelli alla piastra con spinaci, 275
Trancio di branzino al sale di olive nere e tortino
  di patate, 276
Trota ripiena al forno, 278
Verdure fritte al sesamo, 279
Vitello all'olio di Sergio, 280
Vitello tonnato, 281
Zampone in sfoglia con spinaci e imbrecciata umbra, 283
Zucchine mussaka, 285

Piatti unici

Cappon magro, 289
Gâteau di patate, 291
Polpettone vegetariano, 292
Sartù di riso alla napoletana, 293
Tiella di riso con cozze alla barese, 295

Verdure

Caponata alla siciliana, 299
Involtini di verdure grigliate, 300
Patate sabbiose, 301
Pommes duchesse, 302
Pomodori con il riso, 303
Scarola ripiena, 304
Sformatini al cavolfiore con fonduta di pecorino, 305
Sformatini di patate al finocchio, 306
Torta di cipolle nella verza, 307
Verdura mista in tempura, 308

Pane, pizza, focacce e torte salate

Angelica salata, 311
Babà salato, 313
Corona fantasia, 314
Pan brioche, 315
Pane alle olive, 316
Pane alle patate, 317
Pane bianco, 319
Panini veloci allo yogurt e sambuco, 320
Pizza napoletana di Elisabetta, 321
Torta al testo, 322
Torta salata allo yogurt, 323

Dolci

Biscotti di Fiano, 327
Biscotto alla cannella, 328
Bomboloni fritti alla crema di Ross, 329
Budino di cioccolato, 330
Camille alle carote di Pinella, 331
Caramelle di pere e noci, 332
Castagnole di Elvira, 333
Chiacchiere al limone, 334
Ciambella americana, 335
Ciambella con i fichi, 336
Ciambella di pere e cioccolato, 337
Ciambella romagnola, 338
Ciambelle dolci alle patate di Assunta, 339
Ciambelline al vino, 340
Ciambellone soffice all'acqua, 341
Clafoutis primaverile alle ciliegie, 342
Crema ambrosia, 343
Crema caramellata ai fiori di lavanda, 344
Crema catalana, 345
Crème brûlé al lime e menta, 346
Crostata al cioccolato e rum, 347
Crostata alla crema pasticcera e carciofi, 348
Crostata al limone e mandorle, 349
Dolce integrale al miele, 350

Dolcetti al vin santo con uvetta e pinoli, 351
Frittelle di cioccolato, 352
Frittelle di farina di castagne, 353
Frittelle di mele, 354
Lingue di gatto, 355
Mattonella alle pesche, 356
Muffin alle banane, 358
Panini dolci al latte, 359
Panmattino, 360
Panna cotta alla piemontese, 363
Plum-cake con sorpresa di prugne, 364
Quadrotti di panpepato, 365
Rose del deserto, 367
Schiacciata all'uva, 368
Semifreddo agli amaretti, 369
Sformatini di cioccolato con salsa di amarene, 370
Sigari dolci, 371
Spuma alle fragole con biscottini al cocco, 372
Torta al cioccolato deliziosa di Cri, 373
Torta di carote, 374
Torta di mele e noci, 375
Torta di pere e cioccolato, 376
Torta paradiso, 377
Tortine paradiso di Pinella, 378

Tortino caldo al cioccolato, 380
Tozzetti di zia Maria, 381
Treccia ripiena di ricotta e prugne, 382
Triangoli alle carote ripieni di marmellata di prugne, 384
Zeppole, 385

Conserve

Composta di fichi con mandorle, 389
Confettura di cipolle rosse di Tropea, 390
Crema al limoncello di Tea, 391
Marmellata di mandarini, 392
Marmellata di zucca e zenzero, 393
Peperoni in agrodolce di Filomena, 394
Tonno sott'olio, 395

Basi per torte dolci e salate

Pan di Spagna, 399
Pasta brisée, 400
Pastafrolla, 401
Pasta lievitata per pizza, 402
Pasta per bignè, 403

«Le ricette d'oro della "Prova del Cuoco"»
di Antonella Clerici e Anna Moroni
Oscar bestsellers
Arnoldo Mondadori Editore

Questo volume è stato stampato
presso Mondadori Printing S.p.A.
Stabilimento NSM - Cles (TN)
Stampato in Italia - Printed in Italy